真昼の心中

坂東眞砂子

JN179666

集英社文庫

目次

真昼の心中

火の華お七

熱いのです。軀《からだ》のすべてが。肌の底から、じりじり、とろとろと熱が沸いてまいります。首筋も乳房も、脇腹も下腹も、太腿《ふともも》の芯から放たれる熱に溶けて、崩れてしまいそうなのです。ああ、どうにかしてください。疼《うず》いて疼いて、狂いそうです。

師走にあがった火の手が森川宿まで迫《せま》ってくると、白川屋は大騒ぎになった。灰色の煙がもうもうと流れてくるなか、父は奉公人を怒鳴りつけ、雨戸や屋根に飛びついてくる火の粉を叩《たた》き潰《つぶ》そうと躍起になっている。熊手や鎌や鉞《まさかり》、店の中にある使えそうなものは何でもひっつかんで、丁稚《でっち》や手代も奮闘している。父の片腕として家業を手伝っている兄は、斧《おの》を手にして、土蔵の周りにある植木を切り倒している。江戸《えど》は先月も火事に見舞われて、芝《しば》の札の辻《つじ》から東海道を越えた海辺まで焼け野原となってしまったばかりだ。そこにまた、今日の火事が襲ったのだった。

妾《わたし》は奥の座敷の縁に立ち、中庭に顔を突きだして、俄《にわか》に暗くなった空を見上げていた。巣鴨村のある戌亥《いぬい》の方角から、風に乗って火の粉混じりの煙が流れてくる。泥のように溶け崩れた形だったかと思うと、拳《こぶし》の形になり、化け物の顔のようにもなったりと、刻々と姿を変えながら、頭上を通りすぎていく。

火事はすぐそこまで来ているのだ。何もかも焼けてしまうかもしれない。そう思うと、足が震え、背筋がぞくぞくした。

妾が生まれるずっと前に、明暦の大火事というのがあった。市中の町家だけでなく、大名屋敷も旗本屋敷も、江戸城の天守閣までも焼け落ちたという。幕府の命《めい》で、寺も武家屋敷もあちこちに場所を移ることになり、江戸はがらりと姿を変えた。加賀藩の足軽として江戸に来ていた父は、その機にお役目を解いてもらい、八百屋を始めた。本郷《ほんごう》に新たに普請《ふしん》された加賀藩の上屋敷の近くで店を開き、長い間のご奉公のおかげで、屋敷に出入りを許され、今では、そこそこ羽振りのいい青物問屋の旦那だ。

わしの人生は、明暦の大火事で変わったのだ。

父は口癖のようにいっている。

この火事で、妾の人生も変わるだろうか。

そんなことを、ちらりと思った。

十五で嫁いだ神田《かんだ》の金物問屋の若旦那は、外では真面目で誠実な顔をしていたが、酒が入ると、がらりと人が変わった。乱暴な口をきき、むらむらと欲情が沸きたつと、妾を閨《ねや》に引きずりこんだ。女の軀を板と間違えているのではないかと思うほど、金槌で釘を打つように、男の鉾《ほこ》でどんどんと突いてくる。痛くて痛くて、今宵《こよい》は勘弁してくださいと泣きながら頼んでも、俺に逆らうのかと、殴られるだけだった。

一年で、実家に逃げ帰った。

すぐさま婚家から、辛抱の足りない嫁だと離縁状が届いたのを幸い、それからは、嫁ぐ前と同じく、お稽古事《けいこ》をしたり、物見遊山《ものみゆさん》に出かけたりしている。しかし、父は半年も過ぎると、今度は川越《かわごえ》の木綿問屋の旦那はどうかとか、日本橋《にほんばし》の呉服屋の旦那は後添えを探しているが、どうだね、などとしきりに縁談を持ってくる。母は母で、おまえはまだ十七だけど、二十歳までに次の嫁入り先を見つけないと、貰《もら》い手はなくなってしまうよ、と脅すようなことをいう。先々を案じてのことだろうが、もう嫁ぐなんて懲り懲りだ。ずっとこの家にいたいのだが、父の跡取りの兄は二年前に妻《めと》を娶り、半年前に男の子も生まれた。両親が死んでしまったら、この家に居づらくなるのはわかっている。

「お七《しち》、そんなところで、なにをぼやっとしてるの。早く荷物をまとめなさいっ」

手拭《てぬぐ》いを被《かぶ》り、襷掛《たすきが》けした母が血相を変えて座敷に入ってきた。

「荷物をまとめるって……」

妾はぽかんとして訊《き》き返した。

「逃げるんですよ。もう火は伊東《いとう》さまのお屋敷まで来ているということです。大切なものだけ持って、表に出るようにと旦那さまが……お雪《ゆき》っ、お七の桐の長持、中二階にあったはずよ。急いで表に運びだしなさい」

座敷の隅でおろおろとしていた下女の雪は、油虫が逃げるように動きだした。離縁が決まってから、婚家から突き返されてきた嫁入り道具一式の入った長持だ。あんなものは焼けてしまってもいいのにと思いながら、妾は着替えや化粧道具、懐紙《かいし》など身の回りの品を風呂敷に包んで、見世の間に出ていった。

大根や蜜柑、芋などが山と積まれた樽《たる》がずらりと並ぶ土間には、長持や櫃《ひつ》が運びこまれていた。店の外に置いた地車に、手代や丁稚たちが、それらを積みあげている。父と兄は帳場を走りまわり、掛け帳や証文などを掻《か》き集めている。

妾は風呂敷包みを近くの長持の上にぽんと載せると、下駄を突っかけて、表に出た。日頃《ひとけ》は人気の少ない通りなのに、根津権現や谷中《やなか》から王子道《おうじみち》への抜け道になっているせいで、今は大風呂敷や、菰《こも》包み、長櫃を背に括《くく》りつけた町人でいっぱいだった。

「火は湯島《ゆしま》のほうにまで広がっているぞ」

「上野《うえの》は駄目だ、神田に逃げろ」

「火の元は駒込《こまごめ》というぜ、目と鼻の先だようっ」

逃げてきた人々が怒鳴りあいながら、王子道のほうに流れている。しかし、そちらからも、さらに大きな騒ぎが響いてきていた。祭の時のようだが、囃子《はやし》の音も笑い声もなく、怒声や悲鳴だけが聞こえてくる。

ほんとに、みんな焼けてしまうんだ。妾の家が……店《たな》が……なにもかも……。

突然、背中をどやされた気がして、全身に震えがきた。

火事によって人生が変わるかもしれないなんて、悠長なことはいっていられないのだ。それこそ、人生が終わるかもしれないのに。

鳥肌の立つ思いで、店の前に停められた三台の地車に、次々に長持や長櫃、蒲団《ふとん》までが積まれていくさまを見つめていると、「白川屋さまはこちらですか」という少し高めの男の声がした。

気がつくと、すぐ隣に、前髪を垂らした若衆が立っていた。瓜実顔《うりざねがお》に鼻筋が通った優しげな顔立ちを、きりりとした眉が引き締めている。白の小花模様の散った鴇《とき》色の小袖に江戸紫の帯、海老茶の羽織を掛け、歌舞伎役者のように粋に見える。人混みを抜けてきたせいか、着物の襟口や裾が乱れ、前髪のほつれ毛が額にぺたりと張りついていて、それがまた妙に色気があった。

突然に現れた美しい若衆に、どぎまぎしたまま頷《うなず》くと、相手は店の中を覗《のぞ》きこみ、

「旦那さまは……」とさらに問うてきた。

「父なら……ほら、そこです」

ちょうど金櫃を抱えて表に出てきた父を指で示した。若衆は妾に会釈して、父に向かって歩いていった。

「白川屋の旦那さまですね。喜照《きしょう》さまの遣いで参りました」

鉄鋲の打たれた重い木箱をどさっと長持の上に置いて、父は「おう、正仙院《しょうせんいん》の……」と若衆を振り向いた。駒込にある正仙院は、仏門に入った次兄が最初に修行をした寺だ。住持の喜照と父は古くから親しく、仏事のたびに金品を惜しまず寄進していた。

「火の手が迫ってきたなら、院のほうにお越しくださいと、喜照さまはおっしゃっておいでです」

「正仙院は無事なのか」

父は怪訝《けげん》な顔をした。

「はい。火は、隣の大円寺の庵室から出たようでございますが、仏さまのご加護か、幸い北風が吹いてきて、正仙院にはまったく被害は及びませんでした」

父は店の北方を眺めて頷いた。もう裏手の願行寺《がんぎょうじ》の伽藍《がらん》までも火に包まれている。迷っている暇はなかった。

「喜照さまのお言葉、ありがたく頂戴しよう」

「王子道も中山道も、駒込追分から北はもう火の海です。一旦、菊坂まで南に下ってから、西に回りこんで北上するのがよろしいと思います。私もその道を辿《たど》って、ここに参りました」

若衆はきびきびとした口調で助言した。

父は大声で兄を呼び、家族や店の者を集めさせた。母、嫂《あによめ》と、乳母に抱かれた兄の子、番頭、手代、丁稚、下女などを合わせると二十人ほどになった。はぐれたら、正仙院で落ち合うようにと手筈《てはず》を決めて、三台の地車を連ねて、店の前を出発した。

王子道に出て、少し南に下ったところに一里塚の榎《えのき》が立っている。そこで道は、中山道とひとつになる。榎の梢が熱風に煽《あお》られて、ちりちりに乾いている。火の粉が飛びつけば、あの木も燃えはじめることだろう。その下では、ふたつの道からやってきた人々がぶつかりあい、ひしめきあっていた。

「どけどけーっ」

「お母ちゃあん、どこーっ」

「のろのろするなあっ」

「おひで、おひで」

怒声や身内を呼ぶ声、突き飛ばされた人の悲鳴、子供の泣き声がひとかたまりになって、響きわたっている。その流れに逆らって、印半纏《しるしばんてん》に腹掛、股引《ももひき》姿の町火消したちが纏《まとい》を天に突きあげ、長梯子《ながばしご》を抱えて火の手のほうに駆けていく。荒々しい町火消しの怒声に、人の流れはふたつに分かれるが、通りすぎるや、また道は塞《ふさ》がれる。

父と兄は地車の前に張りつき、手代や丁稚は重い地車を牽《ひ》いたり押したりしている。母と嫂は赤子を抱いた乳母を守るように、両脇にくっついている。妾には、下女の雪が従っていたのに、いつか離れてしまった。

前も後ろも横も、逃げる人たちでぎゅうぎゅう詰めだ。倒れたところを、次々に踏まれ、起き上がれなくなった者の悲鳴が足許《あしもと》から聞こえてくるが、助けてあげることもできない。人の肩にぶつかり、毒づかれ、突き飛ばされながらも、地車についていこうと、阿鼻叫喚《あびきようかん》の海を渡っているうちに、ぼうっとしてきた。

火事で人生が変わるなんて嘘《うそ》だ。押し合いへしあいして、ただ流されていくだけ。うっすらと漂うきな臭い煙のうちに、まわりの騒ぎも人々の声も遠ざかり、足がもつれて転びそうになった。

はっとした。

倒れたら、おしまいだ。踏み潰されて死んでしまう。

その時、妾の二の腕を摑《つか》んで、誰かが横から支えてくれた。目の隅に、正仙院の若衆の顔が映った。驚いた顔を向けると、若衆は口許を微かに綻《ほころ》ばせて頷いた。

妾は若衆の腕にしがみついた。若衆は妾にぴたりと寄り添って歩きだす。ありがたく、嬉《うれ》しくて、若衆に軀を押しつける。着物を通して、じんじんと人の温《ぬく》もりが伝わってくる。

妾のすぐ横に、若衆のきめ細かな頰があった。前をまっすぐに見る横顔は凛々《りり》しかった。襟許から、日なたの湿った土のような若い男の匂いが放たれていた。

妾の腹のあたりに懐炉《かいろ》を置いたような熱が宿った。その熱は、足を進めるうちに、だんだんと強くなっていく。

腋《わき》の下や背筋に、じっとり汗が浮いてきた。

冬だというのに、夏のように暑い。

妾は浅く息をして、若衆の肩に頭を預けた。若衆は妾が倒れそうだとでも思ったか、肩を引き寄せた。妾は若衆の右胸に、すっぽりと包まれた。両手の置き場所に困って、胸の前で絡ませると、指に押された乳房から痺《しび》れたような波が生まれて、頭の後ろにまで走った。

加賀屋敷の門を過ぎたところで、「右に入るぞーっ」という父の怒鳴り声がした。

もう菊坂だ。ここで中山道から離れて、裏道を北上することになる。なんとか道を渡りきったが、菊坂に曲がる角で、人々が立ち往生していた。

「どうした、どうした」

「なんで動かないんだっ」

苛《いら》ついた群衆から怒声が飛ぶ。やはり、菊坂のほうに逃げようとしている者たちだ。

「辻の入口で、大八車と地車が鉢合わせしちまった」

「そんなもん牽きずって逃げるからだろ、さっさと壊しちまえ」

「邪魔だ邪魔だ、押し倒せえっ」

「やめろ、うちの家財道具だぞっ」

父の悲鳴のような声が聞こえた。

妾は怖くなって、若衆の胸に軀を押しつけた。思ったより、胸は厚くて、しっかりと妾の軀を受けとめてくれる。

「前を横に寄せろ、おいっ」

「そこを空けてくれ」

応酬とともに、どっと前の人々が後ずさった。不意を衝《つ》かれて、仰向けに倒れそうになった妾の軀を、若衆が後ろで受けとめた。その弾みに、尻が若衆の腰に沈んだ。傾いた軀を、若衆が腋の下に手を差しいれて立たせてくれたが、軀は前後にぴたりと張りついたままだ。身動きのできないまま、妾と若衆は身を重ね合わせて、立っていた。

前のほうからは、車が町家の壁にぶつかるぎしぎしという音が聞こえている。周囲では苛ついた群衆の怒声が渦巻いている。加賀屋敷のほうからは、大名火消しの一団が到着したのか、「水戸藩から火消しに参った。開門、開門」という叫びが響いてくる。

誰もが火事のことしか考えていない時に、妾の頭は、若衆の腰と重ね合わさったところのことでいっぱいになっていた。そこでは、むくむくと硬いものが頭をもたげていた。若衆の肉の棹《さお》。次第に逞《たくま》しくなり、妾の尻を押しあげてくる。太腿の奥がじいんと疼いて、崩れおちてしまいそうで、思わず腰を揺すると、肉の棹をなぶってしまったのか、それはますます硬く、逞しくなっていく。

若衆の喘《あえ》ぐような吐息が、妾の襟足に吹きかかる。全身に稲妻のような震えが走った。太腿の奥から下腹を伝わり、頭の芯にまで熱いものがこみあげてきて、顎《あご》が反《そ》りかえった。のけぞった顔の上に、妾を見下ろす若衆の顔があった。

謎《なぞ》のような黒い瞳の輝きが、妾の目に押しいってきた。臍《へそ》のあたりがきゅううっと絞られ、妾は唇を震わせた。頭の後ろが若衆の肩にもたれかかる。腋の下に差しこまれていた右手が、八つ口から滑りこんできた。手はじわりと前に進み、乳房の膨らみに伸ばされ、優しく包みこんだ。

別の手が腰の前に伸びてきた。着物の合わせ目の間に滑りこみ、太腿のあわいに進んでいく。

胸がはたはたと高鳴り、息が浅くなる。

乳房を包む手が乳首をつまんで、揉《も》みあげた。長襦袢《ながじゆばん》の上から、太腿のあわいをちろちろとひっかくように遊んでいた指が、いきなり猫が爪を立てるように、ぐっと中に差しこまれた。

同時に、妾の襟足を、温かい舌がぺろりと舐《な》めた。

全身に痙攣《けいれん》が走った。

太腿の奥がどくんどくんと脈打っている。いても立ってもいられないような強い波がそこからこみ上げてきて、妾は腰を浮かしていた。太腿の芯から、熱いものが滴《したた》り落ちる。若衆の指はその芯を揉みしだき続ける。尻に感じる棹はますます硬く猛《たけ》っている。震えが何度も何度も、全身を包む。

妾は瞼《まぶた》を痙攣させつつ、若衆にぐったりと身を預けている。妾の軀の上で、若衆の指は蠢《うごめ》きつづけ、尻が鈍く揺すりあげられる。

「そこだ、車を突っこめ」

「やれーっ、押せ、押すんだっ」

前のほうから、かけ声が起きた。

ああ、そう、突っこんで、突っこんで。押して、押して。滾《たぎ》る棹を、妾の濡《ぬ》れた太腿の奥に。深く、深く、何度も何度も。

頭を若衆の胸に預けて、妾は目を開いた。空を覆う灰色の煙の中に、火の粉が混じっている。ちかちかと朱色に光っては、煙に消えていく。

太腿の奥からは汁が滴りつづける。軀が竈《かまど》にでもなったように、熱を放っている。熱かった。軀が溶けてしまいそうなほど、熱かった。


夕刻近く、土埃と汗にまみれて、正仙院に到着すると、境内《けいだい》は、すでに焼け出された人々でいっぱいだった。菊坂で揉めたとはいえ、長持や金櫃を積みあげた三台の地車は無事で、手代と丁稚が四、五人、はぐれてしまっていたが、身内に欠けた者はいなかった。

「これは白川屋さま、お待ちしておりました。どうぞ、こちらにおいでください」

寺門をくぐるや、墨染めの衣姿の若僧が近づいてきて、案内に立った。軀はまだ火照《ほて》り、胸はどきどきしていたので、若衆がいなくなってしまったことに気がついたのは、境内を抜けた小さな庵《いおり》の前に着いた時だった。

あたりを見回したが、影も形もない。それでも、寺に関わりのある者に違いない。またすぐ会えるだろうと、妾は思った。

十畳ほどの座敷のある庵はきれいに片付けられていた。張りつめていた気持ちが解けたらしく、父も兄も縁に座りこんで、ぼんやりと人々がざわめく境内のほうを眺めている。母に命じられて、手代たちが奥の板の間に長持を運びいれはじめた。下女たちが、さしあたっての身の回りの品を調えはじめている。嫂は乳母と共に控えの間に隠れてしまった。赤子に乳でも含ませているのだろう。

「さぞかしお疲れでございましょう。すぐにお茶でもお持ちいたしますので」

一家が庵に入ったのを見届けると、若僧は庭から声をかけた。

「ありがとうぞんじます。ところで、喜照さまは……」

父が我に返ったように訊《たず》ねた。

「ただいま夕刻の勤行《ごんぎょう》中ですが、終わりましたら、ご挨拶《あいさつ》においでになると思います」

「いやいや、こちらから出向いていこう。わざわざ遣いの者を寄越してもらって、まことに助かった」

若僧は微笑んだ。

「庄之介《しょうのすけ》はちゃんと用を果たしたのですね」

「あの方、庄之介さまとおっしゃるのですか」

座敷に上がって会話を聞いていた妾は、思わず口を挟んだ。

「はい。当院の寺小姓でございます。気が利くので、喜照さまはたいそうご寵愛なされています」

縁に並んで座っていた父と兄が、意味ありげな視線を交わした。

「ほう、喜照さまも、なかなか隅に置けないな」

若僧は困ったような表情になり、頭を下げて、そそくさと庫裡《くり》のほうに消えていった。

三人の様子に奇異なものを感じて、妾は、「寺小姓とは、なんなのですか」と訊いた。

「おや、知らなかったのか」と、父が妾を振り向いた。

妾はかぶりを振った。もともと寺には滅多に行かない。お祈りするのは、もっぱら近くの根津権現だった。

「住持の身の回りの世話をする若衆だよ。茶を淹《い》れたり、衣をたたんだり……」

「夜には共に蒲団に入って、夜伽《よとぎ》もする」と、兄がおもしろがるように付け加えた。

「夜伽……ですって」

どきりとした。

「まぁ、女のお七が知る必要もない世界だな。さぁ、一息ついたところで、顔でも洗ってくるか」

父は腰を上げて、水場のある境内のほうに歩み去った。兄も手代が集まっているところに行って、何事か命じはじめた。

庵に誰もいなくなると、妾はふらふらと縁に出ていった。

上野のあたりの空が、夕焼けのように真っ赤になっていた。火はまだ燃え続けていた。


正仙院に一家で身を寄せている間、庄之介さまを再び見かけることはございませんでした。本堂や庫裡のまわりをうろうろしてみても、無駄でした。

喜照さまに止められたのか、もう妾に会いたくはないのか。なんともわかりません。

火事で店は焼けたものの、年明けには、応急の普請もできあがり、一家はまた森川宿のほうに戻りました。焼け跡のあちこちでも普請は始まり、町人の暮らしはもとに戻りましたが、妾の太腿の芯に灯《とも》った火はぶすぶすと燃えつづけていました。

それからの話は、貴女《あなた》もご存じでしょう。ええ、妾は火をつけたのです。一月の寒い昼下がり、火桶にかんかんと燃える炭火を入れて店を抜けだし、隣の長屋の路地にもぐりこみました。軒板の隙間に、綿屑と藁《わら》を包んだものを炭火と一緒に押しこんで、逃げたのでした。だけど小火《ぼや》で終わってしまい、長屋の人に見つかって、火付けの罪で奉行所に突きだされたのでした。

正仙院で妾がしきりに庄之介さまの居場所を探していたことから、あの寺小姓との恋に狂っての仕業だと、人は噂《うわさ》しているそうですね。

だけど、それはちょっと違うんです。

同じ牢に入れられているのも何かのご縁、貴女には話しておきましょう。

妾は、庄之介さまに会いたかったのではなくて、昨年の師走のような大火事に遭いたかったのです。そして、また阿鼻叫喚の海の中で、妾を後ろから抱きとめて、愛撫し、硬く滾る肉の棹を押しつけてもらいたかった。相手は、庄之介さまでなくてもよかったのです。男であれば、誰でもよかった。

そうでもしないと、あの火事で妾の軀に灯った炎は消せやしない。何もかもが燃えつきていく中で、妾の軀にも火がついて、身悶《みもだ》えし、肉の棹を呑みこんで、身も心も溶けていくまでは消えることはないのです。

わかっております。火付けの罪は、火炙《ひあぶ》り。妾は明日、大井村の一本松獄門場まで引き立てられていき、火にかけられます。この身は炎に包まれて、灼《や》かれ、苦悶のうちに黒焦げになって死んでいくことでしょう。

怖い、恐ろしい、考えるだけでも、足が震えます。だけど、その中に、やはり、ぞくぞくする歓びを感じもするのです。

火に魅入られた女の因果でございましょう。

伊勢音頭《いせおんど》恋逆刃《こいのさかば》

伊勢《いせ》の古市《ふるいち》は、江戸《えど》の吉原や京《きょう》の島原に引けを取らない大きな遊里《ゆうり》だ。伊勢神宮の外《げ》宮《くう》と内宮《ないくう》の間にあるだけに、伊勢詣の道者《どうしゃ》で年がら年中賑わっている。禊《みそ》ぎをして、伊勢神宮にお参りし、心身ともに清らかになるのだから、その前にさんざっぱら淫蕩《いんとう》しておいても構わないという、男たちの都合のいい好き心とうまくあいまって、遊女を抱える色茶屋には道者が詰めかける。

だとしたら、古市で男を迎える女たちは、禊ぎで流さなくてはならない穢《きたな》いものだというのか、と今では皮肉に考えもするが、あの頃の妾《あたい》はそんなことは思いも及ばず、ただ遊里の華やかさに酔っていた。なにしろたった十六。鬼も十八、番茶も出花、にも及ばない歳だった。身を置いていたのは、古市でも四つの指に入る色茶屋、油屋だったのだから、若い娘が浮かれてしまうのも当たり前だ。

油屋名物は、遊女たちの伊勢踊り。二階には舞台つきの大座敷があり、そこで妾たちは揃《そろ》いの小袖を着て、三味線や胡弓《こきゅう》の陽気な音頭に合わせて踊った。昼間でも行灯《あんどん》を灯《とも》した中で、白粉《おしろい》を塗って紅をさして舞台に立つ。妾の手足、腰の動きを、座敷の旦那方は熱っぽい目で見つめている。まるで歌舞伎の女形《おやま》にでもなったような気分だ。立役《たちやく》はもちろん團十郎《だんじゆうろう》さまだった。

「おこん、これ」

鏡台に身を乗りだしていたおきし姐《ねえ》さんが、緋色の長襦袢《ながじゆばん》の袖から白い腕を妾のほうに突きだした。妾はその手にあった紙を受け取った。白粉を包んでいた畳紙《たとうがみ》だった。油屋の売れっ子遊女だけに、おきし姐さんの使っているのは、水銀を使った上等の伊勢白粉だ。畳紙も、鉛白粉の包み紙なんぞとは違っていて、役者の錦絵が描かれている。その絵を集めている妾に、おきし姐さんは白粉を使い終わると渡してくれる。

その日、おきし姐さんがくれた畳紙には、細面のきりりとした顔立ちの役者が描かれていた。目は細く吊りあがり、鼻筋が通り、薄い唇をぐいと曲げているが、またそれがぞくぞくするほど色気がある。

「誰ですか、この役者さん」

思わず妾は、おきし姐さんに訊《たず》ねていた。

「市川《いちかわ》團十郎っていうらしいよ。小間物屋の松吉さんがいってた」

おきし姐さんは朱塗の鏡台に身をかがめ、水で溶かした白粉を刷毛《はけ》で顔に塗りながら答えた。

「六代目だってね。まだ二十歳前の若さだけど、これからいい役者になるだろうって江戸でも評判なんだって」

「かっこいいですねぇ」

　妾はため息をついた。

「そうかい。線が細くて、癇癪《かんしゃく》持ちみたいで、わたしの好みじゃないけどね」

「えっ、どんな顔なの。見せて見せて」

　妾と同じく、おきし姐さんの妹分のおしかが肩を寄せて覗《のぞ》きこんできた。

「うんうん、かっこいいよ。水も滴《したた》るいい男っていうのかい、そんな感じだよね」

「ねっ、おしかちゃんだってそう思うよね。おきし姐さんの目がおかしいんだ」

「なんだい、胡瓜《きゅうり》みたいな男じゃないか」

　おきし姐さんは半ば笑いながら毒づいた。そういわれると、ほんとに團十郎が胡瓜みたいな顔に見えてしまい、妾は「胡瓜じゃない、胡瓜じゃない」と悪口をかき消す呪文のように繰り返して、畳紙を懐に押しこんだ。姐さんの身の回りの世話をする禿《かむろ》のおもよとおはるが、肩をぶつけあってくすくす笑った。二人ともまだ十歳そこそこの子供だから、子猫がじゃれているみたいだ。

「馬鹿だね。人が胡瓜であるものか」

　おきし姐さんはけろりとした顔でそういって、禿に手を差しだした。おもよが心得た様子で手許《てもと》の紙を一枚取って渡す。腰元のような禿や、妹分の遊女に囲まれて、お姫さまのようだ。

おきし姐さんは紙を顔にあて、白粉を肌に吸いこませはじめた。いつも笑っているような細い目も小さな唇も、色白の瓜実顔《うりざねがお》すべてが紙に隠され、お芝居の幕が下りたみたいだった。おしかは貸本をめくりだした。古市のような遊里のことを書いている洒落本《しゃれ》だという。妾は字が読めない。くすくす笑いながら本を読んでいるおしかの隣で、妾は火鉢に手を翳《かざ》しながら、ぼんやりとあたりを眺めた。

二間続きのおきし姐さんの部屋は、廊下に面したところが居間となっている。細工の美しい小物入れや双六《すごろく》の置かれた厨子《ずし》、客の旦那方に付け文を送るための文机《ふづくえ》があったり、三味線が立てかけられたりしていて、居心地よくしつらえられている。

妾やおしかのような新造の遊女は、自分の部屋なぞない。客の旦那との寝間が、その夜限りの部屋だ。着物や身の回りのものは、みんなで使う身仕舞い部屋に置いてある。朝風呂を浴びて、台所で遅い朝食をすませた後、身繕いをして、妾たちはおきし姐さんのところに行き、店が開くまでだらだらとお喋《しゃべ》りをして過ごす。

部屋持ちのおきし姐さんは、新造のように慌てる必要はないから、顔を出すとたいてい長襦袢のまま、膳で運ばれた朝飯を食べていたり、湯上がりで、洗い髪を乾かしていたりして、まだ起きたばかりの気怠《けだる》さが漂っている。今朝も、寝間の屏風《びょうぶ》の向こうに、二枚重ねの緋蒲団《ひぶとん》が覗き、昨夜《ゆうべ》の名残《なごり》の鼻紙なぞが畳の上に丸められて散らばっていた。

贔屓《ひいき》の旦那から贈ってもらったふかふかの蒲団や、漆塗のきれいな箱枕のせいか、乱雑さすら優雅に見える。

この寝間での男女の睦《むつ》み合いは、妾のそれよりもずっといいものであったことだろうと思わずにはいられない。妾の昨夜の旦那は、伊勢参りに来た大坂人だった。五、六人で騒がしくやってきて、伊勢踊りを眺めて、仲居頭のおまんと相談しつつ、あれこれ遊女たちを指さしていたが、結局、みんなの選んだ敵娼《あいかた》は、新造ばかりだった。部屋持ちの花形遊女の値は高い。おまんから花代を聞かされて、懐具合と相談してのことだろう。けちな旦那らしく、一度ではもったいないと、またも挑もうとしたが、精のほうがついていかない。しきりに舌打ちしながら、仕方ないといわんばかりに、軀をねちねちいじくりまわしてきた。おかげで、ゆっくりと眠ることもできなかった。

妾は懐から市川團十郎の畳紙をそっと取り出した。絵の中の男は胡瓜ではなかった。やはり背筋がぞくぞくとするほどいい男だ。

妾を買ってくれる旦那が、こんな男だったらどんなにいいだろう。姐さんのような部屋持ちになれば、いい旦那ばかりがつくのではないかと思う。

ふと見ると、おきし姐さんが紙を剥《は》がしたところだった。色白の顔がますます抜けるように透明に輝いていた。

伊勢は津でもつ　津は伊勢でもつ
　尾張名古屋は　やんれ　城でもつ
　　こらこらやぁとこせぇのよいやな

伊勢音頭に合わせて、妾はその日も踊っていた。禿だった時から、厳しく教えこまれた踊りだけに、目を瞑《つむ》っていても手足は動く。黒縮緬《ちりめん》に桜模様の揃いの着物、髪にはたくさんの簪《かんざし》や笄《こうがい》を後光のように挿した総勢二十四人の遊女たちが、座敷を囲む形でしつらえた舞台を所狭しと踊るのだ。二列に並んで三味線を弾く芸妓たちの向こうで、緋《ひ》毛氈《もうせん》の上に座った客たちが、目を丸くして、口を半ば開いて見入るのも当たり前。ましてや男の客たちは、この舞台で踊る妾たちの中から敵娼を決めるのだから、その目つきには獲物を前にした猫のようなぎらぎらしたものが込められている。

今日の客は十四、五人ほどだった。女客も三、四人交じっていて、一緒に手拍子などを打っている。御師《おんし》の孫福《まごふく》九大夫《だいふ》の顔があるから、その家に泊まっている道者たちだろう。

御師とは、諸国を巡ってお伊勢さまのありがたみを説き、伊勢詣を勧める者たちだ。一生に一度はお伊勢さまにお参りしたいというのは庶民の願いであったから、たいていの村や町は、伊勢講を組んでお金を貯めて、十人やそこらの者たちを伊勢に送りだす。

そんな道者たちがやってくると、御師は出迎え、伊勢神宮に奉納する神楽《かぐら》から、滞在中の宿や豪勢な食事、伊勢見物の世話まで万事手配することになっていた。もちろん、そのお代はたっぷりちゃっかり頂くから、伊勢の御師の家ときたら豪勢なものだ。何十人もの道者を泊めても平気なくらいの広さと奉公人の数の多さを誇っている。

孫福九大夫は油屋を贔屓にしてくれていて、夜、一人でふらりと現れる時には、小座敷で馴染みの遊女のおいちを呼んで、酒を呑んでくつろいでいる。大座敷に顔を出すのは、たいてい昼間で、道者を案内している時だ。世に名高い古市の伊勢踊りだから、色茶屋とはいえ、女客も喜んでやってくる。それで一両や二両の高い見物料を払い、酒や料理も注文してくれるので、主《あるじ》の清右衛門《せいえもん》は道者が来るとほくほく顔だ。日頃から、孫福九大夫には粗相のないように、丁重にもてなすようにと言い含められているので、妾も舞台から笑顔を九大夫に送りつけた。

團十郎さまを見たのは、その時だった。

眉毛のふさふさした鍾馗《しょうき》さまのような孫福九大夫の横に、細面で白い團十郎さまの顔があったのだ。

踊りの手が止まった。

まさか江戸にいる團十郎さまが、古市にいるわけがない。すぐにそう思って、踊りに戻ったが、また孫福九大夫のほうを振り向かずにはいられなかった。

やはり團十郎さまではなかった。総髪に髷《まげ》を結っているから、歌舞伎役者であるはずはない。広袖の十徳《じっとく》を着ているので、医者か儒者か。歳の頃も團十郎さまよりも上のように見える。

それにしても、なんとよく似ていることだろう。瓜二つではないか。

妾の心はふたふたして、頬は赤くなり、その後の伊勢音頭はどうやって踊ったものやら、自分でもわからなくなってしまった。

團十郎さまは、孫福斎《いつき》という名だった。孫福九大夫の養子で、古市から南に半里ほどいったところにある宇治浦田町で医業を営んでいるという。

それを知ったのは、踊りの後、おきし姐さんが孫福九大夫の許に呼ばれたからだった。遊女と客の間を取り持つ遣《や》り手役のおまんにいわれて、妹分の妾もおしかも一緒にお酌することになった。

「斎がな、おまえのことをえらく気に入りおったのでな」

孫福九大夫は、おきし姐さんに酒を勧めながらいった。

「ありがたいことでございます」

おきし姐さんは恥じらうように、華奢《きゃしゃ》な肩をすくめて頭を下げた。女の妾でも抱きしめてやりたいと思うような可憐な仕草で、盃《さかずき》の酒を押し頂くと、少し口をつけて、ふわりとした笑みを浮かべた。まるで桜の花が開いたような風情だった。團十郎さまが息を止めたのがわかった。

やっぱり、おきし姐さんには敵わない。

妾は心の中でため息をついた。

こんなたおやかな風情で、江戸にも店を出す大店《おおだな》の旦那や、御師の旦那なぞの気を惹《ひ》き、心に誓った男はおまえさま一人、などという起請文《きしょうもん》を配りまわり、やれ、新しい着物だ、寝具だ、簪だと貢がせる。それでますます豪華に着飾り、ますます輝くようになり、男たちを惑わし、それをまた楽しんでいた。

「歳は幾つであるのかな」

團十郎さまが、おきし姐さんにしゃちほこばって訊《き》いた。いきなりそんなことを訊くなぞ、気が利かないのもいいところだが、それもまた色茶屋に慣れていないことの証《あかし》と、妾は受け取った。

「十七でございます」

二十歳のおきし姐さんだが、涼しい顔で答えた。

「ほう、若いな」

團十郎さまは眩《まぶ》しそうに呟《つぶや》いた。そして、妾がじっと見ているのに気がついて、お義理のように、「で、そちらの二人は」と問うた。

「十七でございます」

妾もおしかも、おきし姐さんと返事を揃えた。十六だといえば、まだ子供だと思われる。十七にしておきなさいと、おまんからいい聞かせられていたのだ。

「ほう、みな十七かの」

九大夫は腹の皮がよじれそうな顔をしている。遊び人の九大夫には、遊女の口にする歳なぞてんであてにならないことはよくわかっているのだ。しかし、それをいって水を差すような朴念仁《ぼくねんじん》ではない。

「この斎はな、いい男ではあるのだが、ちと真面目すぎるんだ。二年前に嫁を貰ったのだが、以来、家と患者に縛りつけられている籠の鳥だ。男なら、少しは遊びを知らないといけないと思って連れてきた。おきし、しっかり教えてやってくれよ」

おきし姐さんが恥じらうように袖で口許を隠す横から、おまんが、「そりゃあ、旦那さま、いい妓《こ》を選びましたよ。うちの店でも、おいちと並ぶ花形でございますからね。おきしに任せておいたら、安心でございます」と持ちあげた。三十路《みそじ》にあと数年で手が届くという歳で、仲居頭をしているだけあって、おまんの口は達者だ。九大夫の馴染みの遊女を一緒に褒めることも忘れない。

「おい、斎、今宵《こよい》一晩、このおきしを借り切ってやるから、家のことなぞ忘れて、存分に遊べよ」

九大夫に背中をどんと突かれ、團十郎さまは薄く笑った。色白の頬に浮かんだその歪《ゆが》みは、なんともいえぬ苦みがあった。

障子窓に射していた午後の光も弱まり、夕刻も近づくと、孫福九大夫は、女客たちと一緒に帰っていった。残った旦那方は、敵娼と決めた遊女の肩を抱いてすぐさま閨《ねや》に消えたり、酒を呑んで話に夢中になったりと、勝手に楽しみはじめた。團十郎さまも大座敷に残って、酒をちびりちびりと呑んでいる。あまりいける口ではないと自分ではいっているが、青ざめた頬はますます白くなるだけだ。無口なたちらしく、おきし姐さんが、お生まれはどちらでございますかとか、孫福九大夫とはご親戚か何かですかとか、あれこれ訊ねても、返事は短いもので、鳥羽《とば》だとか、いや、親戚ではない、とか答えるだけで、すぐに話は切れてしまった。それでも、医学を学んだという京都のことに話が及ぶと、懐かしそうに思い出を語りだした。

妾は、おきし姐さんの隣で、團十郎さまを眺め、その声を聞きながら、うっとりしていた。話している途中、瞬《まばた》きしながら目を天井に向ける癖も、時折、微笑む口許も、静かではあるがどこかに強い響きのある声も、何もかもに心惹かれた。それだけに、この團十郎さまが、もうすぐおきし姐さんと床入りするのだと思うと、胸の底がちりちりと焦げつくようだ。

どうして妾ではないのか。

心の中でそんな囁《ささや》きが木霊《こだま》する。

いつもなら、おきし姐さんに、どんなに男っぷりのいい旦那がついても、さすが姐さん、と感心こそすれ、羨《うら》やむことなんかなかった。なのに今夜は違っていた。羨ましかった。腹の底から羨ましかった。

伊勢踊りを所望する客はいないが、道者や地元の旦那方が三々五々と現れて、適当に賑わいは続いていた。店の男衆の宇助が現れて、二階の軒に並ぶ提灯《ちょうちん》に火を灯しはじめた。三方が開いた軒下にずらりと並ぶ提灯の灯は豪勢なものだ。宇助が開ける障子の向こうには、赤紫色の夕暮れ時の空が広がっている。おまんが残っていた道者の旦那方に、「そろそろお部屋に移られたらいかがですか」と勧めた。

日の高いうちにやってくる道者は、翌日の神宮参拝や伊勢見物もあるので、その夜は旅籠《はたご》に戻ることが多い。敵娼の遊女は、他の客を取ることができるので、店のほうもありがたい。早々に事をすませてお帰り願いたいという、おまんの算段だ。

残っていた二人の道者の旦那がゆるゆると腰を上げると、團十郎さまも立ち上がった。それぞれの敵娼の遊女に手を引かれるようにして、廊下のほうに消えていく。

團十郎さまも行ってしまった……。

胸が切なくなって、盃に残っていた冷酒をぐっと呑み干した。

「これ、おこん。そんなはしたないこと、するんじゃないよ」

膳を片付けていたおまんの叱責が飛んできた。

「お客さんがいないからって、気を抜いちゃいけないよ。そんな振る舞いは、どこかで出てきてしまうんだから」と小言を繰りだしているところに、階下から「いらっしゃいまし」という声が聞こえた。がやがやと大勢の客が来たような気配に、おまんは階下にすっ飛んでいった。

まもなく賑やかな声と一緒に、十人余りの旦那方が大座敷に雪崩《なだ》れこんできた。すぐ近くの旭町の商家の旦那方だ。寄り合いの後、連れだって繰りだしてきたようだ。おまんの指示で、まだ客のついていない妾たちは、その旦那方を囲んで、座を盛りあげはじめた。酒や料理が運ばれてきて、芸妓が三味線を弾き、小唄を歌い、手拍子や笑い声が上がる。

軒下の提灯の光が障子を柿色にぼうと照らしている。二階の大座敷はまるで夜の中に浮かぶ夢の箱のようだ。夜はまだ肌寒い早春とはいえ、座敷はひといきれでむんむんしている。この一時《ひととき》が妾は好きだ。誰もが浮かれて、大声で話している。世の中のみんなが善人に見えてきて、ほんの些細《ささい》なことでも、涙が出るほど笑い転げたくなる。

だけど、今夜ばかりは腹の底から笑えなかった。今頃、團十郎さまとおきし姐さんは抱き合っているのだと、ついつい気がそちらにいってしまう。酌をする手が揺れ、酒をこぼしたり、とんちんかんな受け答えをしたりで、おしかまで訝《いぶか》るように妾を見ている。だから、おまんに廊下に呼びだされた時には、またぞろ小言をいわれるのだろうと覚悟した。

しかし、おまんの話はそれではなかった。

「ちょっとの間、おきしの代わりに孫福の若先生のお相手をしておくれ。大隅屋の旦那がいらして、おきしを呼んでなさるんだ。さっきお酒を運んでいったばかりだから、まだ床入りしてないし、お酌するだけでいいから」

大隅屋の旦那は、おきし姐さんの大事な馴染みだ。江戸店を三つも持っている大店の木綿問屋の主で、なにくれと姐さんに貢いでいる。普通ならば、遊女は一度買われれば、その客が帰るまでは他の客がつくことはできないのだが、大隅屋の旦那がいらしたとあっては、顔だけでも見せないと角が立つ。

「いいですよ」

大喜びで返事して、妾は廊下の先にある身仕舞い部屋に飛びこんだ。男衆が灯してくれていた行灯の弱い光の中で、鏡を覗きこむ。そこに映る顔は、おきし姐さんみたいな瓜実顔ではなくて、鏡と同じように丸い。ぱっちりした目に、寸足らずの鼻がくっつき、唇は分厚くて、弾けそうな木通《あけび》の実みたいだ。愛嬌のある子だといわれはしても、美人だといわれたことはない。

紅を差そうとした指がふと止まった。

おきし姐さんのような部屋持ちの遊女になりたいと、踊りも一生懸命に習い、歩き方や流し目や、酌の仕方も真似《まね》をしてきた。しかし、それは犬が猫の真似をするのに似ていた。女だったら、誰でもおきし姐さんみたいな遊女になれるわけではない。そこらの飯盛女や夜鷹のように、寝ればいいだけの蓮っ葉遊女ならば、お道具さえちゃんとしていればいいだろうが、部屋持ちの遊女になりたければ、軀だけでは足りない。華が必要だ。

役者みたいなものだろう。おきし姐さんに連れていってもらった芝居小屋で見る役者たちも、やはり立役は華があるし、端役は華がなく、そこらの雑草でしかない。

妾は雑草だった。

遊女になって水揚げされて一年もすれば、いくら十六でもだんだんにそんなことがわかってくる。妾は、豪勢な屋敷の庭に咲く牡丹の花を憧れて眺めているだけの路傍の雑草みたいなものだ。

どんなに頑張っても、おきし姐さんには勝てやしない。

こぼれそうになるため息を堪《こら》え、妾は小指に紅をつけて、唇に差し直した。

おきし姐さんと團十郎さまは、居間で火鉢を囲んで座っていた。團十郎さまは十徳を脱ぎ、あぐらをかいている。

妾の顔を見るや、おきし姐さんはすでにおまんと示し合わせてあったらしく、「ほんの少しお待ちくださいませ。この妹分のおこんがお相手しますので」と腰を浮かせた。團十郎さまは怪訝《けげん》な顔で、廊下に向かう障子が閉まるのを眺めていた。色茶屋に慣れている旦那ならば、他の座敷に行ったのだとぴんとくるはずだが、右も左もわかっていないのだ。

妾は、「おこんでございます」と頭を下げて、おきし姐さんが座っていたところににじり寄っていった。

「ああ」と答えた團十郎さまは、なぜ、おきし姐さんではなく、ここに妾がいるのかというような顔をしている。酔いが回っているのかもしれない。

寝間の入口に置かれた行灯が、屛風の向こうの三枚重ねの緋蒲団を照らしていた。上に掛けたふかふかした夜着《よぎ》に乱れはなく、まだ二人はそこに横になってもいないようだ。なんとなく、ほっとした。

妾は、三方《さんぼう》の上に置かれていた朱の漆塗の銚子を持ちあげた。

「お酒、もう少しいかがですか」

團十郎さまは酒を受けて、ぐっと呷《あお》った。

「おきしはどこに行ったのだ」

ご贔屓の旦那の許に行きました、とはいえやしない。妾は「はい、ちょっと……」とはぐらかして、「旦那さまは鳥羽のお生まれだと伺いましたが、鳥羽のどちらでございますか」と話を変えた。

「山奥の村だ。名をいっても、わからないだろう」

「鳥羽なら、山奥でも少しはわかります。熊野《くまの》から伊勢に来る時に通りましたから」

團十郎さまは、おや、という風に首を傾《かし》げて、妾を見た。

「熊野から伊勢に抜けたのなら、鳥羽を通るはずがないではないか。熊野街道伊勢路は、鳥羽の手前の長島《ながしま》から、山の手に入るのだから」

「まっすぐ参ったわけじゃないんです。志摩《しま》のほうをぐるりと回って鳥羽も抜けて、伊勢まで来たもので……」

「ずいぶんと辺鄙《へんぴ》な道を通ったものだな」

妾は顔を赤くして、「父が決めたんです」と小さな声でいった。

それは、ただの伊勢参りの旅ではなかった。熊野の小さな村で百姓をしていた父だが、年貢を払えなくなって、伊勢参りを口実に一家で逃げだしたのだった。父と母、幼い弟二人の一家五人、銭もなく、あてもなく、喜捨を頼りに、旅をした。柄杓《ひしゃく》を手にして、伊勢参りだといえば、何かしらのものは恵んでもらえた。だけど伊勢に着けば、お終《しま》いだ。先々のあてがあるはずもない。

「父はできるだけ旅を長引かせたかったんだと思います。だけど、とうとう伊勢に着いてしまいました。路頭に迷った父は、妾を油屋さんに売ることにしたんです」

　これまで客の旦那方から、どうして色茶屋なぞで働いているのだと訊かれると、紀《き》州《しゅう》の村の名主の娘だったが、親の借金を払うために、自ら売られてきたと答えていた。乞食のように流浪した挙げ句に、売り飛ばされたとはみっともなくて、いえはしなかった。

　だけど、團十郎さまに嘘《うそ》はつきたくなかった。ついついほんとうの話をしてしまっていた。

　頭の中で思い出す時には、どうということはないのに、身の上話を言葉にしはじめると、あの頃の心の動きがどっと身内に蘇《よみがえ》ってきた。見上げるほどに大きな油屋の大屋根、主の清右衛門の厳《いか》めしい顔、遠ざかっていく父や母と弟たち。心細くてたまらず、その場に消えてしまいたかった。

「妾が十三の時でした。その後、家族がどうなったのか知りません」

　声が震え、頰に涙が伝った。妾は慌てて袂《たもと》で隠した。

　團十郎さまは困ったように微笑《ほほえ》んだ。

「泣くな、貧しい家に生まれたのは、おまえだけじゃないんだから」

　妾は袂の陰から目だけ出した。

「先生も……ですか」

團十郎さまといいたいところを堪えて訊いた。

「私も貧しい百姓の倅《せがれ》だ。養子に出されて、一生懸命学問して、医者になった。今でこそ苗字帯刀を許される身分だが、子供の時分は鍬《すき》を手にして畑を耕したものだ」

またもどっと涙が溢《あふ》れてきた。團十郎さまも、妾と同じなのだ。貧しい百姓の出なのだ。まるでひとつの家で生まれ育ったような気持ちになって、嬉《うれ》しくて、ぐすぐすと泣きだした。

「先生、妾……妾……」

涙に濡《ぬ》れた顔を上げて、妾は團十郎さまのほうに身を傾けた。青ざめた凜々《りり》しい顔がすぐ近くにあった。軀《からだ》から心だけがすっぽり抜けて、團十郎さまの中にどっと流れこんでいくようだ。

好きです。ずっと前から、畳紙の中にあなたさまを見つけた時から……。そんな言葉が頭の中で渦巻いた時、廊下で「お待たせして、すみませんでした」という声がした。

妾はぱっと背筋を立てた。それでも部屋に入ってきたおきし姐さんは、妾が泣いているのに気がついた。

「先生、おこんに意地悪しては駄目じゃないですか」

おきし姐さんは婀娜《あだ》っぽく團十郎さまを睨んだ。

「身の上話を聞いていただけだ。そちの戻りがあまりに遅いから」

團十郎さまは、姐さんに見入っていた。

大隅屋の旦那と、小座敷で口でも吸いあうくらいしていたのだろう。秘所をまさぐらせていたかもしれない。姐さんの目は熱っぽく潤み、色白の頰はほんのり上気して、それは綺麗だった。

「そろそろあちらに行きましょう。おこん、ご苦労さま、もう下がっていいですよ」

おきし姐さんは、團十郎さまの手を取って、寝間のほうに誘《いざな》った。團十郎さまは照れたような顔つきで立ちあがった。軀が少し揺れているのは、かなり酔っているからだろう。寝間の屛風の向こうに消えるや、どさりと緋蒲団に倒れこむ音がした。

妾は廊下に出る障子戸の前で跪《ひざまず》き、「それではごゆっくり」と声をかけた。障子戸を開いて、寝間のほうを振り返ったが、屛風の向こうから返事はなかった。小袖を脱ぐ衣擦れの音がするだけだ。姐さんは長襦袢一枚になって、團十郎さまの傍に身を横たえているのだろう。そして、團十郎さまは姐さんの軀を抱きしめ……。

妾はわざと強く障子戸を閉めた。木枠が柱にぶつかる、ぱたん、という音が響いた。おきし姐さんは妾が部屋の外に出たと思っただろうが、そのまま居間の薄暗がりでじっとしていた。続きの間にある行灯はひとつきり。寝間の屛風の前に置かれている。妾のいる居間は薄暗がりだ。

息を潜めて座っていると、屏風の陰から荒い息が聞こえてきた。妾は四つん這いになって、そろそろと屏風のところまで進んでいった。行灯にぶつからないように気をつけて、緋蒲団の足許のほうから、屏風の向こうを覗きこむと、緋色の湯文字《ゆもじ》から突きだした、むっちりした太腿《ふともも》が目に飛びこんできた。薄暗がりに白く浮き上がるさまは、とても艶《なま》めかしい。大きく開いた太腿の間には、團十郎さまの腰がおさまっている。

禿だった頃、おもしろ半分で、他の子たちと障子の隙間から覗き見して、居間で遊女と旦那が絡みあっているのを目にしたことはある。犬が番《つが》うのを見るくらいの気分だったが、今は違っていた。なにしろ相手は團十郎さまなのだ。妾の軀がぼっと熱くなった。

團十郎さまはすでに褌《ふんどし》を取り払い、猛る魔羅《まら》をおきし姐さんに押しつけている。姐さんはもがきながら細い声で、「お願いです、そうお急ぎにならないで……」と頼んでいる。

屏風の継ぎ目から洩れる行灯の光に、眉根を寄せて目を細めている姐さんの顔が浮かんでいる。妾のところからは團十郎さまの背中が見えるだけだ。しきりに腰をすりつけるようにしながら、片手で姐さんのはだけた胸の乳房を握りしめている。あの静かな團十郎さまとは思えないほどに荒々しい仕草だ。

「あっ、もう少し優しく……お願いです」

姐さんは團十郎さまの胸を押し返そうとした。それを払って、團十郎さまは姐さんの太腿をすくいあげ、腰を浮かし、深く突きいれた。姐さんの呻《うめ》き声が洩れた。團十郎さまはそのまま激しく抜いては突きいれている。

濡れた奥の院がぴたぴたと音を立てている。屛風に隠れて、團十郎さまの尻から背筋にかけての獣のような動きを見ているうちに、妾の太腿の奥からぬるりとしたものが溢れでてきた。乳首が硬くなり、むずむずとしてきた。たまらず着物の裾から指を入れて、奥の院に触れた。頭の芯にまでじいんとしたものが広がっていった。

「あぁ……あっ……あああっ」

おきし姐さんの喉から、悲鳴とも悦びともつかない声がこぼれでる。それに駆りたてられるように、團十郎さまは立て膝になって、ますます激しく魔羅を抜いては突きたてる。

おきし姐さんは息も絶え絶えという風情でぐったりしている。

妾まで全身が捩《よじ》られ、揉《も》みくちゃにされたような気持ちになって、屛風の後ろに蹲《うずくま》っていた。息が荒くなり、目と鼻の先にいる二人に聞こえないかとはらはらする。でも、團十郎さまも姐さんも、はぁはぁと荒い息を吐きながら緋蒲団の上で睦みあっている。縮緬の長襦袢から姐さんの白い肌がちらちらと覗いている。團十郎さまの尻がしゃくりあげるように動いている。妾は指を動かすのを止めることができない。

「いいか、いいだろう」

團十郎さまは確かめるように訊いた。おきし姐さんが弱々しげに、「もう……勘弁くださいまし」と呟いたとたん、團十郎さまは魔羅を挿しいれたまま、「むう」という唸《うな》り声を発して、動きを止めた。姐さんが糸を引くような細い悲鳴を上げた。妾は声が洩れないように歯を喰い縛り、背を丸めて身を震わせていた。

「男には二通りあるんだ、女が悦ぶのを見て自分も悦ぶ男と、女を手籠《てご》めにして悦ぶ男とね。あの若先生は、手籠めにして悦ぶほうだ。抗《あらが》っているふりすりゃいいんだから、簡単だよね」

後で、妾が、團十郎さまとの閨はどうだったかと訊ねた時、おきし姐さんはそういった。

覗き見するだけで、あれほど興奮したのだ、きっとおきし姐さんはもっとすごくよかっただろうと問わずにはいられなかったのだ。なのに、そんなことをいわれて、妾は啞《あ》然《ぜん》とした。それから、怒りが湧《わ》いてきた。

おきし姐さんにとっては、何もかも芝居だったのだ。それに、妾も團十郎さまもころりと騙《だま》されたのだ。

そう、團十郎さまは見事に騙された。あの夜以来、姐さんがひどく気に入ったようで、三日もしたら、また油屋に現れた。大座敷には行かずに、一階にある小座敷におきし姐さんを呼び、酒や料理を注文した。おきし姐さんは、おしかと妾を連れていき、座を賑やかにする道化役は妹分に委《ゆだ》ね、自分は高貴なお姫さまであるかのように上品な女を演じていた。團十郎さまが姐さんにぞっこんなのは、その目つきでわかった。ひたすらおきし姐さんを見つめていた。そして酒を呑む間も惜しいかのように、早々に部屋に行こうといいだして、おきし姐さんと二人で座敷を出ていった。閨で姐さんはきっとまた、手籠めにされるか弱い女のふりをしたことだろう。

ほんとうは違うのに。旦那が違えば、おきし姐さんは、されるがままの女であるはずはない。魔羅をさすったり、金玉をいじくったり、さまざまな手練手管を弄《ろう》しているはずだ。旦那方を悦ばすのが役目の遊女なのだから、当たり前だ。そんなことはわかっていても、こっぴどく裏切られた気分だった。

五月五日の端午の節句は、古市でも特別な日だ。大きな商家の前などには、何日も前から紙の鍾馗さまの像や刀などが飾られる。その宵宮の四日の晩の油屋は、いつもに増して賑わっていた。道者《どうしゃ》や馴染みの旦那方に加えて、息子を一人前の男にしたくて連れてくる父親や、肝試しとでもいわんばかりに連れだってきた若衆が加わったからだ。

大座敷のあちこちで宴が開かれた。三味線の音、酔客の太い声、それに合わせて、いっせいに飛び立つ小鳥の囀《さえず》りのように遊女たちの放つ笑い声。真夜中近くになっても、帰る客はほとんどなく、二階も吹き飛ばす勢いで浮かれ騒ぎは続いていた。

おきし姐さんやおしかと一緒に妾がついていたのは、阿波《あわ》から来た三人の道者だった。みな三十路の男盛り。裕福な商家の倅の幼なじみ同士、伊勢詣にやってきたらしい。話はもっぱら、今日、古市の芝居小屋で観てきた歌舞伎のことだった。

「『恋飛脚大和往来』というんだ。これが泣かせる筋でなぁ」と三人の中で最もお喋りの反っ歯《そっぱ》の旦那が話していた。

「惚れた女郎を身請けする金に困っている、忠兵衛《ちゅうべえ》という飛脚屋の養子の話なんだ。もう一人敵役《かたきやく》がいて、そいつが女郎を横取りしようとしたもんで、思いあまって、届けに行く途中の店の金の封印を切り、どんなもんじゃい、と見得《みえ》を切るんだ」

「違う違う、こうだぞ」

色黒の丸顔の旦那が、「ど、ど、どんなもんじゃいっ」と顔を歪めて目玉をひんむき、懐から出した鼻紙を引きちぎった。

「それじゃ、阿波狸の悶絶じゃないか」

反っ歯の旦那の言葉に、妾たちは手を叩いてげらげら笑った。

「店の金に手をつけたので、忠兵衛と女郎は心中したと……大坂新町の遊里で、ほんとにあった話らしいですな」

額に黒子《ほくろ》のある旦那が、扇子を手にして、したり顔で注釈した。

「ほんとにあった話なんですか」

おきし姐さんが驚いた顔をした。

「そう聞いていますよ。もう七、八十年も昔のことといいますがね」

黒子の旦那が喋っているところに、おまんがおきし姐さんの後ろにかがみこんで、耳許で何か囁いた。気に染まぬ話だったのだろう、おきし姐さんは顔をしかめて首を横に振ると、妾のほうに顎《あご》を軽くしゃくってみせた。

すぐに、おまんが妾を廊下に連れだしていった。

「竹の間に行っておくれ。孫福の若先生がいらしているんだ。呼んでいるのは、おきしのほうだけど、あの通り、今はあちらの旦那方についているもんでね」

しがない町医者よりは、阿波の大店の若旦那たちのほうが大盤振る舞いしてくれるに決まっている。おきし姐さんだって、あの愉快な旦那方の傍から離れたくはないのだろう。しかし、妾は團十郎さまのお相手と聞いて、二つ返事で承知した。

おきしは後で参りますとでも、なんとでもいい繕っておいておくれよ、というおまんの声を背中に、早速、身仕舞い部屋に飛びこんで化粧を直してから、竹の間に急いだ。

階段を下りたところは、帳場になっていて、いつもいる主の清右衛門の姿はなかった。親戚《しんせき》に不幸があり、今夜は不在だ。帳場に座っているのは、清右衛門の母にあたる大奥さまだった。奥さまはこのところ病気で寝ているので、大奥さまが代わりに金勘定に当たっているのだろう。

帳場の右手が玄関口で、左手には廊下があって、奥の小座敷に続いている。妾は、大奥さまに頭を下げて、廊下のほうに急いだ。

竹の間は、松竹梅と三つある座敷の真ん中だ。両側の座敷もすでに塞《ふさ》がっていて、男女の話し声がぼそぼそと聞こえていた。

「お待たせいたしました」と、精一杯しとやかな声を出して障子戸を開くと、竹の間で團十郎さまは一人手酌で酒を呑んでいた。今夜は忙しいせいか、仲居すら傍にいなかった。

團十郎さまはぱっと妾に顔を向け、すぐにいかにもがっかりした表情を浮かべた。

「おきし姐さんは……」といいかけた妾を、團十郎さまは苦々しく遮った。

「わかっておる。おまえがまた座持ちで来たのだな」

浮き浮きしていた気持ちに、瞬く間に水をかけられてしまった。だけど、妾も遊女の端くれだ。何でもないふりをして、團十郎さまのほうに膝を進め、銚子を取り上げた。

「今日はまた遅いお越しでございますね」といいながら酒を勧めると、團十郎さまはのろのろと盃を手にした。

「孫福九大夫の家に呼ばれて、こんな時分になってしまった。まっすぐ家に戻る気になれず、顔を出してみたのだが……」

最後まで言い切らずに、團十郎さまは盃を呑み干した。すかさず、また注いであげた。

鳶《とび》色の小袖の上に、黒い紋付き羽織を着ているからには、孫福九大夫の家でも、端午の節句の宵宮の祝い事でもあったのだろう。もうけっこう呑んでいるらしく、顔色は変わらないが、少し充血した目に険があった。それがまた見得を切る芝居役者のような凄《すご》みを与え、團十郎さまを眺めているだけで、とろんとした気持ちになった。

團十郎さまは盃を盆に置くと、苛々したように「五月蠅《うるさ》いな」と呟いた。いわれてみれば、両隣の座敷から笑い声や話し声が壁越しに洩れてきているばかりか、二階の三味線の調べまで流れてきていた。

「今日はお店も大忙しなんです」

「それで、おきしは他の客についているというわけか」

團十郎さまは頬を歪めた。

「はい、阿波の道者が三人いらしていて、それがもう楽しい旦那方なんです。それで、おきし姐さん、なかなか離れられないんです」

「楽しい客がいいのだな」

團十郎さまはぎろと妾を睨んだ。團十郎さまのお相手は楽しくないといっているのも同然だったと気がついた。

「妾は若先生みたいに静かにお酒を呑まれる方が好きなんですけど、おきし姐さんは違うんですよ」

「違うとは……」と、團十郎さまは、妾をまっすぐに見た。部屋に入って初めて、その目の内に入れてくれた。たとえ、険のある眼差《まなざ》しであったとしても、嬉しかった。

「おきし姐さん、若先生の前ではしとやかな女のふりをしてますけど、そんなのは計算ずくなんですよ。部屋持ちだけあって、手練手管に長《た》けてるんです。旦那さまの女の好みをちゃんとわかって、その通りに化けることができるんです」

まるで舌が勝手に動きだしたようだった。妹分として妾の面倒をみてくれている姐さんのことを悪くいってはいけない、と思うのに、舌はぺらぺらと回りつづける。

「この旦那さまは、上品な女が好みだとわかると、宮家のお姫さまみたいなふりができるし、この旦那さまは茶目っ気たっぷりの町娘が好みだとわかったら、ふざけてばかりのおかしい女になることができる。変幻自在というのでしょうか。信太《しのだ》の森の葛《くず》の葉みたいなものですよ。ほんとに妹分の妾が見ても、感心するほどなんです」

妾が喋るに従って、團十郎さまの顔が次第に強《こわ》ばり、能面のようになっていく。なんだかおもしろくなってきた。

鞠《まり》突きをしているみたいだ。強く突けば突くほど、鞠は勢いよく手に返ってくる。妾は平手で鞠を地面に叩きつけるように突き続ける。

「ですから、若先生のことだって、すぐさま好みがわかったんです。おしとやかな恥ずかしがり屋の女が好みなんだって。閨のこともいっていました。若先生は女を手籠めにして悦ぶたちだから、お願いです、止めてくださいと、抗っているふりをすればいいんだって」

「そうか……」

口調は穏やかだが、頬がぴくりと引き攣《つ》った。部屋の空気がさあっと冷えた気がした。それでも妾はもう止めることはできなかった。

「いいか、いいだろう、なんて訊いてきたから、勘弁くださいまし、といって差しあげたら、そのまま果ててくださったと」

覗き見した光景を交えて話すうちに、團十郎さまの顔はますます蒼白になり、膝に置いた手が震えだした。おきし姐さんへの恋心は粉々に砕けたことだろうと、小気味よかった。

團十郎さまの描くおきし姐さんの姿を、侍よろしく刀でずたずたに斬り裂いている妾自身の姿が頭に浮かんだ。逆恨みと人はいうかもしれない。構いやしない。言葉の刀を振りまわすたびに、おきし姐さんの姿は散り散りになっていく。妾は楽しかった。團十郎さまの顔が歪み、あの畳紙の絵姿に似てくるのが楽しかった。

「ごめんなさいまし」というおまんの声が廊下で響かなければ、いつまで喋りつづけていたかわからない。

おまんは座敷に入ってくると、「お待たせしてすみませんねぇ、若先生、おきしはもうすぐ来ますから」といいながら、妾の隣にやってきて耳許で囁いた。

「大座敷に行っておくれ。あの阿波の旦那方が伊勢踊りを見たいんだと。若先生のお相手は妾がしているから」

妾は頭を下げると、竹の間を後にした。

わしが国さは　お伊勢が遠い
お伊勢恋しや　参りたや

阿波商人の前で、妾は踊っていた。おきし姐さんが真ん中で、妾とおしかが両脇についていた。伊勢音頭の大踊りを披露するには夜も遅すぎるので、三人だけでも踊って欲しいと所望されたのだ。三味線は、置屋から呼ばれた芸妓たちが受け持っていた。

「こらこらやぁとこせぇの、よいやなぁ」

三人で声を合わせて合いの手を入れたところに、「ぎゃあぁっ」という叫び声が大座敷の空気を切り裂いた。

三味線の音も、妾たちの踊りも止まった。

何事かと客も遊女たちも顔を見合わせていると、階下でさらに「誰か、誰かっ、助けてえっ」という仲居のおよしの声が響いた。男衆の宇助の「やめなされ」という声、さらに悲鳴が続く。

大座敷の者はどっと階段のほうに走り寄った。妾たちが踊っていたのは階段近くだったので、最初に下りたのは、おきし姐さんだった。おしかと妾がその後を追う。おしかの肩越しに階下の光景が目に入った。

大奥さまが血塗《ちまみ》れになって倒れていた。宇助が、「誰か止めてくれ」と叫んでいる。その右手からも血が滴り落ちている。後ろでは、おまんが傷ついた左手を胸に当てて何か喚《わめ》いていた。その胸許もまた赤く染まっていた。

その真ん中に立っているのは、團十郎さまだった。おきし姐さんに気がついたとたん、「おきしっ」と怒鳴りながら、血で黒く染まった刀を手に飛びかかっていった。

おきし姐さんに逃げる間なぞなかった。次の瞬間、團十郎さまはおきし姐さんの胸に刀を突きたてていた。

妾は忘れやしない。血飛沫《ちしぶき》の飛ぶ中、目に喰いこんできた團十郎さまの顔を。目は血走り、蒼白な頬には血飛沫が飛び、口許は歪んでいた。

あの畳紙の役者絵の團十郎さま以上に、見事な男ぶりだった。

油屋騒動と呼ばれることになった一件で、團十郎さまは三人を殺《あや》めた。おきし姐さん、大奥さま、それに止めようとした阿波商人の一人。残りの二人の阿波商人もそれぞれ重傷を負った。おまんやおよし、宇助は手に傷を負い、おしかは頰から肩にかけて斬られたが命は取り留めた。團十郎さまは、そのまま姿をくらまし、二日後の六日の夜に寄寓先の宇治浦田町の藤波《ふじなみ》家の板の間で自害している姿が見つかった。逃げている二日の間、生まれ故郷の鳥羽の松尾村に戻っていたとか、町を流れる秘木《ひめこ》川の橋下に潜んでいたとかいわれているが、はっきりしたことはわからない。また自害したとはいえ死にきれず、命脈が尽きたのは十四日だった。

後でおまんから聞いたところでは、妾が竹の間を出てから、團十郎さまは、またおこんを呼べといいだした。少しお待ちを、となだめている間に、それでは帰るといって、座を立った。やれやれ、難しいお方だと思いつつ、玄関口で預かっていた脇差を渡したとたんに、斬りかかってきたということだった。

どうして突然、あのように狂乱したのかと誰もが首を傾げた。ただ、團十郎さまが最後に呼べといったのが、妾だったので、孫福斎は、油屋おこんと馴染みだったのだという噂《うわさ》が広まった。

ほんとうは、團十郎さまは、妾に今一度、おきし姐さんの話の真偽を確かめたかったのだろう。しかし妾は現れないままに、おきし姐さんに対する怒りは膨れあがり、ついに噴きだしてしまったのだと思う。妾が洩らした閨の秘密は、おきし姐さんしか話した者はいないと考えて当然だったから。

妾は騒動の後、油屋から他の色茶屋に移り、名も変えて生きてきた。二十七歳になると、遊女稼業もできなくなり、旅籠《はたご》屋や蕎麦《そば》屋などの下働きとして、転々と場所を変えて生きてきた。色々な旦那と交わり、男とくっついては別れてを繰り返し、今の妾は五十路《いそじ》を来年に控えた、ただの老婆だ。

それでも、油屋騒動は、世間から忘れられることはなかった。騒動後すぐ松坂《まつさか》の芝居小屋で『伊勢土産菖蒲刀《しょうぶがたな》』と題して演じられて、大評判となった。二月《ふたつき》も経たないうちに、今度は大坂の道頓堀で『伊勢音頭恋寝刃《こいのねたば》』と銘打って舞台に上がった。

團十郎さまは中山文七《なかやまぶんしち》、相手役のおこんは芳沢《よしざわ》いろはという上方《かみがた》歌舞伎の花形が演じたというが、妾は観ていない。それでも油屋おこんの名は誰もが知るところとなった。

騒動から三十三年も過ぎたのに、来月には、江戸からその芝居が伊勢にやってくるという。演じるのは、四代目坂東彦三郎《ばんどうひこざぶろう》という噂だ。ほんとうならば、市川團十郎に演じてもらいたかったのに、六代目は騒動の三年後、助六を演じて大当たりした直後に倒れ、あっけなく他界した。

このところ胸が苦しくて、軀が重くてしかたない。妾もお迎えが近いのかもしれない。だけど別に怖くはない。

油屋おこんは、孫福斎の馴染みの遊女として、舞台で演じられ続ける。誰ももうおきし姐さんの名なぞ思いだされないが、油屋おこんの名は、これからもずっと人の口に上り続けることだろう。

妾は、おきし姐さんに勝った。

雑草が、牡丹《ぼたん》の花に化けたのだ。端役でしかなかった妾は、舞台の上では、おきし姐さんを端役に落として、主役となった。この人生に思い残すことなぞあるものか。

絵島彼岸

正徳《しようとく》四年（一七一四）正月十二日、江戸城平河門から出た行列は、薄氷の張った濠《ほり》に架かる橋を厳《おごそ》かに渡りはじめた。先導に続いて、挟箱《はさみばこ》を肩に負った役夫《えきふ》二人、菅笠《すげがさ》に、上下《かみしも》や羽織を着て袴をからげた役人たちが厳《いか》めしい顔で連なっている。前一人後ろ二人の陸尺《ろくしやく》に担がれるのは、黒漆塗に松竹梅の金色《こんじき》の蒔絵の施された豪奢な駕籠《かご》だ。駕籠の後にも、合羽《かつぱ》籠や挟箱を肩にした役夫たち、随行の者の駕籠、歩行《かち》のお供の列が長く延びている。

十万石の大名行列にも引けを取らない豪華さであるが、違っているのは、先導も、歩行で従うお供の列も、腰まで垂らした下げ髪に、濃い黄色の小袖、黒地に刺繡《ししゆう》や染めの施された豪華な打掛け姿の女たちであるという点だ。

大奥の奥女中の行列だった。最初の黒漆塗の駕籠の中には、大年寄の絵島《えじま》が座っていた。ふっくらとした頰に細い目、小さな唇に紅を差した、たおやかな三十路《みそじ》過ぎの女だ。

駕籠が橋を渡りきり、濠沿いの道を南へと進みはじめると、絵島は御簾《みす》の間から平河門のほうを振り返った。

絵島の行列の後に続き、打掛けの御使番に率いられた同様の行列が門から出てくるところだった。

御年寄の宮路《みやじ》の行列も滞りなく城を出立《しゅったつ》したことを確かめると、絵島はまた前を向いた。

今日は七代将軍家継《いえつぐ》の生母月光院《げっこういん》の代参で、絵島は芝《しば》の増上寺、宮路は上野の寛永寺に墓参りに赴くことになっていた。増上寺には六代将軍家宣《いえのぶ》が、寛永寺には五代将軍綱《つな》吉《よし》が埋葬されていた。上野に向かう宮路の行列は橋を渡ると、絵島一行とは分かれて、北に進むはずだった。

絵島の行列は、濠と一橋《ひとつばし》家の江戸上屋敷の塀の間の道をゆっくりと芝のほうに下っていく。碧《みどり》色に沈む濠を隔てたところに続く石垣の上には、城の銀鼠色の瓦屋根が幾重にも連なっている。寒い冬の朝だけに、甍《いらか》の彼方には、富士山がくっきりと白い姿を現していた。

大奥を出るのは、下谷《したや》の唯念寺に代参に行った昨年の十月以来だ。御簾の間に、登城途中の武士や、出入りの屋敷に向かうらしい商家の手代、お城の近くで粗相をしてはいけないとばかりに肩を丸めて早足で通る町人たちの姿が現れては消えていく。

絵島が毎日を過ごす大奥の景色とは何もかもが違っていた。

瓦屋根の灰色に、家屋敷の木の色、町人の着物の紺。地味な色合いに包まれた庶民の世界と比べると、大奥はすべてが金色に輝いている。一流の絵師の描いた襖《ふすま》絵や屛風《びょうぶ》絵、漆塗や螺鈿《らでん》細工の調度品。贅《ぜい》を尽くした衣装。将軍や正室である御台所《みだいどころ》の部屋は、格天井《ごうてんじょう》まで金色だ。大奥に最初に入った時、絵島は極楽とはこのようなところではないだろうかと思ったものだった。

代参の行列は、ものものしい警備の侍が並ぶ大手門の前を過ぎ、評定所《ひょうじょうしょ》のある和田倉門を横手に粛々と進んでいく。城には終わりがないかのように、濠の向こうの瓦屋根の棟は途絶えることがない。重臣たちが伺候《しこう》して、政《まつりごと》が行われる表《おもて》から、将軍の住まいである中奥《なかおく》、そして将軍が御台所や側室と夜を過ごす大奥。壮大な江戸城は、何千人もの男女が将軍の顔色を窺《うかが》いながら右往左往する場所だ。

しかし、その男女は交わることはない。女たちは城の三分の一を占める大奥に籠《こ》もり、御台所も側室も奥女中も、ただ一人の男、将軍を迎えるために一心となる。

将軍さまとは、曼荼羅絵《まんだらえ》のお釈迦さまみたいなものですよね。絵島が仕える月光院は、一度、おかしげにそういったことがある。まだ落飾《らくしょく》する前、大奥で左京の局と呼ばれていた頃のことだ。もちろん、絵島の他に誰もいない時だった。

御台所さまや、私のような側室は菩薩さまですよ。後光が一番強いのは、お釈迦さまでしょ。菩薩さまの後光は、それぞれ違うんです。私の後光は三番目くらいかしら。月光院は無邪気に比べてみせたものだった。

馬場先門を過ぎて濠に沿って曲がり、日比谷門をくぐったことがわかると、絵島は思わず御簾を持ちあげて、角にある桜田御殿の屋根を仰がずにはいられなかった。

そこは、絵島が十年近い歳月を過ごした甲府藩の江戸屋敷だ。

世間には、御家人の娘で通しているが、絵島は養女だ。実父は甲府藩のしがない下級武士だった。父の死後、母が再婚した相手が御家人だったに過ぎない。

養家での暮らしは、遠慮があって窮屈で仕方なかった。自分の家だと思えたこともない。だから絵島は十四歳で尾張藩の江戸屋敷に奉公に出た。奥女中ではあったが、掃除や水汲み、火鉢の炭を替えたり、煙草盆の灰を洗ったりする下働きに過ぎなかった。絵島は真面目《まじめ》に働いた。帰るところはなかったからだ。尾張藩から紀州藩の江戸屋敷に移り、甲府藩の桜田御殿の奥女中として奉公に上がったのは二十歳も過ぎた頃だった。

当時、家宣は甲府藩の宰相で、綱豊《つなとよ》と名乗っていた。絵島は綱豊や正室の身のまわりの世話を受け持ち、膳を運んだり、お召し物を整えたりと細々とした用を足した。

公家《くげ》出身の正室は京風であることにどこまでもこだわっているようだとか、産んだ子が二人とも夭逝《ようせい》して以来、仏事に専念するようになっているとか、綱豊は一見穏やかな人柄だが、内には頑固なものを抱えていて、歳を経るごとに万事につけて公家風の正室との間に冷ややかなものが漂うようになっているとか、そんな内の事情も呑みこみ、奥仕えの要領もわかってきた頃、喜世という娘が奉公に上がってきた。小柄で目許《めもと》のぱっちりした、囀《さえず》るのが好きな小鳥のような娘だった。

喜世は浅草生まれの僧侶の娘で、ちゃきちゃきの江戸っ子。他の屋敷にも奉公の経験があり、聡いところも、あっけらかんとした気性も、絵島と気が合った。四歳下だったので、絵島は姉のような気持ちで面倒を見てやっていたのだが、なんと、半年も経たないうちに綱豊の目に留まり、側室になってしまった。喜世は、絵島を側仕えに取りたてた。以来、絵島と喜世は、実の姉妹のように力を合わせて生きてきた。

五年前、五代将軍綱吉が身罷《みまか》り、綱豊は家宣と名を変え、六代将軍の座についた。すでに子を身籠もっていた喜世は当然のこととして大奥に入り、絵島を御年寄に取りたてた。表の老中に匹敵する権力の座だ。しかし家宣の治世は三年半しか続かなかった。風邪をこじらせてあっけなく死んでしまったのだ。喜世は尼となり、月光院と名乗るようになった。

そして昨年春、喜世の子家継は、五歳にして七代将軍となった。同時に、月光院は将軍の生母となり、絵島を大年寄に据えた。まだ三十三歳の若さで、絵島は御年寄のさらに上に立つこととなった。

懐かしい桜田御殿の横を通りすぎながら、絵島は小さく息を吐いた。

あの頃、みき、と呼ばれていた娘が、大奥の大年寄になるなどと誰が予想しえただろうか。ましてや喜世が、将軍のご生母になるなどとは。時々、月光院と二人きりになると、なんだか信じられないね、と話しあうことがある。お釈迦さまでも魂消《たまげ》なさらぁ。

月光院は、わざと伝法な江戸っ子の言葉遣いでそういって笑う。そんな御言葉をお遣いになって、隠密にでも聞かれたらどうするおつもりですか、と絵島はたしなめるが、月光院は澄ました顔で、詮房《あきふさ》がなんとかしてくれるでしょう、といってみせる。

間部《まなべ》詮房は、家宣の甲府宰相時代からの側近で、家継の後見役になっている。幼い家継は、詮房を父のように慕っていて、姿が見えないと、どこに行ったのかと訊ねるほどだ。自然、家継につき従い、月光院と同席することが多くなる。気が合うようで、話を始めると、とても楽しげで、二人の仲が怪しいとの噂《うわさ》が囁《ささや》かれるほどだ。

月光院は尼になったといってもまだ三十路。容姿も衰えてはいない。詮房は五十路《いそじ》にあと一息という歳ではあるが、元猿楽師で、色白の男前。絵島は密かにお似合いの二人だと思っている。

だが、人の目の多い大奥で、水入らずで過ごせる機会なぞありようがなかった。

元将軍の側室、現将軍のご生母となれば、男と添うことなぞ、この先一生あるべくもない。それは御台所や側室つきの奥女中も同じだ。月光院は、このまま誰とも枕を共にすることなく、朽ちていく定めとなっていた。

桜田御殿の屋根の向こうには、御用屋敷の屋根が覗《のぞ》いている。そこは、将軍を亡くした後の御台所や側室、お側仕えの奥女中たちが死ぬまで過ごす場所だった。

大奥に入って以来、桜田御殿の前を通るたび、その隣に御用屋敷があることに、絵島は不思議な気持ちとなる。絵島と月光院が知り合い、華やかな人生を踏みだした屋敷のすぐ隣に、その果てに行きつく地があったのだ。どんなに大奥で栄華を極めても、最後に辿《たど》りつくところは決まっている。ならば、今の栄華を存分に楽しむしかないではないか。月光院と詮房の実ることのない恋を見るだに、絵島はそう思わずにはいられない。

行列は山下門の前を過ぎ、幸橋《さいわいばし》門をくぐり、橋を渡って愛宕下《あたごした》大名小路に入った。諸藩の江戸上屋敷が並ぶ大きな通りをしずしずと下りゆけば、増上寺の方丈が林の中に聳《そび》えている。しかし、絵島はもう御簾の向こうを見ることはなく、薄暗い駕籠の中で正座していた。

外からは、人のざわめきや足音、荷車の車輪の音などが聞こえてくる。いつもとは違う物音や気配。年に二度三度あるかないかの外に出る機会だ。絵島は久しぶりの城外の空気を、喉の渇いた旅人が水を飲むように堪能していた。そうこうするうちに、大奥の墓参り代参の行列は、増上寺の厳めしい朱塗の山門の中に吸いこまれていった。

「絵島、そなたは先月十二日、芝増上寺に先代将軍御霊屋《みたまや》参りに代参の帰途、木挽町《こびきちょう》山村長太夫《やまむらちょうだゆう》の芝居小屋に参ったのであるな」

居丈高に声をかけてきたのは、目付の稲生次郎左衛門《いのうじろうざえもん》。浅黒い牛蒡《ごぼう》のような痩《や》せた男だった。稲生の隣、床の間を背にした上座に座る御留守居役の大久保《おおくぼ》淡路守も、丸茂五《まるしげご》うか。


郎《ろ》兵衛《べえ》と名乗ったもう一人の目付も、黙ったまま険しい表情でこちらを見ている。

　部屋の二方にある障子戸のところには、目付の配下の御徒《おかち》目付や小人《こびと》目付の小役人どもが六人も控えて、出入口を守っている。わたくしが逃げだすとでも考えているのだろうか。

「お訊ねの儀、間違いございません」

　わたくしは腹に力を込めて答えた。

　牛込飯田町にある義兄白井《しらい》平右衛門《へいえもん》の家の中だった。ここ二十日ばかり、わたくしはこの家の一室に幽閉の身となっていた。

　それもこれも、代参の日の帰りが遅くなり、大奥の門限に間に合わなかったせいだ。

　しかし代参の帰途、芝居小屋に行くことは月光院さまもご承知で、滅多とない外出の機会だから、ゆっくりしてくればいい、遅れても、添番のほうには配慮するように伝えておくからといわれていたのだ。側室となる前は、よく芝居見物を楽しんでいた月光院さまだけに、ついつい長居してしまいかねないとおわかりだったのだろう。そのお言葉通り、戸は閉まっていたが、添番にいうとすぐに開けてくれ、すんなりと戻ることができた。

　ところが月も改まった二月二日、突然、御広座敷に呼び出しを受けた。そこは、大奥の女たちが、唯一男たちと接することのできる広敷向《ひろしきむき》にあり、御年寄が老中や御留守居役などと話し合いをしたりする時に使われていた。

行ってみれば、呼び出されたのはわたくしばかりではなく、宮路やその他十人ばかりの奥女中も顔を連ねていた。みな、代参の時に一緒だった主たる者たちだった。

御広座敷の正面に座っていたのは、御留守居役の大久保淡路守と松平《まつだいら》伊豆守。左右には、天英院《てんえいいん》用人と月光院用人がそれぞれ二人ずつ控えていた。

わたくしたちがその前に座るや、松平伊豆守が書状を読み上げはじめた。

正月十二日、芝増上寺に御代参を仰《おお》せつかりし者共、遊山所《ゆさんじょ》に罷りこしたる事不届に付き、暇《いとま》を与える。この件について吟味中は宿預けとなる。

要は、今すぐ大奥から出ていけという命《めい》だ。

宮路なぞは血相を変えて抗弁しようとしたが、言葉にならず啜り泣きはじめた。他の奥女中たちも悲鳴のような声を洩らしたり、呆然としている。

わたくしには、この申渡書が、二月月番の老中秋元喬知《あきもとたかとも》の意図によるものだとぴんときた。秋元は、先々代将軍綱吉さまの時代からの老中だが、家宣さまが間部詮房や儒者の新井白石《あらいはくせき》の助言に耳を傾けることに不満を抱いていた。幼い家継さまが将軍になられると、この二人と月光院さまが手を結び、勢力を強めることをますます警戒するようになっていた。

大奥の奥女中が代参の帰途、遊山所に行くことは禁じられていたが、それは表向きのこと。これまでの慣例として、大目に見られていたのだ。なのにここまで大きく取り沙汰されたのは、秋元が、わたくしというより、月光院さまを陥れるために仕組んだものだろうと思った。

吟味が始まれば、いずれ月光院さまや間部さまが助けてくださるだろうと、おとなしく命に従うことにした。

それでは宿下がりしてお沙汰を待ちましょう、と答え、支度のために住まいである長《なが》局《つぼね》に戻ろうとすると、大久保淡路守が唸《うな》るような声でいった。そちどもは今や咎人《とがにん》となったのだから、長局に立ち入ることも許されない、その打掛けも脱いでいけ。

あまりのことに、かっとして、その場で御簾に金の扇を散らした打掛けを脱いでやった。屈辱的な仕打ちはそれだけではなかった。足袋まで脱がされ、素足に草履、白の小袖ひとつの姿で、罪人か死人にしか使われない平河門手前にある不浄門をくぐり、町駕籠に乗せられ、この義兄の宅に遣《や》られたのだ。

以来、今日までの二十日間というもの、義兄の宅の奥の小部屋に入れられ、御留守居同心の張番がつけられて、家の者と話をすることも許されなかった。それでも食事を運んでくる下女から、わたくしの立ち寄った芝居小屋に関わりのある者たちが次々と北町奉行所に呼びだされ、厳しい取り調べを受けているらしいということは耳にしていた。奉行所で取り調べにあたっているのも、この稲生であるという。稲生は「人を嵌《は》めるものは落とし穴と稲生次郎左衛門」といわれている目付だということだった。

きっと稲生は、すでに芝居見物に関わった者たちの取り調べをすませているのだろう。それらが終わって、いよいよわたくしの許にやってきたにちがいない。

「芝居見物の前日、呉服屋後藤縫殿助《ごとうぬいのすけ》の手代清助に、芝居小屋の手配を、御年寄宮路と共に頼んだのであるか」

稲生はおまえのしでかしたことはすべて知っているぞ、といわんばかりの得々とした顔でさらに訊《き》いてきた。

「十二日の芝居見物のために、二階の桟敷《さじき》席を宜しく手配してくれと、表使《おもてづかい》の吉川に頼みはしましたが、後藤縫殿助の手代がそれを引き受けたとは存じませんでした。桟敷席に清助ともう一人の手代が参ったので、そうだったのかと思った次第です。宮路と吉川が申し合わせて、手配したようです」

稲生は目を細めた。

「大奥と外との交渉役の表使に芝居の席の手配を頼めば、出入りの商人の誰かにその依頼がいくのはわかりきったことではないか。吉川が呉服屋の後藤に話を持っていくだろうとの算段はつけていたであろう」

稲生は独り言のようにいった。自らの推測を立会役の大久保や同輩の丸茂に聞かせたいだけらしい。

「十二日、長太夫の桟敷に、中村源太郎《なかむらげんたろう》、生島新五郎《いくしましんごろう》、村山《むらやま》平右衛門、狂言作者の中村清五郎《せいごろう》、長太夫などが参ったというのは確かか」

「間違いございません」

そう答えたとたん、わたくしの瞼《まぶた》の裏にあの日の光景が浮かんできた。

舞台では、雪の積もった松を背景に、若衆姿の曾我十郎《そがじゅうろう》の袖に、花魁《おいらん》装束の虎御前《とらごぜん》が縋《すが》りついていた。

「どうあっても行かれるといわれるのでありんすか」

虎御前は、目尻の切れ上がった凛々《りり》しい十郎の手に頬を押しつけた。

「親の敵《かたき》、行かねばならぬ」

曾我十郎が太い声で応じている。

「行ってはだめ、殺されてしまうんだから……」

二階の桟敷席の手摺《てす》りにもたれかかり、舞台を見下ろしていた御中﨟《おちゅうろう》の伊与《いよ》が絞るような声をだした。芝居見物なぞほとんどしたことがない、御旗本の箱入り娘だ。すっかり芝居に引きこまれている。

絵島は酒を呑みながら、手摺りの向こうの舞台を見下ろしていた。

「見事に、見事に、親の仇《あだ》、晴らしておくれなさいまし」

悲しみを堪《こら》えつつ、引きつった笑いで虎御前がそういうと、今度は絵島のすぐ横から、くすんと鼻を啜りあげる音が聞こえた。その高飛車な物言いで、出入りの商人や小役人たちに、大奥の天の岩戸と囁かれる表使の吉川まで泣きそうになっている。もっとも、絵島すら、愛しい男を敵討ちに送りだす虎御前の心情を想い目頭が熱くなっていた。

「必ずや、工藤《くどう》めを討ちとってみせようぞ」

十郎が虎御前をひしと抱きしめた。提灯《ちょうちん》の光に浮かびあがる二人の姿はまるで絵に描いたように美しい。拍子木が鳴り、わあっという歓声の中で幕が引かれた。

息をつめて舞台を観ていた客たちのほっとしたようなざわめきが、一階の平土間から立ち上ってきた。芝居小屋の中は、正月の寒さなぞどこかにいってしまったかのような熱気がこもっている。江戸四座のひとつ、山村座の新春興行だけに、客は大入り。緋毛《ひもう》氈《せん》の敷かれた二階の桟敷席もすべて大奥の奥女中で貸し切りとなっている。舞台に近い席には、絵島や御年寄、表使、御中臈、御《お》次《つぎ》頭《がしら》といった奥女中の上役たちや同道してきた幕府の小役人たちが座り、横に並ぶ他の席には下役の女中たちが分かれて陣取っている。それぞれの席は、腰高の間仕切りで区切られているだけなので、総勢百人余りの奥女中たちの様子は絵島の席からよく見通せた。

手摺りに鈴なりになっていた女たちは、酒宴に戻っていった。膳に載るのは、芝居茶屋から運ばれた料理の数々だ。鯛のお造りや煮物、和え物など、大奥の御台所の食膳にも引けを取らない豪華さだ。酒もふんだんにあった。昼間とはいえ薄暗い小屋には提灯や行灯《あんどん》が灯《とも》り、夜のような風情の中で酒を酌み交わしながら、先ほどの芝居の話に夢中になっている。芝居の間から呑み続けているので、すっかり酔ってしまい、手摺りにしどけなくよりかかったり、席の隅でうたた寝している女もいる。奥女中とは思えないだらしなさだ。代参に付き添ってきた役人四人は苦い顔をしているが、絵島は放っておいた。

ほとんどは一生、大奥の外には出られない定めの女たちだ。親許に帰ることのできる宿下がりも、三年に一度だけ。将軍の御目見《おめみえ》以上の役の者たちは、その宿下がりもなく、親が病の時しか里に戻ることは許されていない。こんな時くらい、少し羽目を外してもいいではないかと思っていた。

「いかがでしたか、絵島さま。今年の新春曾我物は。十郎役の生島新五郎に合わせて、わざわざ書き下ろしていただいた新作ですが」

銚子を手にして、にじり寄ってきたのは、山村座の座元の長太夫だ。三十路前の男だが、脂ぎった肌といい突きでた腹といい、すでに座元としての貫禄は滲《にじ》み出ている。

「昨年の助六は評判になったので、今春の曾我物も團十郎《だんじゆうろう》の曾我五郎のほうでいくかと思っていたのですけど、違ったのでございますね」

盃を受けて絵島が応じると、長太夫は渋い顔をした。狂言作者の清五郎が含み笑いをしながら横から口をだした。丁髷《ちょんまげ》に白髪の交じった貧相な男だ。

「座元もそのおつもりだったんですよ。だけど、昨年の十一月の顔見世興行の前に團十郎と揉《も》めましてね、生島新五郎になったわけです」

「二代目ともなると、どうも親の威光を笠に着ていけませんな」

長太夫がぶすりとした顔で不満を洩らした。

「團十郎などまだ若造でございましょう。新五郎の曾我十郎でよかったですよ。ほんと惚れ惚れする男伊達《だて》でしたこと」

御年寄の宮路が幕の下りた舞台のほうを名残《なごり》惜しげに見遣り、ため息をついた。四十路という歳に似合わず、言葉の端々や仕草に幼いところが残っている。

「なにしろ生島新五郎といえば、当代きっての立役者。去年の『役者評判記』でも上上吉という最高の格付けをされております。ことに濡事《ぬれごと》にかけては、右に出る者はいないといわれるほどでございますからね」

舞台を褒められて機嫌を良くした長太夫は、宮路のほうに銚子の口を向けた。宮路はいそいそと盃を差しだし、「ほんと、今日はこちらのお芝居を拝見できて嬉しゅうございました。手配の儀、礼を申しますよ」と、桟敷席の入口付近にちょこんと正座している後藤屋の手代清助に言葉をかけた。手代は額を床にすりつけんばかりに頭を下げた。

大奥出入りの呉服商として後藤屋が羽振りをきかすようになったのは、絵島の口添えがあったからだ。だからこそ後藤屋も、桟敷席の貸し切り代も芝居茶屋の酒や料理代もすべて肩代わりしてくれたのだ。その手柄を独り占めするかのような宮路の物言いが、絵島の癪《しゃく》に障った。

「宮路はこの芝居をそりゃあ楽しみにしていたのですものね。今朝もわたくしたちより先に着いていたのには、驚きましたよ。早馬にでも乗ってきたのかと思ったほどです」

宮路が馬上で鞠《まり》のように弾みながら、振り落とされまいと必死の情景でも思い浮かべたのか、そばにいたもう一人の御年寄の梅山《うめやま》が口許を歪《ゆが》めて笑いを堪えた。

上野から木挽町までは、芝からと同じくらいの距離だ。絵島ですらそそくさと墓参りをすませて急いで山村座に来たのだ。それよりも先に着いていたとは、寛永寺でのお墓参りなぞ形ばかりにおざなりに済ませただけではなかったかと、絵島は疑っていた。

しかし宮路も大奥で御年寄まで昇りつめた女だけあった。けろりとした顔で、「絵島さまの後から参っては申し訳ないと、行列を急かしたのでございますよ」と応じた。

「ほんとは一刻も早く、憧れの新五郎を見たかっただけでしょう」

図星だったらしく、宮路が顔を赤らめた時、「天下の奥女中さまよりそれほどまでに恋い焦がれられたとは、生島新五郎、身に余る光栄でございまする」という太い声が響いた。

まわりの女たちの話し声がぴたりと止んだ。

桟敷席の入口に、先ほど舞台にいた生島新五郎が座っているではないか。背後には虎御前を演じた女形《おやま》中村源太郎、仇の工藤祐経《すけつね》役の村山平右衛門まで顔を見せている。三人とも舞台衣装のまま、楽屋から馳せ参じたという様子だ。奥女中たちはみな夢の中にいるような表情で、手にしていた盃の酒をこぼす者もいた。

示し合わせてあったことらしく、長太夫が「おう、来たか、来たか。さあ、こちらに参れ参れ」と手招きした。

新五郎は、「失礼なさいまし」といいながら、桟敷席に入ってきた。人の間を通る時の腰を落とした姿といい、差しだした手の先のぴんと伸びているところといい、まるで芝居の一場面を見ているようだ。新五郎は、絵島と宮路の前にやってくると、着物の裾をぱっと払って正座し、「本日はわざわざ江戸城よりご足労いただき、誠にありがとうございます」と頭を下げた。切れ長の目に通った鼻筋。頬は少し肉がだぶついているが、それがまた役者としての重みを与えている。四十路を過ぎているはずだが、厚く塗った白粉《おしろい》のせいで、曾我十郎そのもののようにも見えて、なんとも妖《あや》しい雰囲気だ。

宮路なぞは胸がいっぱいらしく、言葉も出ない。しかし、前に一度、やはりこの芝居小屋で、新五郎に挨拶されたことのある絵島はまだ冷静で、宮路の代わりに返事をした。

「芝居、とくと堪能させていただきましたよ」

新五郎は白塗の頬に、うっすらと笑みを浮かべた。

「いやいや、こちらこそ、堪能させていただきました。なにしろ本日の舞台、上を見ますれば、桟敷席は、ほれ、このように美しい大奥の花盛り」と、新五郎は右手を優雅にまわりに広げて奥女中たちを示した。

「花に見とれて台詞《せりふ》を間違うのではないかと危ぶんだほどでございまする」

嬉しそうな声のさざなみが広がる。すかさず花魁姿の源太郎が寄り添うようにして、新五郎の袖を引いた。

「他の花に目を向けては厭でございますわよ、十郎さま」

舞台の続きのような台詞に、奥女中たちはどよめき、「きゃっ」というような声まで上がった。

新五郎は、源太郎の手を押し遣り、「これ、お虎。ここはそちの出る幕ではない。このように綺麗な奥女中の御前では、いかにそちとて霞むわ、なぁ」と目を細めて涼しげに笑いながら、絵島をまっすぐに見た。


今、わたくしの顔をじっと見つめているのは、稲生の蛇のような目だった。稲生は、ひとつ息を吐いて、また問いを繰りだした。

「十二日は、山村座の桟敷席から長太夫の家に赴き、役者の生島新五郎、市川富三郎《いちかわとみさぶろう》、葉山源次郎《はやまげんじろう》などと酒を酌み交わしたのであるな。そして新五郎から舞台衣装、肌着、雨合羽を貰《もら》いうけ、そちは紫縮緬《ちりめん》の腰帯を与えたというが相違ないか」

稲生の目がわたくしの顔色のどんな変化も見逃すものかという風に光っている。稲生だけではない。部屋にいる、他の八人の男たちもわたくしを威嚇《いかく》するように囲んでいる。

宮路あたりならば、きっとおろおろと泣きだしたことだろうが、わたくしはそんな醜態は演じたくない。大年寄にまで昇りつめた女なのだ。こんな小役人の前で縮みあがっては名が廃《すた》る。

「長太夫の家には、少し用足しに立ち寄っただけでございます。酒など振る舞われていますと、新五郎が来て、雨合羽と肌着をくれました。舞台衣装は貰っていません。腰帯については、なにぶん酔っていましたので、覚えておりません。お城に戻って初めて無くなっていることがわかった次第でございます」

稲生が肩を揺らして、くくっと笑った。

「女人《にょにん》が自らの腰帯を失したことも気がつかなかったとはな。さぞかし酔っていたことであろう」

周囲にいる男たちも失笑している気配を感じたが、わたくしは身じろぎもせずに正座し続けていた。

ほんとうに、長太夫の家での酒宴は、酔いに任せての騒ぎでしかなかった。

新五郎たち三人の役者が楽屋に退くと、次の芝居が始まった。その時、供の奥女中などは小屋に残し、拙宅にいらして、ゆるりと酒を呑んではいかがですか、と長太夫に誘われたのだ。家というのは、芝居小屋のすぐ裏手の別宅のことだ。宮路や格下の奥女中たちと一緒にいれば、大年寄としての立場上、心からくつろぐことはできない。少しの間、脱けだしても誰も気がつきはしないだろうと、わたくしは身の回りの世話役の藤枝だけを連れ、用足しに行くふりをして、山村座を脱けだしたのだった。

行くと、長太夫はすでに中庭に面した客座敷に酒や肴《さかな》を用意してくれていた。他にも二人ばかりの芝居小屋に関わりのある男が顔を揃《そろ》えていた。まもなく新五郎もやってきた。芝居小屋からほんのちょっとの距離だったが、「寒い寒い」といいながら、雨合羽の下で肩をすくませていた。

家の中で雨合羽を脱ぐと、すでに舞台衣装は脱ぎ、隅田川の風景を描いた華やかな柄の友禅の小袖に着替えていた。白粉を落とした顔は年相応に男臭い。藤枝は台所のほうで、長太夫の妻の手伝いをしていたので、わたくしは四人の男たちと酒盛りをすることになった。

森田座の新春狂言の『福引曾我』は、曾我五郎が福引きで大大吉を当てる筋だったが、なんと間の抜けた話じゃないか、とか、上方で荒事を演じても少しも受けないのは、あちらの人間の腹黒さを示しているのだとか、勝手な話で盛り上がるうちに、新五郎がわたくしのほうを意味あり気に見ているのに気がついた。長太夫も、お疲れでしたら、別座敷でお休みくださいと勧めてくれている。新五郎との間を取り持つつもりだろうとぴんときた。

芝居好きの大奥の大年寄だから、枕を共にすればたんまりお礼も頂けるとでも話をつけてあったのかもしれない。贔屓《ひいき》の客に春を売る役者は多かったから、驚くことでもない。

しかし新五郎は、わたくしの好みではなかった。花形役者であることを意識したような物言いや仕草が鼻についた。とはいえ、その場の空気を壊したくはなかったので、連れの者たちが芝居小屋で待っていますので、別室で休むほどの余裕がないのは残念です、もうお暇《いとま》しなくてはなりません、と謝りつつ、紙に包んだ金一両を祝儀に渡した。

一両といえば、家宣さまの墓参りで、月光院さまからといって増上寺に渡した額と同じではあるが、大奥の大年寄の実入りからすれば、たいした額ではなかった。

手触りで小判だとわかったのか、新五郎ははらりと帯を解いて、ぱっと小袖を脱いだ。寒い日だっただけにその下には、別の小袖を襲《かさね》下着として着ていた。黒地に銀の荒波模様の入った粋な着物で、派手な友禅柄の着物から、早変わりしたかのようだった。

いよっ、男伊達、という声がかかり、座が沸いた。

お名残惜しくはありますが、せめてこれを新五郎だと思い、寒い道中、お供させてやってくんなさい。

新五郎は襲下着を取り、雨合羽と一緒にわたくしに差しだした。花形役者にそんなことをいわれて、嬉しくない女はいない。わたくしは浮かれて、それでは今日の思い出に、これでもお取りくださいませ、と紫縮緬の腰帯を解いて渡した。

まわりの男たちはどよめいた。酒の酔いも相まって、まるで花形役者になった気分だった。この絵島があの生島新五郎の向こうを張って、大見得《おおみえ》を切った場面だ。宝物のように、わたくしの瞼の裏に刻みつけられている。

しかし、そんな大事な思い出を稲生などに披露したくもなかった。この土牛蒡のような役人に、女の見栄なぞわかるはずはない。はしたない女と馬鹿にされるのが落ちだろう。

「長太夫の芝居小屋には、去年の四月にも奥山喜内同道で参っておるな」

稲生は突然、話の方向を変えた。

正月十二日の芝居見物が取り沙汰されているとばかりに思っていたのだが、去年の四月のことが出てきて驚いた。

喜内は、水戸中納言家の家臣で、奥医師奥山交竹院《こうちくいん》の弟だ。大の芝居好きで、その世界に顔も利く。昨年、わたくしが芝居見物に行く時にはよく同行してもらった。

「お訊ねの通りでございます」

「その時、桟敷席で、喜内が狂言作者清五郎と生島新五郎をそちに引き合わせたのであろう。新五郎とはその時に最初に会ったのか、いつから心やすき仲となったのか」

「新五郎とは、去年四月初め頃に初めて会いました。その後は会ったことはございません。心やすき仲なぞではございません」

「ほう、そうか、文《ふみ》など書き送る仲であったと聞いておるがな。また、その口、桟敷には市川團十郎も顔を出して、酒を酌み交わしたと聞くが真《まこと》か」

「新五郎と文なぞ交わしたことは一度もございません。それに桟敷に團十郎が来たかどうかといわれても、誰彼となく大勢参ったもので、さっぱり覚えてはおりません」

もちろん、嘘《うそ》だった。

生島新五郎や市川團十郎と初めて会った時のことは、忘れようとて忘れられるものではない。それは、山村座で『花館愛護桜《はなやかたあいごのさくら》』がかかり、團十郎が助六を演じた時だった。清五郎に招かれて、團十郎と新五郎、浮世絵にも描かれる当代随一の花形役者が二人、わたくしの前に現れたのだ。天にも昇る気分だった。

「覚えていない、とな」

稲生はわたくしをじろりと睨《にら》んだが、問いを続けた。

「また、同じ四月初旬、市村竹之丞《いちむらたけのじょう》の芝居小屋に参ったのであったな」

「さようでございます」

「その折はすべて材木屋栂屋善六《つがやぜんろく》の接待であり、芝居の後、喜内ともども、橘屋八郎兵衛と申す茶屋に赴き、酒宴を開いたのであろう。その座の顔ぶれは、清五郎の他、滝井《たきい》半四郎《はんしろう》、藤村半太夫、袖岡庄太郎《そでおかしょうたろう》といった役者たちであったというな。半太夫は四つ刻《どき》（午後十時ごろ）ほどで帰ったが、半四郎と清五郎は九つ刻（午前零時ごろ）まで居残り、その二人には、善六を通してそれぞれ銀十枚を取らせたというが、その通りであるか」

「栂屋善六は知り合いというほどの者ではございません。その時に初めて会っただけでございます。喜内がすべて差配していましたので、喜内の接待と信じておりました。茶屋も橘屋という名であったかどうかは覚えておりませんが、是非にといわれて立ち寄りました次第で、四つ刻までいましたでしょうか。善六と申す者が紙に包んだものを清五郎と半四郎に与えるのを見ただけです」

稲生は左頬に痙攣《けいれん》のような笑いを走らせた。善六を介して、金を与えたことを認めたも同然ではないかという声が聞こえる気がした。

「その後一日ほど置き、今度は中村勘三郎《なかむらかんざぶろう》の芝居小屋の見物後、大黒屋久左衛門という茶屋に参り、山下《やました》かるも、袖岡庄太郎、滝井半四郎といった役者たちや、清五郎と出会い、四つ半（午後十一時ごろ）までいたというな。茶屋には後藤屋の手代が参っていたというから、芝居の桟敷席、茶屋ともに後藤屋の接待であったのか」

「その通りでございます」

稲生はまわりの者たちに含みのある視線を送った。聞いたか、この女は、幾度となく芝居代も茶屋代も商人に出させていたのだ、と糾弾しているのだ。他の役人たちは憮然《ぶぜん》とした顔となり、立会役の大久保淡路守ですら、汚らわしいものを見るように眉をひそめた。

幕府の老中や若年寄だって、接待くらいさんざん受けているではないか。しかも相手は、大奥の出入り商人程度ではない。越後屋や紀伊国屋といった天下の大豪商だ。接待に動く金も規模も月とすっぽんのはずだ。

役得で大金が懐に入れば、料理茶屋に芸妓や遊女を呼んで大宴会をしたり、吉原に繰りだして花魁相手に一晩に十両も二十両も使うだろう。わたくしも同じようなことをしただけだ、男がやることを女がやってどこがいけない、と心の中で叫んでいた。

家継さまが七代将軍となり、わたくしが大年寄に引き立てられた去年の四月、月光院さまが宿下がりをしたらいい、といってくださった。将軍御目見以上の奥女中に宿下がりは許されていないのだが、特別に計らってくださったのだ。

わたくしは義兄の白井家に寄宿しながら、存分に羽を伸ばした。山村座、市村座、中村座、森田座と江戸の主たる芝居小屋を観て歩き、そのたびに二階桟敷で酒宴を開いた。すべて後藤屋や栂屋の接待だった。

大奥で実権を握った月光院さまの右腕たるわたくしの機嫌を取っておこうという魂胆

は、最初から読めていた。しかし、それがどうしたというのか。大奥の出入り商人たちが御年寄に贈り物をしたり、さまざまな便宜を図ったりして取り入ることは、もうずっと行われてきたことだった。

「ところで、この四月、二度に亘《わた》って茶屋で会った役者がおるな」

稲生は、わたくしのほうに身をかがめた。

「滝井半四郎とは、いったいいつから心やすき仲となったのであるか」

半四郎。

体の芯をどんと突かれたようだった。

滝井半四郎が芝居茶屋の座敷に現れた時、絵島の息が一瞬止まった。銀鼠色の地に早咲きの桜の描かれた小袖姿が細身の体によく似合っていた。

「ごめんくださいまし」

首を少し傾《かし》げるようにして敷居のところで頭を下げた風情も、新五郎や團十郎にはないはんなりした艶《あで》やかさがあった。

それもそのはず、江戸では立役《たちやく》で知られているが、半四郎はもとは上方で若女形として評判を取っていた役者だった。濡事では、新五郎よりもぞくぞくさせられるといっていたのは、御年寄の山野《やまの》だ。天英院の代参の帰りに、森田座で芝居を観てきて、以来、半四郎に惚れこんでいた。その時、一緒に見物してきた他の奥女中たちも半四郎のことを噂していたので、絵島も一度は見てみたいものだと思っていた。

市村座の桟敷席で、ふとそんなことを口にすると、役者に顔の広い清五郎が、それなら茶屋に呼びましょう、といいだしたのだった。

ほんとうに来た。

絵島は、半四郎が丁寧に挨拶しながら座敷に入ってくる姿に見入っていた。歳は二十八、九くらいだろうか。細面に小造りの目鼻立ち。実に絵島の好みの男だった。

半四郎の後ろには、月代《さかやき》を紫色の頭巾で隠した藤村半太夫が続いた。まだ二十歳過ぎの若さで、立女形としては当代随一と評判が高い役者だ。最後に現れたのは、袖岡庄太郎だった。荒事の立役として、二代目團十郎よりも人気のある、髭剃《ひげそ》り跡も青々とした三十路の男だった。

三日ほど前に、山村座の桟敷席で生島新五郎や團十郎も交えて酒を呑んだが、茶屋に呼びだすまでには至らなかった。白魚なら佃島か浅草川か、どちらが美味《うま》いかなどという他愛ない話で終わってしまった。それが今、こうして芝居茶屋の奥座敷で、花形の役者たちに囲まれている。

桟敷席にいた時から呑んでいた酒が急に回ったように心が浮きあがるのを感じた。

「こちらは大奥で大年寄になられた絵島さまですよ。今後ともご贔屓にしていただきなさい」

清五郎が三人の役者にもったいぶって絵島を紹介した。

「まあ、大奥。きれいに着飾ったお女中ばかりいらっしゃるのでしょう。絢爛《けんらん》豪華な絵巻物のような世界なんでしょうね」

半太夫が絵島の盃に酒を注ぎながら、羨《うらや》むような細く甘い声を上げた。

「ええ、まあ……。だけど、役者さんたちの舞台も、わたくしにとったら、絢爛豪華な絵巻物のように見えますけど」

答えながら、絵島は、ほんとうにそうだと思った。町人の世界から見れば、芝居小屋の舞台の世界も、大奥も、同じような彼岸にあるように見えることだろう。花形役者の同席するこの茶屋の座敷すら、やはり彼岸の世界であることだろう。

「大奥に入るには、長持に隠れたらいいというのは真でございますか」

庄太郎が大きな目をぐりぐりさせて訊いてきた。

「大奥のことは、何もお話ししてはいけないことになっているのです」

そんなこともあるとは聞いていたが、絵島は澄まして答えた。

「大奥に運びこむ長持に潜み、奥女中の寝間に入る男はいるようだと、私も聞いたことがあります」といったのは、喜内だ。奥医師の弟だから、兄から何か耳にしているようだった。

「それじゃ、やった者はいるんですね」

庄太郎は勢い込んだ。

「長持に隠れるんでしたら、慣れておりますよ。四谷怪談を演《や》ればいいんですから」

半太夫が両手を前にだらりと下げ、舌もぺろりと出して、お岩《いわ》の真似《まね》をしてみせた。

お岩役登場の仕掛の中には、長持に隠れているものも含まれているとは絵島も知っていたから、つい噴きだしてしまった。

「殿方ではなくて、女の幽霊が出てきたりするのは、御免でございます」

調子に乗って軽口を叩くと、すかさず半四郎が応じた。

「私ではいかがですかな、絵島さま」

絵島の胸がどくんと打ち、耳まで赤くなった。すっと清五郎が身を寄せて囁いた。

「大奥でお待ちにならずとも、橘屋には別座敷もございます」

喉が塞がったような気分で、絵島は清五郎の顔を見た。清五郎は意味ありげに笑っている。

役者買い。

裕福な商家や武家の後家が、そんなことをすることもあるとは噂に聞いていた。

とっさに、とんでもない、という声が身の内に湧《わ》きあがった。しかし、唾をひとつ呑みこみ、盃の酒を干すと、気持ちは揺らいだ。

絵島は処女というわけではない。紀州藩や甲府藩に仕えていた頃は、時に出入りの手代や下役の侍たちと親しくなり、人目を忍んで出合茶屋に行ったこともあった。しかし、四年前に大奥に入ってからは、男と交わることなく過ごしてきた。時々、このまま女として何もなく終わるのではないかと思うと、ぞっとする。

密かに出入りの商人から道具を買ってみずからを慰めたり、女同士で慰めあっている女中もいるが、そこまでのこともできない。どうすればいいのかと焦るうちに歳を重ね、もう三十三になってしまった。

清五郎の誘いは、そんな時に、ふっと虚空から現れた救いの手のようだった。この手を取らねば一生男と交わることなく終わると思った。

はしたないという羞恥心より、そちらのほうが怖かった。

絵島は目を伏せて、微かに頷《うなず》いた。

半四郎の軀《からだ》はいい匂いがした。

毎日のように白粉を塗り、香を焚きしめた舞台衣装に身を包んでいるせいだろうか。そのいい香りのためか、美しい顔のためか、まるで女と交わっているようだ。

しかし、絵島の太腿の奥に挿しこまれた硬く滾《たぎ》る魔羅《まら》は確かに男のものだった。

芝居茶屋の奥まったところにある窓のない別座敷は、役者買いのためにわざわざしつらえられた部屋であるのか、襖には芝居絵が描かれ、畳は緋毛氈で覆われていた。そこに二枚重ねの絹蒲団《ぶとん》が敷かれ、入口には行灯が灯《とも》っている。長襦袢《ながじゆばん》だけになり、身を固くしながら絵島が蒲団に横たわると、半四郎は、お気を楽になさいませ、お一人で寝ておられるようなお気持ちで、などと囁きながら、絵島に覆いかぶさってきた。役者買いの女たちに慣れているのだろう、肌を撫でる手はとても優しく、絵島の軀から力が抜けた。さらに首筋や腋《わき》の下を舌でちろちろと舐《な》められると、下腹が熱く疼《うず》いてきた。

しかし、陰《ほと》に魔羅が挿しこまれると、痛みに小さな悲鳴が洩れた。長い間、使われていなかったために、硬く締まっているのだ。だが半四郎は無理強いすることなく、魔羅の先で開かずの戸を叩いてでもいるように、とんとんと軽く突いた。

ほうら、もう少しですよ、ほうら、ほうら。

幼子をあやすように、半四郎は少しずつ魔羅を深く挿しいれていく。

生温かな薄暗い座敷で、長襦袢一枚隔てているだけで、半四郎の白い軀が絵島の体にぺたりとくっついている。いい匂いのする柔らかな軀だけに、なんだか自分で自分を抱いているようでもある。気持ちが安らぐうちに、陰は濡れてきて、気がつけば魔羅はすっぽりと入っていた。

それから半四郎は時をかけて、魔羅を出し入れしはじめた。ぬるぬるとした淫水の中を魔羅が動くに従って、絵島は自分の軀が二重にぶれだし、そのひとつがどこかに漂いだしていくような気分に陥った。目には見えない、もうひとつの軀は、別座敷の薄闇から脱けだして、ふわふわと宙に流れていく。

彼岸に行くのだと、頭の隅で絵島はぼんやりと思った。大奥でも、芝居小屋の舞台でも、茶屋でもない彼岸に。

いつか絵島の喉から喘《あえ》ぎ声が洩れだしていた。その声はやがて切れ切れの悲鳴となり、最後に鋭い声を放って、絵島は彼岸に飛んでいった。

「半四郎とは心やすき仲なぞではございません。文の遣り取りもしたことはありません。去年の春に知りあって以来、会ったことはありません」

わたくしは稲生の前できっぱりといった。

役者買いで半四郎と寝たのは、二度だけだ。小判五両を渡してやり、宿下がりに許された日々は終わった。この正月の代参の折、半四郎とまた枕を交わすことを期待していなかったわけではない。

しかし、清五郎が妙に気を回して、今度は新五郎との仲を取り持つことにしたのだ。女は男とは違う。役者買いといっても、名のある役者なら誰でもいいというわけではないことがわからなかったのだろう。

幸いなことに、稲生は半四郎との仲をそれ以上、追及しようとはしなかった。

詮議は、後藤縫殿助や栂屋善六との関わりについてに移っていった。それが済むと、町駕籠に乗せられて、江戸城和田倉門外にある評定所に連れていかれた。そこで揚屋《あがりや》に入れられ、厳しい訊問が何日も続いた。

稲生は、わたくしと新五郎の間に情交があったと信じていた。わたくしを罪に陥れ、月光院さまの勢力を削《そ》ぐには、情交がなくてはならなかった。

北町奉行所の牢屋に入れられた新五郎は、拷問の末に白状させられたという。清五郎も拷問を受け、すらすらと新五郎との関係をでっちあげたが、半四郎とのことに関しては黙していた。庇《かば》ったというより、問われなかったに過ぎない。他の者も然《しか》りだった。半四郎との出会いは去年のことであるし、役者としての人気は新五郎のほうが高い。情交の相手は、新五郎でなくてはならなかった。

三月五日、評定所で裁決が下った。

わたくしは死罪のところお慈悲を以て高遠《たかとお》藩に永遠流《ながのおんる》。義兄白井平右衛門は妹の監督不行届、奥山喜内はわたくしを悪所に連れまわしたとしてそれぞれ斬首。喜内の兄の奥山交竹院や清五郎は永遠流。長太夫、新五郎などは伊豆七島に流罪。山村座は廃座、後藤縫殿助は閉門となった。

わたくしの遠流の決定には月光院さまの嘆願が大きかったという。

信州の春は遅い。庭の水仙がようやく薄黄色の蕾《つぼみ》を膨らませてきても、遠くの山々は雪を被《かぶ》ったままだ。高遠藩の囲屋敷《かこいやしき》の格子戸の前に立ち、今年もまた春がやってきたと思う。往来のほうからは、いい天気でよかったとか、まだ風は冷たいなぁ、などという屈託のない話し声が聞こえてくる。屋敷を警備する侍なのか、ただの通りがかりの者たちなのか、二重の忍び返しのついた板塀の向こうだけに、確かめようもない。

この屋敷に幽閉されて、もう十年。わたくしの髪にも白いものが交じってきた。

月光院さまはどうしておられるだろうか。

囲屋敷で一人、経を唱えたり、書を読んだり、句を作ったりする日々の中で、幾度となく、そんな想いが浮かんでくる。

わたくしが高遠藩に遠流になって三年目、もともと病弱だった家継さまが亡くなられた。八代将軍になられた紀州家の吉宗《よしむね》さまの御台所が大奥に入られたからには、月光院さまはすでに桜田御用屋敷に移られたのではないか。だとしたら、月光院さまもまた、わたくし同様、御用屋敷に閉じこめられた日々を送っているはずだ。

共に老いていくことはできなかったが、わたくしたちは、同じ定めを共に生きている。遠く離れていても、わたくしは月光院さまのお側にいる。

先頃、身の回りの世話をしてくれている下女のそめから、半四郎の消息を聞いた。そめの大坂の親類が江戸に下る途中に立ち寄って話していたそうだ。江戸追放の身となった半四郎は、上方に戻って民部四郎五郎と名を変え舞台に立ち、今やなかなかの評判なのだそうだ。

半四郎はまだ芝居小屋という彼岸にいるのだ。私も囲屋敷という彼岸にいる。大奥に足を踏みいれた時から、わたくしはもう彼岸に入っていたのだと、格子の向こうのまだ雪の残る山々を眺めつつ思う。

絵島は二十七年間、高遠藩の囲屋敷の中に住み続け、六十一歳で死んだ。「浮き世にはまた帰らめや武蔵野の　月の光のかげもはづかし」という辞世の歌を遺《のこ》して。

朱い千石船

部屋の片隅にある行灯《あんどん》の光を受けて、鏡には、血の気のない女の顔が映っていた。四十路を過ぎ、肉も弛《たる》みはじめた頬。頭を覆う白手拭《てぬぐ》いと、喉の下に覗《のぞ》く白い着物の襟のせいか、幽霊のように青白く、生気がない。

気を引き立てようと、小指の先に紅を取り、唇に塗ってみた。

ほんの少し若さが戻ってきた。

しかし、かつての若さには遠く及ばない。全身白の装いで嫁入りした時の私《わたくし》には……。同じ白でも、被《かぶ》りものは綿帽子、着ていたのは白無垢《むく》の打掛け。花嫁衣装に身を包んだあの頃の私は、幸せな明日を信じていた。

何もかも白、まっさらな女として嫁ぎ、新たな人生を築くのだ。そう思うだに身が震え、泣きたくなった。

まだ十八歳。この世には魔物が棲《す》み、さまざまに姿を変えて、人を翻弄《ほんろう》するなどということはちっとも知らなかった。

世の中の裏を知り、人の心の魔を知った顔は、鏡の中で寂しげに歪《ゆが》んでいる。私は傍らの白の手甲《てっこう》をつけ、小鉤《こはぜ》を掛けた。足には白い脚絆《きゃはん》を巻きつけた。今宵《こよい》の私は、死出の旅立ちに身を包んだ老いた女。

白無垢の花嫁衣装を着ていた十八歳の娘と、経帷子《きようかたびら》を着た四十二歳の私。この二人の女の距離は、極楽と地獄ほどにも離れている。どうしてこんなことになったのか。騙《だま》されたのだ。

心の底で、太く大きな声がする。

そうだ、私は騙されたのだ。私が目指したのは、こんなところではなかった。もっと別のところに向かっていたはずだった。

軀《からだ》の底から、むらむらと怒りが噴きあがってきそうになる。私は正座して、目を閉じた。

もう夜も更け、火の用心の見回りの声も消えている。町家の立て込んでいる往来の向こうも、みな寝入り、ひっそりと静まりかえっている。隣の寝間に垂らした蚊帳《かや》の中からは、夫が寝返りをうつ音がしている。空気には、湿った初夏の夜の匂いが混じっている。

胸の動悸《どうき》が静まってきた。

私は目を開くと、傍らに置いてあった刀を取り上げ、鞘《さや》を払った。

「春先ってのは、あっちこっちから、頭の浮かれた奴が出てくるんで、気をつけなきゃなんないんだぞ。大家ってのは、そんな奴の顔を見たとたん、こいつは危ねぇなと、ぴんとこないと勤まらなんだからな」

自身番の八畳の間で、彦右衛門《ひこえもん》が火鉢に手を翳《かざ》しながら、だみ声を張りあげていた。向かいに正座して、首をすくめるようにしているのは、道太郎《みちたろう》だ。まだ二十代半ば。ひげ剃り跡も月代《さかやき》も青々とした、若者らしい顔で殊勝に頷《うなず》いているが、彦右衛門から見えないところで足の裏をぽりぽり掻《か》いているから、たいして真剣には聞いていないのだろう。

「人を見る目なんて、歳をとれば自然にできるものですよ、道太郎さん」

亭主の説教が始まったら長いことを知っているおかねは、自身番の戸口から話に割って入った。

「あっ、そんなものですか、そうですよね」

救いの手にほっとしたのか、道太郎が笑顔を向けてきた。

「放っておいて、人を見る目が養えるわけがない。一事が万事、心がけ次第」

彦右衛門が、よけいな口出しはするな、といわんばかりに睨《にら》んできたが、そんな一瞥《いちべつ》で怯《ひる》むおかねではない。

「つい去年のことでしたかね、越後《えちご》から出てきた貧しい一家だからと、裏長屋の店子《たなこ》の面倒を親身になって見てあげた挙げ句に、実は家族ぐるみの空き巣だとわかって、お奉行さまからお叱りを受けなさったのは……」

道太郎が口に手を当てて笑いを堪《こら》え、彦右衛門はますます顔をしかめた。

おかねは鼻の横に皺《しわ》を刻んで、ふふんと笑った。夫婦になって二十五年も過ぎれば、連れ合いのご機嫌取りなぞしたくてもできないほど図太くなる。それでも、後輩の前で、あまり亭主の顔を潰《つぶ》してもいけないと、おかねは、「まあ、店子に親身になってあげるのは、悪いことじゃないですけどね」と言葉を添え、携えていた風呂敷包みを掲げてみせた。

「蓬餅《よもぎもち》を作ったんで持ってきましたよ。今、お茶を淹《い》れますね」

火鉢にかけた鉄瓶から湯気が立っているのを確かめ、自身番の土間の狭い流しに立って、茶の支度を始める。

彦右衛門は、この青山原宿町で大家をしている。地主に雇われ、町内の借家や長屋の管理をするのが大家だが、仕事はそれだけではない。他の大家と交替で自身番に詰め、町全体の治安にも目を光らせ、火事でもあった日には真っ先に見つけて駆けつけないといけない。とはいえ、住人四百名そこそこの小さな町だけに、火《ひ》の見櫓《みやぐら》のついた立派な自身番屋などはなく、通りに面した店屋を借りた程度のものだ。自身番に詰めるといっても、大家仲間と世間話をして暇を潰している。おかねは差し入れにかこつけて、そんな亭主に活を入れに時々顔を出すようにしていた。

「だから春というのは、水が緩むだけじゃなくて、人のおつむも緩くなる季節でな、大家としては、一番、気を引き締めていなくちゃなんねえ時期なんだ」

　茶筒の蓋《ふた》を外していると、またぞろ彦右衛門の声が聞こえてきた。親戚の口入れ屋の手伝いをしている長男の陸之助《りくのすけ》が大家を継ぐことになったなら、どれだけ五月蠅《うるさ》くなることか。ただでさえ父親の跡を継ぐことに興味を示していない息子だけに、面倒臭がって逃げられるのではないかと、まだ先のことながら、おかねは心配になる。

　流しの向かいの連子窓《れんじまど》から、ひらひらと白い蝶々が舞いこんできた。おかねは初春の往来に目を向けた。赤坂御門から渋谷村に抜けるこのあたりは、江戸といっても外れにあたる。大名の下屋敷や旗本屋敷が点在し、街道沿いの町家から一歩外れれば、緩やかな丘陵地に畑が広がっている。どこかの菜の花畑から迷い出てきた蝶々だろうかと目を細めた時、自身番の戸口に一人の女が立っているのに気がついた。

　露草色の着物をきっちりと着こなした四十前後の女だ。髷《まげ》を覆った白い揚げ帽子から、武家の妻女だと見てとれる。女は背後に大きな振り分け荷を担いだ人足を従えていた。行李《こうり》や鏡台が風呂敷の間から覗いている。引っ越しのようでもある。

「あのう……もし……」

　自身番の戸口に立って、女は彦右衛門と道太郎に声をかけた。傍らの土間の隅にいるおかねには気がつかない。それをいいことに、おかねは女を横から観察した。

細くつり上がった目に、通った鼻筋。首に埋もれているような小さな顎《あご》、そして受け口の顔に、おかねは目を見張った。

おるいちゃん……。

声をかけそうになって、おるいは武家の出ではなかったことを思い出した。それに、もう二十年以上会っていない。ただの他人の空似だろう。

「はい、なんでございましょう」

彦右衛門が煙管《キセル》を火鉢の縁に置いて、居住まいを正した。

「あの……このあたりにお留守居役同心の組屋敷があると聞きましたが……」

声まで、おるいを思い出させる。おかねは女の顔を食い入るように見つめた。

「組屋敷ならこの先を少し行ったところですが、けっこう広いですよ」と彦右衛門が答えた。

組屋敷は、広大な敷地に、お留守居役の与力や同心の屋敷が整然と区分けされて並ぶ一帯だ。通称百人町といわれるほど、多くの同心屋敷が並んでいる。ただ組屋敷に行きたいといっても、迷ってしまうことだろう。

「さようでございますか……兵頭《ひょうどう》さまのお住まいを探しているのですけど……」

女は剃り落とした眉のあたりをひそめた。

「ああ、兵頭さまですか。でしたら、うちのご近所ですよ」

彦右衛門とおかねの家は、百人町と青山原宿町の重なり合うところにあり、往来を隔てたところに組屋敷が続いている。

「だけど、兵頭さまなら、一月《ひとつき》ほど前に流行病《はやりやまい》で亡くなられましたけど」

おかねは流しの前から言葉を挟んだ。

「承知しております」と答えて、おかねのほうに向けられた女の視線が、驚いたように一瞬、揺れた。

やはり、おるいちゃんではないのか。そんな言葉が舌先から出かかった時、女の眼差《まなざ》しの揺れがふっと消え、能面のようなつるんと冷たい顔となった。

「私はその跡を継いだ弦之進《げんのしん》さまのところに参るのでございます」

弦之進は、流行病で死んだ宅之進《たくのしん》の弟だった。

「あぁ、あぁ、先頃、実家に戻ってこられた弦之進さまですか」と彦右衛門が頷いた。

「さようでございます。すみませんが、お宅まで案内していただけますか……申し遅れましたが、私、兵頭弦之進の妻で淑《とし》と申します」

事情を知らない道太郎は、こちらこそよろしくと丁寧に頭を下げ返していたが、彦右衛門もおかねも、雷に打たれたように口をぽかんと開いた。

兵頭弦之進はどう見ても二十歳そこそこ。この女とは、母と子ほどの歳の差があったのだ。

兵頭弦之進の家は小さいながら庭付きで、丸太の門柱の向こうに前庭があり、平家の居宅に続いている。居宅の横には畑があり、亡くなった宅之進の父の代から野菜を育てていた。

四、五年前に妻を亡くして男やもめだった宅之進が雇っていた下女は、弦之進が実家に戻り跡目を継ぐと、暇を出された。三十俵二人扶持《ぶち》のお留守居役同心の懐具合では、妻を養うだけで精一杯なのだ。もっとも、組屋敷に住まう同心たちの暮らしは、みな似たり寄ったりだから、肩身が狭いわけでもない。

引っ越してきたその日から、淑は襷掛《たすきが》けでいそいそと立ち働きだした。おかねの家の斜め向かいにあるだけに、否が応でも、その姿は目に入ってくる。朝夕、家の前の道の掃き掃除も欠かさないし、洗濯物は毎日、庭先に翻っている。畑で雑草をむしっていることもある。弦之進と夫婦になって、いかにも浮き浮きしている様子で、夫が登城する朝なぞ、門のところで、姿が消えるまで見送っている。たまに二人で出かけ、近くの善光寺の境内《けいだい》や、門前町の往来なぞを、仲良さそうに歩いていたりする。年若い夫との間には、しゃちほこばった侍の夫婦の雰囲気はなくて、どこか甘い空気が流れていた。

「ありゃあ、年増《としま》の色香ってもんだな」

淑がやってきて十日も過ぎた頃、夕餉《ゆうげ》の後も筍《たけのこ》の煮付けを肴《さかな》に、晩酌を続けていた彦右衛門がしたり顔でいった。

「あの奥さまに年増の色香なんかあるのかしら。小吉《こきち》さんだったら、まだわかりますけどね」

子供たちを寝間に追いやってから、自分の盃も持ってきて、亭主の晩酌のお相伴《しょうばん》にあずかっていたおかねは首を傾《かし》げた。

小吉は、彦右衛門の差配する借家に住む三味線の師匠だ。小股が切れ上がった女とはこのことで、襟なぞ粋に崩して、流し目をくれながら町内を練り歩き、棟上げ式の餅撒きみたいに、色香をあたりに振り撒いている。

一方淑には、淫《みだ》らな気配など微塵《みじん》もない。どこに色香が漂っているのかと、おかねには納得がいかない。着付けはいつもきっちりしているし、歩き方にも隙はない。

「女ってのは、目に見えるものしか信じないからな。男は違うぞ。目なんか使わない」

彦右衛門は筍を口に放りこんだ。

「じゃあ、どこを使うんですか」

「鼻だよ、鼻」と、自分の赤らんだ鼻を指さした。

「胸許とか、襟足とか、着物の裾《すそ》から、匂うんだよ。熟《う》れた女の匂いがな」

おかねは自分の着物の襟の合わせ目に鼻を押しつけた。彦右衛門は、酒を噴きだしそうになった。

「おいおい、おまえの話じゃないぞ」

「歳の頃は似たようなものじゃないですか」

おかねは、亭主の手の甲をぎゅっと抓《つね》った。彦右衛門は「痛たっ」と呻《うめ》いたが、顔はまだにやにや笑いを浮かべている。

おかねは亭主を睨みつけて、手酌で自分の盃に酒を足した。彦右衛門が催促するように盃を突きだしたので、渋々ながら注いでやり、亭主の使っていた箸《はし》で筍の煮付けを口に運んだ。

「妾《あたし》にはどうしても、おるいちゃんに思えるんですけどね」

春になったとはいえ、朝晩は冷える。縁側に面した障子戸は閉じられていて、赤い行灯の光がぼうと茶の間を照らすばかりだ。夫婦だけになった気安さから、このところ、おかねの胸の内にもやもやと溜まっていた想いが口をついて出てきた。

「また、その話か。向こうは、知らないといってるんだから、別人に決まってるじゃないか」

「知らないとはいってないですよ。妾が面と向かって訊《き》いてないだけです」

「だけど、本人だったとして、おまえを無視する理由はあるのか」

おかねはむっつりと、かぶりを振った。

「ほら、別人に決まってる。だいたい、そのおるいって娘《こ》を知っていたのは、二十年以上も前のことだろう。似ていると思っても、細かなところなんか忘れてしまってる。あてになるものか」

「そりゃそうだけど……勘というんですか、妾の中で声がするんです。この人は、おるいちゃんだ、ってさ」

彦右衛門は鼻先で笑った。

「空耳だろ。歳取って、耄碌《もうろく》しただけじゃないか」

「違いますって」

向きになって言い返したとたん、おかねの中で遠い昔に聞いた声が木霊《こだま》した。

「千石船《せんごくぶね》になりたいな」

潮風の吹きつける品川《しながわ》の浜辺を歩いていた時、おるいはそういったのだった。うっすらと連なる房総《ぼうそう》の山々を背に、四角い白帆を張った千石船が江戸湾をゆっくりと航行していた。

「船になりたいってぇ。変なの」

おかねはくすくすと笑った。鳥や魚になりたいというならまだわかるが、船になりたいなんておかしかった。

「だって海を渡って、どこまでも行けるじゃない。大坂《おおさか》にだって、蝦夷《えぞ》にだって」

おるいは下唇を突きだすようにしていった。その顔を見るたびに、おかねは羨《うらや》ましくなる。受け気味の口許《くちもと》は、美人の印。下唇に紅を濃く塗ったりする必要はないのだ。

「へえ、そんな遠くまで行ってみたいんだ」

おかねは、おるいの心境がわからないままいった。

「おかねちゃんは遠くに行きたくはないの。知らない土地を見てみたくはないの」

おるいは不思議そうに問い返してきた。

「そりゃあ、富士のお山に登ったり、お伊勢さんにお参りしたりはしたいけど、船に乗って行きたいとは思わないなぁ……ああ、そうか。武州《ぶしゅう》には海がないんだ、だから千石船が珍しいんだ」

謎々《なぞなぞ》の答えが見つかった気分で、おかねは手を叩いた。

「そうかもね。江戸に奉公に上がるまで、船といったら川舟しか知らなかったもの」

おるいは、おかねの言葉に逆らうことはない。うん、そうかもね、そうなんだろうね、などと相槌《あいづち》を打ってくる。だが、それでおしまいということはなく、最後のところでは自説を固持する。今も、おかねに同意してから、「川舟なんかつまらない。川筋に沿って、上ったり下ったりしかできないもの。千石船のほうがいいよ。広い海のどこにでも行けるじゃない」と呟《つぶや》いた。

おるいは、武州秩父の豆腐屋の娘だ。親戚《しんせき》のつてで、この春から品川宿の団子屋で働いている。その一軒置いて隣に、おかねの家である扇子屋があった。同じ年頃の娘二人、親しくなるのに時間はかからなかった。今では店が暇な時に一緒に浜辺を歩いたり、遊びに出かけたりする仲だ。

下駄を砂まみれにさせて、波打ち際を歩きながら、二人はなんとなく青い海に浮かぶ千石船を眺めていた。ちょうど強い風が吹きつけていて、船の白い帆はどれも弓形《ゆみなり》に膨らんでいた。

「どこへでも行けるといっても、風がないとだめなんだよ。逆にいえば、いい風さえあれば、放っといても、どこかに連れていってもらえるんだけどね」

そういったとたん、おかねの頭に閃《ひらめ》くものがあった。

「そうか、おるいちゃん、楽したいだけなんだ。お金持ちの旦那さまでも現れて、お嫁さんになってくれといわれるのを待ってるんだろう」

おるいの切れ長の目が悪戯《いたずら》っぽく輝いた。

「おかねちゃんだって、そうじゃないの」

「決まってるじゃない」

二人は潮風の中で顔を見合わせ、弾《はじ》かれたように笑った。

あの頃のおかねとおるいは、人生に対して漠然とした希望を抱いていた。どの町で、どんな殿方が目の前に現れて、嫁に欲しいといってくれるだろうか。どの町で、どんな家で所帯を持つことになるのだろうか。

もちろん町人が嫁げるのは、町人相手だけ。突然、殿さまや公家さまの奥方になるなどという大それた夢は描かなかったが、それでも裕福な商家の若旦那でも現れてくれるのではないかと夢みていた。奉公人が何人もいるような商家のご内儀となれば、下女にかしずかれて、きれいな着物を取っ替えひっ替え着て過ごし、しょっちゅう芝居見物や物見遊山《ものみゆさん》に行ったりして楽しめる。そんなまだ見ぬ明日を語りあううちに、あっという間に時は過ぎていったものだった。

先に嫁ぎ先が決まったのは、おかねだった。父の知り合いから、縁談が舞いこんだのだ。相手は、青山原宿町の大家だという。父親が隠居して、家業の大家を継ぐことになり、身を固めたいと思っている。実直な男だと評判もよかったし、大家ならば暮らしも安泰だからと親や親戚に勧められ、おかねは縁談を受けた。大商人のご内儀という玉の輿《こし》ではなかったにしろ、まずまずの嫁ぎ先であることを見極めるだけの分別はあった。

嫁いでからは、それなりに苦労した。隠居したとはいえ、当初は舅《しゅうと》姑《しゅうとめ》との同居だった。家のしきたり、味噌汁《みそしる》の味付けからして違う。また、大家の女房は家の中のことだけしていればいいものではない。亭主と共に店子の様子に気を配る必要もあった。里帰りできたのは、初子《ういご》を身ごもった二年目のことだった。

その時にはもうおるいは団子屋からいなくなっていた。誰かに見初《みそ》められて、嫁いでいったということだった。団子屋の主から、相手はどこの誰で、何をしている人なのか聞いたはずなのに、頭から抜け落ちている。ただ、おるいちゃん、幸せになってよかったと喜んだことだけは覚えている。

あの頃のおかねは、自分のことで精一杯だった。初めての出産、婚家への配慮など、頭を占めることがいっぱいあった。しかし、今にして思えば、あれほど親しくしていたおるいだったのだから、一度、嫁ぎ先に訪ねていくなり、もっと消息を訊《き》くなりしていてもよかったのだ。今更、誰かに訊こうにも、父は死に、扇子屋は兄の代となり、母は耄碌してしまっている。おるいの働いていた団子屋もいつか店を閉じてしまっていた。

おるいは、どこに嫁いだのか。今はどうしているのか。淑は、ほんとうは、おるいではないのか。兵頭家の前を通るたびに、おかねは、生垣越しに中の様子を窺《うかが》わずにはいられなくなっていた。


「治ったら人恋しくなる　三日ばしかと年増の色気」

彦右衛門が縁側で煙草を吸いながら、そんな川柳もどきの言葉を口走ったのは、桜も散りはじめた花曇りの朝のことだった。自身番に詰める日ではないので、朝餉を取ってから、のんびりしていたところだ。おかねは、十二歳になる娘のおしげに手伝わせて、座敷の床の間や敷居の拭《ふ》き掃除をしていた。

「なんですか、それは」

彦右衛門の視線が、椿の生垣を越えて、斜め向かいの兵頭家に向いていることに気がついて、おかねは訊き返した。

「いや、昨日、竹田屋でちょっと一杯やっていたら、兵頭の若旦那も顔をお出しになってな……」

「あら、そうなんですか」

おかねの声には、驚きと同時に咎《とが》める響きが混じっていた。昨日の晩飯に、彦右衛門は少し遅れて戻ってきた。自身番で長居しすぎたと言い訳していたが、居酒屋に寄り道していたのだ。

「兵頭さまとなにかお話でもしたんですか」

心持ち冷淡な口調でさらに訊く。

「いや、若旦那もただ、酒を一杯静かに呑んでいただけだが、ありゃ、そろそろ三日ばしかも治りめだと思ったんでな」

「さっきから三日ばしか三日ばしかって、なにかいいたいんだったら、はっきりいってくださいよ」

もってまわった言い方が嫌いなおかねは、雑巾を手にして敷居の上に這《は》いつくばったまま、口を尖《とが》らせた。

「若い頃は年増の色気によろめきやすいが、三日ばしかみたいなもんで、治るのも早いってことだ」

彦右衛門はかんと音を立てて、煙管を縁側に打ちつけた。その硬い音に尻を叩かれたように、おかねの頭が働きだした。

「治るってのは、気持ちが冷めるってことですか」

「まっ、そういうこと。亭主が家にいそいそと戻る気持ちが失せてきたら、熱も冷めたってことだろう……おっと、こりゃ、新婚の話だからな。うちは違うぞ。うちはもう酸《す》いも甘いも噛《か》み分けた夫婦だから、今更、熱が冷めるもへったくれもないもんだし……」

慌てて取り繕う亭主を、「うちのことはいわなくていいよ」と止め「それより、兵頭さまのところは、もう冷めてしまったというのかい」と気になるところを問い詰めた。

彦右衛門はごま塩の丁髷《ちょんまげ》頭をこくこくと動かした。

「まだ二十歳そこそこだから、無理もない。若い時は、年増の色香にのぼせやすいが、冷めるのも早い。わしにも、そんなことがあったよ。年増の辰巳《たつみ》芸者に入れこんだが、一年もしないうちに、はっと我に返った。ある朝、突然、横に寝ていた女の顔の弛《たる》みや肌の皺が目に入った。そして、ぞっとしたんだな。ほら、幽霊話にあるじゃないか。綺麗な女に誘われて、鄙《ひな》びた家に行って、枕を交わした翌朝、荒《あば》ら屋で目覚めて、隣には骸骨があったみたいな……そんな心境よ」

おしげまで雑巾がけの手を止めて、彦右衛門の話を興味津々に聞いているのに気がついて、おかねは雑巾を洗ってくるようにと命じた。おしげは残念そうな顔つきで、おかねと自分の分の雑巾を手にして、家の奥に引っ込んだ。

「女の老いにちょっとばかし目がいくと、さあっと冷めてしまうなんて、男なんて薄情なもんですね」

おかねは亭主を真似《まね》て、生垣の向こうの兵頭家に目を遣《や》った。

「女だって、男に金がないとわかったとたん、冷めてしまったりするじゃないか。お互いさまだろ」

「まぁねぇ。だとしたら、この世の中、誰を信じたらいいことか……」

「だから、長年連れ添った夫婦の腐れ縁に勝るものはないってことよ」

「腐れ縁、ねぇ」と、亭主を睨みつけてから、おかねはふと疑問に思った。

淑は、弦之進と夫婦になる前、誰かと夫婦だったのではないか。四十路も過ぎたような女が、突然、この世に現れるはずはない。その前の人生があったはずだ。

弦之進と出会うまで、淑は独り身だったのだろうか、それとも他の男の妻だったのか……。

その答えをもたらしたのは、鼠取り売りだった。「悪戯者はおりませんか、石見銀山《いわみぎんざん》ころりころり」という売り声におかねが往来を見ると、石見銀山と書かれた幟《のぼり》を肩に担いだ物売りが立っていた。

色白のずんぐりした小男で、ここ何年か、家に出入りしている馴染《なじ》みの鼠取り売りだ。夏の盛りに入れば、虫も鼠も増えてくる。声をかけようとして、鼠取り売りが兵頭家の生垣の前に立ち、しげしげと庭を眺めていることに気がついた。

ちょうど淑が洗濯物を干しているところだった。鼠取り売りは、淑に向かって手を振り、「奥さま、奥さま」と呼びかけた。しかし淑は振り向きもしないで、家の中に入っていった。

ぽかんとした風情で生垣の前に立っていた鼠取り売りを家に招き入れ、おかねは、「兵頭さまの奥さまをご存じなのかい」と訊いた。

鼠取り売りは、縁側に荷を下ろして、首を傾げた。

「てっきり伝通院《でんずういん》のほうにいらした奥さまだと思ったのですが……人違いだったようでございます」と呟きつつも、やはり腑《ふ》に落ちない顔をしている。

「伝通院のほうの奥さまとは、どういう方だったの」

「旦那さまは、剣術の稽古《けいこ》場を開いてらした方なんです。何年もご贔屓《ひいき》にしていただいていたので、この春先にも伺ったのですが、閉められていたので驚きました。近所の人に訊くと、剣術の先生は暮れに亡くなられて、奥さまはどこかに行ってしまわれたということでした」

「跡継ぎのお子さまはおられなかったの」

おかねは考えながら訊いた。

「はい、お子さまには恵まれず……。ご夫婦仲はよかったんですけどね。旦那さまは、年若の奥さまをそりゃあ愛おしんでおられるようでした。なんでも、品川かどこかの茶屋で働いていた奥さまを見初めて嫁にもらわれたんだそうです。奥さまは町人の娘だったので、どなたかお知り合いの武家の養女にさせて、それからお輿入れさせたのだと聞きました」

「あっ」と思わず声が出た。

やっぱり淑は、おるいだったのではないか。だけど、それならば、どうして自分に隠す必要があるのか。弦之進と夫婦になったことが後ろめたいのだろうか。

鼠取り売りは、伝通院界隈《かいわい》の噂《うわさ》話に花を咲かせながら、鼠取りばかりではなく、腹痛の時の薬や目薬などを勧めてくる。話し相手になりながら、ついついあれこれ買いこんでしまった。日も傾きはじめた頃、鼠取り売りはほくほく顔で立ち去っていった。

おかねは、おしげに声をかけて、一緒に夕餉の支度に入った。しかし、はす向かいに住む女のことが気にかかって仕方ない。火の加減をおしげに任せ、往来に出ていった。すでに午後も遅くなり、生垣の長い影が地面に斜めに落ちていた。赤坂御門のほうからは、城から戻ってくる与力や同心たちの姿がぽつぽつと連なっている。

淑はこの時刻になるといつもそうしているように、家の前で、帰宅する侍たちの中に夫の姿を探していた。おかねは自宅の門から出たところで、もう一度、しげしげと淑を眺めた。軀の線は細くなり、顔の皮膚は張りを失っているが、そこにはやはり、おかねの覚えているおるいがいた。

おかねはつかつかと往来を横切り、淑の前に立った。

「おるいちゃん」

迷惑そうな顔がおかねに向けられた。

「しらばっくれても無駄よ。聞いたよ、伝通院の剣術の先生の奥さんになってたんだってね。ずいぶんと出世したもんじゃないの」

おかねはのっけから馴れ馴れしい口調でいった。こっちからきっかけを作ってやれば、おるいも白状しやすいのではないかと考えたのだが、間違いだった。

「どなたのことをおっしゃっているのか、私にはさっぱりわかりませんけど」

木で鼻をくくったような返事に、思わずおるいの背中をどやしつけ、いい加減にしなさいよ、と怒鳴ってやりたくなった。

「ごめんくださいませ」

淑は会釈すると、門の中に引き返した。その背中に、おかねは声を投げつけた。

「武家の奥さまになったのが、そんなに鼻高々なのかいっ」


玄関の戸を開いて家の中に入るまで、私は奥歯を嚙みしめていた。そうしていないと、今にも喉から、おかねちゃん、という呼びかけが迸《ほとばし》りでそうだった。

だけど、私は淑だ。おるいではない。

私は玄関の戸を閉めた。畳の間が四部屋だけの平家の小さな家だ。土間の横手は、台所になっている。

台所に立ち、竈《かまど》の火が消えていないか確かめた。今晩は煮魚だ。つけあわせの胡瓜《きゅうり》の酢の物もすでに作ってある。後は、夫の帰りを待つだけだ。

今夜も遅いのだろうかと考えると、急に力が抜け、隣の座敷の上《あ》がり框《かまち》に腰を下ろしたくなったが、慌てて背筋を伸ばした。

座敷に上がり、寝間の支度に取りかかる。きびきびと動いていないと、涙が溢《あふ》れそうになる。しかし涙は、武家の妻には最もふさわしくないものだ。

飯倉森兵衛《いいくらしんべえ》の妻となった時、私は淑と名を改めた。名ばかりではない、養女となった飯倉の恩師の家で半年間、武家の妻としての心得やたしなみを教えこまれた。

飯倉は、そこまでして、私を嫁に迎えてくれた。たまたま入った団子屋で立ち働いていた私を見て、亡き妻に面差しの似たところがあると思ったということだった。祝言を挙げて二年目にあっけなく他界したという前妻に私を重ねあわせ、遥々小石川《こいしかわ》から五日に一度は訪れるようになった飯倉のことを、私は最初、ただの気のいいお侍の小父さんとしか見ていなかった。

今にして思えば、飯倉はまだ三十二、三歳で、さほどの歳でもなかったのだが、十七、八の娘にとっては年寄り臭く思え、恋する相手として想像することもできなかった。

それでも、店先でぽつぽつと話すようになり、その穏やかな人柄に好感を抱くようになっていたから、飯倉から、団子屋の主《あるじ》に縁談の申し入れがあった時には、さほど厭とは思わなかった。おかねが半年前、すでに嫁いでいき、後れを取ったという焦りに加え、団子屋の主の勧めもあり、私は縁談を承知した。秩父の両親は、武家の嫁になるということで大喜びだった。御家人でも藩に召し抱えられているわけでもなく、伝通院の近くに小さな稽古場を構えて、剣術を教えているだけではあったが、武士は武士だ。

秩父のしがない豆腐屋の娘が、武士の妻になる……。唐黍《とうきび》の皮で作られた姉さま人形が、突然、雛壇の上に飾られた気分とでもいうのだろうか。私は晴れがましい想いを白無垢に包みこみ、嫁いだのだった。

それからの二十余年、私は飯倉の妻として立派にやってきたと思う。夫の身の回りの世話だけではなく、稽古場に通ってくる門弟たちの面倒も見た。数人いた住み込みの若者たちに至っては、子供に恵まれなかった分、母親になったような気持ちで接していた。弦之進に対しても、そのつもりだった。

弦之進が、飯倉の門弟となったのは、父親の意向に従ってのことだった。病に臥し、お留守居役同心の役目を長男に譲って隠居した弦之進の父親は、次男の行く末を案じて、昔の剣術仲間だった飯倉に、門弟にしてやってくれと頼んだのだ。見込みがあるようならば、先々、稽古場を継がせてもいいと、飯倉も約束したらしかった。父の死後、住み込みとなった弦之進は、朝夕、稽古に励んでいた。父の遺志に応えなくてはという一心からだろうと、私はそのひたむきさを好もしく受け止めていた。

弦之進の私を見る目に気がついたのは、一年も過ぎた頃だったろうか。台所に立っていたり、洗濯をしていたりすると、ふと感じる眼差し。その源を辿《たど》れば弦之進がいた。まだまだ捨てたものではないかもしれないと、私の中の女が喜んでいるのを感じた。しかし、すでに四十路に入った私を、弦之進のような二十歳そこそこの若い男が本気で慕うはずはないと、その心根を見て見ぬふりをしていた。

そう、あの日までは……。

稽古場の裏の竹林で、紺色のものが揺れた気がして、井戸水を汲んだ桶を運んでいた私は立ち止まった。朝稽古も終わり、昼餉までの一息ついた頃合いだった。

目を凝らすと、紺色の稽古着姿の男が竹林の横手にある小屋に消えるところだった。その姿格好で、弦之進だとすぐにわかった。中肉中背、均整のとれた軀つきをした若者だ。夫の弟子の中でも、そのしなやかな軀つきは群を抜いていた。軽い身のこなしや、機敏な反応。弦之進の全身から、眩《まぶ》しいまでの若さが放たれていた。

あんなところで何をしているのか。

かつては物置にしていた小屋だが、竹林が広がってきたので、今では使われていない。私は桶を足許に置くと、小屋のほうに近づいていった。戸は閉められていたが、枢《くるる》が壊れているせいで斜めに傾き、人が出入りできるほどの隙間ができていた。その隙間に弦之進が見えた。手が上下に動いている。戸口に斜めに背を向けているので、その手の間に見え隠れしているものがわかった。

私はどきりとした。

弦之進は、男根をしごいていた。

すぐにその場から逃げだそうと思った。なのに、私の目は、弦之進の手から頭を出しては消えていく、滾《たぎ》ったものに吸い寄せられていた。子供の頃、近所の男の子や兄たちのおちんちんを目にしたことはあったが、大人の男根を明るいところで見たことはなかった。夫との営みは、いつも暗闇の中だった。

薄明かりに包まれた小屋の中で見る男根は美しいとも、醜いともいえなかった。そんな物差しでは測れない、奇妙で、おかしなものだった。まだ二十歳前の弦之進のものだからなのか、かわいらしくもあった。ついついじっと見つめているうちに、気配を感じたらしく、弦之進が戸口を振り向いた。

後になって思えば、さまざまな道があった。ぱたぱたと走り去っていくこともできたし、いかにも年上の女らしく「変なことしてないで、出てきなさい」と叱って、弦之進を小屋から追いだすこともできただろう。

しかし、自分でも驚いたことに、私はその場から動かなかった。弦之進もまた、ばつの悪い顔でそそくさと男根を隠すようなこともなく、ただ呆然と立ち尽くしていた。

竹林の中のその小屋が、稽古場や、母屋と切り離されたまったく別の世界であるかのように、私たちは男根を前にして見つめあっていた。男根に引き寄せられるように、私は戸の隙間をすり抜けてふらふらと弦之進に近づき、それに指を絡めた。萎《な》えかけていた男根がぷるっと震えて、持ちあがった。

私は男根を人差し指と親指でつまんで、くいくいと振った。飯倉の男根であれば、想像だにしなかった振る舞いだ。飯倉の男根は、私の中に押しいってきて、勝手に暴れて出ていく、余所者だった。しかし、この男根は違う。私の指に搦《から》めとられた、かわいい生き物……。

指に包んで揉《も》んだり、しごいたりしていると、弦之進は呻き声を洩らしはじめた。それがまた私を夢中にさせた。小屋の薄明かりの中で、まだ髭《ひげ》も薄いつるりとした若者が喘《あえ》いでいる。それは、すべて私の指の動きがもたらしたものなのだ。

弦之進は、とろりとした顔つきで私を見つめていた。私にすべてを委《ゆだ》ねた顔つきだ。愛しいと思った。私は弦之進の軀に、ぴたりと自分の軀を押しつけていった。そうして、私たちは交わったのだった。

一度、交わると、もう止むことはなかった。弦之進は若いだけになおさらだった。それまでの女経験といえば、兄に連れられていった遊女屋くらいのものだったらしい。弦之進は、毎日のように私の軀を欲しがった。私は、稽古がおろそかになると諌《いさ》めつつも、弦之進の懇願するような目配せに気がつくと、身も心も浮かれてしまい、竹林の脇の小屋に忍んでいかずにはいられなくなった。小屋の薄闇に弦之進のすらりとした影を認めるや、軀から力は抜けた。技巧も探究心もない、ただ突き進んでくるだけの若い牡の肉体に押され、もみくちゃにされ、私は幸せに喘いだ。それは、自分が求められている証《あかし》だったから。弦之進の放つ精が身の内にどくどくと注ぎこまれるのを感じると、私は若返り、弦之進の歳に近づいた気分となった。弦之進との交わりは、私を二十歳の頃に引き戻してくれたのだ。もしかしたら、私を夢中にさせたのは、弦之進という男ではなく、弦之進の若さに過ぎなかったのかもしれない。

飯倉は何も気がつきはしなかった。剣術指南に専心していたのだ。いずれ稽古場は弦之進が継ぐだろうし、このままずっと密かな関係を続けていけるものと、私は信じていた。

枕を並べて蒲団《ふとん》を二組敷くと、蚊帳を吊りはじめた。春のうちは、寝具を敷く時には、いつも弦之進がいて、手伝ってくれた。その頃は、毎日、夕暮れ前に帰宅したものだった。しかし、今では、とっぷりと暮れてから帰ってくる。夕餉をどこかですましてくることもある。私一人で蚊帳を吊り、寂しく夕餉を取り、蒲団に入る日々が続くようになった。

昨年暮れ、夏から病床に就いていた飯倉が亡くなると、弦之進はいよいよ稽古場の跡継ぎになるはずだった。しかし、そこに番狂わせが起きた。父親の跡を継いで、お留守居役同心となっていた弦之進の兄がぽっくりと死んだのだ。放っておいたら同心株は取り上げられるからと、弦之進がその役職に就くことになった。

まず弦之進がこの同心屋敷に戻ってきて、次に私が合流した。最初は、ここで過去はすべて忘れ、晴れて夫婦となり、幸せな所帯が持てると信じていた。しかし、物事は信じていたのとは別の方向に進みはじめた。弦之進の帰宅はどんどん遅くなり、顔を合わせても話は弾まなくなった。私が変わったのではない。弦之進が変わったのだ。

簡単なことだ。二十以上も年上の女に、嫌気が差したのだ。恥ずかしいほどに、手垢《てあか》にまみれた理由。それを認めるのは、屈辱以外、何物でもない。

それでも飯倉の稽古場を継いでいたならば、弦之進はこんなに変わることはなかっただろう。夫婦となっても、稽古場の元の持ち主の妻であった私に、一生、頭が上がらなかったことだろう。しかし、同心になったことで、すべては変わってしまった。私との縁が切れたとしても、三十俵二人扶持の禄がある。年若い妻をもらって、そこそこに暮らしていける。

あのまま小石川で飯倉と静かな余生を送るべきだった。私たちは静かで淡々とした、それでも満ち足りた暮らしを営んでいたのに……。

じわじわと後悔の念が湧《わ》きあがってくる。

かたん、と玄関の戸が音をたて、「ただいま」という弦之進の声がした。

寝間の隅にぽつねんと座っていた私は、弾かれたように立ちあがった。いつか、あたりはすっかり暗くなっていた。

「お帰りなさいませ。今、灯をお持ちしますから」

私は急いで台所に行き、竈に残っていた熾火《おきび》で燭台に火をつけた。それを手にして玄関に行くと、弦之進はもう暗い中で家に上がり、奥座敷に刀と脇差を置いていた。私は燭台を手にして、近づいていった。

「お食事はいかがなさいますか」

暗くなったとはいえ、さほど遅くもない。夕餉はまだかもしれないと微かに期待したが、「いらない。食べてきた」と短く答えられただけだった。

そして寝間に行くと、登城用の装束を脱ぎ、普段着に着替えて、手拭いを一本持って外に出ていった。近所の湯屋に行くのだ。

以前ならば、連れ立って行ったものなのに、もう誘ってもくれない。

私は、弦之進の脱いだ着物を片づけはじめた。黒羽織をたたんでいると、微かに伽羅《きやら》油《あぶら》の匂いがした。

私の髪には使っていない鬢《びん》付け油だ。

弦之進の肩か胸許に頭を預けた女の姿が脳裏に浮かんだ。

きっと若い女だ。

頭がじいんと痺《しび》れてきた。


抜き身の刀は、行灯の光を浴びてぎらぎらと輝いていた。弦之進の刀だけに、よく手入れされている。私は刀を提げて、隣の寝間に入っていった。

柄《つか》の硬さと冷たさが、私に落ち着きを与えてくれる。嫁いだばかりの頃、飯倉は半ば冗談で、刀の持ち方や振り方を教えてくれた。すっかり忘れたと思っていたのに、その記憶が蘇《よみがえ》ってきていた。

寝間に明かりが射しこむように襖《ふすま》は開けたままにして、刀を傍らに置き、蚊帳の前に座る。墨色の薄闇から、弦之進の規則正しい寝息が伝わってくる。私がまんじりともせずに夜を過ごすようになっても、絶えることなく隣から聞こえていたので、もう耳に染みついている。今は、年若い妻と睦《むつ》みあう夢でも見ているのだろうか。

去年の秋、あれほど約束したというのに。

この先ずっと、手に手を取って歩いていこうと。

あの言葉、一年もしないうちに忘れてしまったというのか。

だとすれば、もう他に道はない。

この三日間、考え抜いた末に出した答えだった。

しばらく息を整えてから、刀を握り、物音をたてないように蚊帳の中に滑りこんだ。

蒲団の上に立って見下ろせば、蒸し暑い夜だけに、弦之進は長襦袢《ながじゆばん》の前もはだけたまま、仰向けになっていた。顎を反《そ》らして、筋の張った若々しい首を伸ばしている。

この首に抱きついて、幾度となく唇を這わせた。弦之進はくすぐったそうに、くふふ、と笑って、首を捻《ひね》った。それがまた愛おしくて、私は舌を出して、ぺろぺろと耳の後ろから首筋まで舐《な》めてやった。

思わず飲みこんだ唾の音が、頭の中で、ごくり、とやけに大きく響いた。

奥歯を嚙みしめ、刀を大上段に構える。刃先が垂れた蚊帳に引っかかり、麻の目の破れる音がした。弦之進が目を開いたのと、私が刀を振り下ろしたのは同時だった。ぶんっ、と刃が空を切った。

「ぎゃあああっ」

手応えはあった。弦之進は横に転がり、蚊帳の外に逃れた。後を追って、蚊帳から出ると、弦之進は隣の部屋に飛びこむところだった。行灯の光に、畳に落ちたどす黒い血の筋が見えた。首に傷を負っているのだろう。

その血の滴《したた》りを目にしたとたん、頭がかあっと熱くなった。

もう引き返すことはできない。殺《や》らなくては。止《とど》めを刺さなくては。

頭の中で鳴り響く声の中を、私は走った。玄関の戸を蹴り倒して外に出ようとしている弦之進に追いつくと、その背に刀を振り下ろした。背肉が斜めに切り裂かれ、弦之進は悲鳴を上げた。だが、手負いとなっても、さすがに若い。弦之進は前につんのめりそうになりながらも外に走った。

私も裸足のまま庭に飛びだした。月明かりが同心屋敷の家々を灰色に照らす中、踏み石の置かれた前庭から門柱に向けて、黒い影が遠ざかっていく。弦之進は往来に出ていこうとしていた。私は全力で走った。向かいの家の木戸を開こうとしているところで追いつくと、髻《もとどり》をひっつかみ、仰向けにのけぞらせて、脇腹にずぶりと刀を突きたてた。

ぎゃああっ、という絶叫が上がった。

なぜか、それは私の中から迸りでてきたように思えた。私はそれを押し返すように、わあああっ、と叫びながら、刀を引き抜き、もう一度、突き刺そうとした。

この男をぐさぐさに刺しまくり、喚《わめ》きまくりたかった。しかし、弦之進は私に体当りして、隣の大家の家へと逃げた。私はよろめいたが、すぐに立ち直り、追いかけた。

真っ白な頭の中にあるのは、弦之進を殺らなくてはならない、という一念のみだ。何のためかも、どうしてなのかもわからない。だが、弦之進を殺さないと、私はどこにも行けないのだ。どこに行くのかわからないが、それだけは確かだった。

大家の家の庭に倒れこんだ弦之進に追いつき、刀を振り上げた時、「きゃーっ」という悲鳴が耳をつんざいた。弦之進のものではない、少女の声に、私の動きが止まった。

頭を巡らすと、大家の家の玄関の戸が開いていた。悲鳴を聞いて、起き出してきたのだろう。主の彦右衛門が驚いた顔で突っ立っている。背後から子供が二人顔を覗かせている。悲鳴を上げた少女は両手で口を覆って、もう黙っていた。代わりに隣の七、八歳ばかりの男の子が火がついたように泣きだした。その子の背後には、おかねの姿もあった。

「た、助けてくれ……助けて……」

弦之進が四つん這いになって、大家の一家のほうに手を伸ばした。腹の下からどろりとした細長いものがはみ出ているが、あれは腸《はらわた》だろうか。その無様なさまを見たとたん、再び怒りに包まれて、私は刀を振り上げた。

「おるいちゃん」

女の太い声に、不意に横面を張られたような気がした。

おるい……誰だろう……おるいとは……。

ぼうっとした頭に、そんな考えが浮かんだ。

おかねの丸々とした顔が、私の前に現れた。

「馬鹿なことすんじゃないよ、おるいちゃん」

長い年月のうちに、おかねの顔には肉がつき、頰なぞは太った猫のように膨れているが、まじまじと見つめているうちに、懐かしい顔が浮かんできた。藍玉《あいだま》のように艶々《つやつや》した丸顔に、どんぐり眼《まなこ》のおかねちゃんだ。品川宿の団子屋に奉公していた頃、よく一緒に話したり、笑ったりしていた。

「おかねちゃん……」

おかねは引きつったような笑みを浮かべた。

「どうしたっていうの、おるいちゃん、物騒なもの持って……」

私は自分の手に握りしめた血塗《ちまみ》れの刀を見下ろした。彦右衛門に抱き起こされている弦之進の姿も目に映った。首や背中、脇腹から血を流し、すでにぐったりとしていた。

私は、あの男を殺そうとしていたのだ。

まるで他人事《ひとごと》のようにそう思った。

「あの男が悪いんだ……妾《あたい》の人生をめちゃめちゃにした……仕返ししただけさ」

いつか町人言葉に戻っていたが、構いはしなかった。今更、武家の女を気取る必要なぞありはしない。

おかねは剃り落とした眉根に皺を寄せた。

「兵頭の若旦那のせいで、あんたの人生がめちゃめちゃになった……ほんとかい、ほんとにそうなのかい」

気遣いと咎める調子がないまぜになった言い方だった。

「そうなんだって、この男のせいで、妾は道を誤ってしまったんだ」

「ほんとかね。あんたの人生をめちゃめちゃにしたのは、ほんとはあんた自身じゃないのかい。武家の嫁らしく迎えてくれた元の旦那さまを殺しまでしてさ」

おかねの言葉に、私の喉で熱いものが膨れあがった。

「な……なにをいうのよ」

おかねは、私の前にぐいと顔を突きだした。その大きな目は、苦しんでいるようでも、怒っているようでもあった。

「鼠取り売りから聞いたんだよ。去年の夏、あんた、鼠取りを何袋も買ったんだってね。

鼠千匹も殺せるくらいだったっていってたっけ。あんたの旦那さまが亡くなったのは、去年の暮れ。伝通院の稽古場の近所の人は、みんな噂しているって。あんたが鼠取りの毒を飲まして殺したんだろうって」

確信ありげに語るおかねの声が、私の軀から力を奪っていく。

――奥さまと、晴れて夫婦になることができたら、どんなに嬉しいことか……。

ざわざわと風に揺れる竹の音を聴きながら、廃屋となった小屋で弦之進はそういったのだった。汗ばんだ肌をぴたりとくっつけあい、私たちは抱きあっていた。土間に筵《むしろ》を敷いただけの湿って薄暗い小屋の中だ。こんな惨めったらしいところではなく、畳の上で、ふかふかの蒲団の上で誰の目を憚《はばか》ることなく交わることができれば、どんなに幸せなことか。

――あの人がいる限り、そんなこと無理でしょう。

細い声で応じてから、心の中で声がした。

だけど、もし、いなくなれば……。

まるでその声を聞きつけたように、弦之進が囁いた。

――もし、いなくなれば……。

私と弦之進の視線がぶつかった。

そうして、私は大量の鼠取りを買いこみ、食事に少しずつ混ぜて飯倉に出すようになった。飯倉は何の疑いも抱かずに日々食べつづけ、次第に具合を悪くしていった。それでも最期まで、私のことを案じてくれていた。死期が近いことを悟ると、稽古場を弦之進に譲り、弦之進に私の面倒を見るように約束させるほどに。弦之進は勢いこんで、必ず、必ず、奥さまの面倒を見てさしあげますので、ご安心を、と誓ったものだった。

その時のことを思い出すと、再び、怒りの炎に包まれた。

「みんな、こいつのせいなんだっ。妾をそそのかして、間違ったところに連れてきてしまったんだ」

私は刀の先で、彦右衛門の腕の中で呻いている弦之進を示した。

「わかってるよ、あんたは千石船になって、遠いところまで出ていったつもりだったんだ」

おかねは深い優しい声でいって、私に一歩近づいた。

「だけど、その船の帆は、無垢な白から、血の朱《あか》に変わってしまっていたんだよ」

おかねは刀を、私の手から外した。

「血塗れの千石船の行き先は、極楽じゃないのは確かじゃないかい」

「お裁きは厳しいものになるだろうな。なんせ、二人の夫殺しだものな」

自身番から流れてきた彦右衛門の声に、腰高障子の戸を開こうとしたおかねは動きを止めた。

「しかし、あのそつのない武家の奥さんが、まさかあんなことをするとは驚きました」

道太郎の声が聞こえた。

おるいの騒動を話しているのだ。おるいは奉行所に突きだされ、今は牢屋でお沙汰を待っているという。

「それにしても、おかねさんだったんでしょう、あの女から刀を取りあげたのは。いや、すごいもんです」

「ああ、それに関しちゃ、お奉行さまからお褒めの言葉を頂いたよ。まあ、いつも口五月蝿いぶん、腹におかしげなものを溜めこまないからいい。道太郎、あんたも女房をもらうなら、何を考えているかわかんないおとなしいのより、五月蝿いくらいの女のほうがいいってことよ。突然、寝首を掻かれないですむからな」

ずいぶんと、自分の株も上がったものだと、おかねはおかしくなった。

しかし、彦右衛門は間違っている。

お喋りな女でも、寡黙な女でも、同じことだ。女はいつも新たな恋を探している。ただ、今の暮らしと天秤《てんびん》にかけて、新たな恋が、わりに合わないと思う女が多いだけだ。

千石船になって、どこか遠いところまで行きたいのは、おるいばかりではない。

女はみんなそうなのだ。突然、亭主でない男から、幸せにしてやる、などといわれたら、ふと夢みてしまう。そうなったら、どんな行く末が待っていることだろうかと。相手が、まだ二十代の瑞々しい若者だったりしたら、なおさらだ。もし、この障子の向こうにいる道太郎から、おかねさんに惚れてしまいました、なんていわれたりしたら、自分だって心が揺れることだろう。

しかし、そんなことは隠しておくに限る。亭主に安心してひとつ寝間で寝てもらうためにも。思わず浮かんだ皮肉な笑いを消して、障子戸に手をかける。

「ごめんくださいよ、今日は柏餅を持ってきましたよ」

わざと明るい声を張りあげて、おかねは自身番の中に入っていった。

本寿院の恋

誰か知らむ。

湯船に長々と寝そべり、二の腕を撫《な》でていると、この言葉がふと頭に浮かんだ。和歌の出だしのようだなと思いつつ、湯にたゆたう乳房を、右手で下から持ちあげた時、続きの句がするすると流れでてきた。

吾が柔肌を愛《め》でたもう殿御の面差し。

喉の奥から笑いがこみあげ、肩が揺れた。檜《ひのき》の湯船の縁にまでさざ波が伝わっていった。

「どうかなさりましたか、本寿院《ほんじゆいん》さま」

襷掛《たすきが》けして湯殿の隅に控えていた湯殿番のお峰《みね》が訊《き》いた。

「いえ、なんでもありませぬ」

私《わたくし》はまだくすくす笑いながら答えると、湯に、ざぶりと沈みこんだ。顎《あご》の先まで浸かり、肩で切り揃《そろ》えた髪が濡《ぬ》れてしまったが、構いはしなかった。湯殿から出る時には、どうせ頭巾《ずきん》を被《かぶ》るのだ。濡れ髪だろうが、乱れ髪だろうが、誰も気づきはしない。

結髪《ゆいがみ》にしていた頃は、元結《もとゆい》が緩みはしないか、髷《まげ》が崩れてはいないかと気を揉《も》んでばかりだった。今から思えば、よくもあれほど立ち居振る舞いに気を遣ってばかりいたものだ。紅を唇にさすことも、派手な小袖を着ることもできなくなったのは心残りとはいえ、尼になって、ほんとうに楽になった。

小判型の湯船の縁に左足を乗せて、催促するように足先をぶらぶらさせる。お峰が近づいてきて、私の足を大切そうに左手で支え、糠袋《ぬかぶくろ》でこすりだした。

横手の洗い場に下りるべきなのだが、湯船に浸かっていると面倒になる。それに、無精をしても、見咎《みとが》める者なぞありはしない。

湯船に背をもたせかけ、左足をお峰に預けたまま、正面に顔を向ければ、春の淡い青空が広がっていた。開け放した障子戸の間から、白い湯気が滑るように抜けていく。風通しをよくするために、湯殿の東西は坪庭になっている。私は明るい昼間、その庭を眺めながら風呂に入るのが好きだ。この奥向きの一角は、綱誠《つななり》さまの正室、新君《にいぎみ》さまの住まわれていたところだ。京の都から嫁いできた公家の姫さまだけあって、湯殿の坪庭にまで四季の草花が配されている。その風雅さから、桔梗御殿《ききょうごてん》と呼ばれているが、坪庭の今の盛りは雪柳だ。白い滝のように雪崩《なだ》れ落ちる花の上に、敷地のどこかから飛んできたらしい桜の花びらが、ひらひらと舞いおりていた。この見事な湯殿を持つ御殿は、新君さまが亡くなって以来閉ざされていたが、一昨年、私が移ってきて、主となった。

これから私どもは俗世を離れ、御前さまの菩提を弔って生きていくのです。

　三年前、綱誠さまがご逝去された時、私たち側室を前に並べて、沈鬱な顔でそういったのは段《だん》だ。御子に恵まれなかった新君が、京からわざわざ側室として呼び寄せた女だ。それだけに厚い信任を受け、綱誠さまとの間に女子を一人産んだだけ、しかも生後まもなく亡くしてしまったというのに、長いこと江戸の上屋敷の奥向きで、新君を支えて生きてきた。新君が亡くなると、ますます我が物顔で振る舞うようになり、何かというと江戸上屋敷にいる私たち四人の側室を集めては、訓示のようなものを垂れていたのだった。

　尼となれば、俗世の楽しみは無縁のものとなります。心しておくのですよ。はしたなき振る舞いをして、亡き御前さまのお名を汚すことのないように。

　段はあの時、落飾《らくしょく》してからのそんな心得をくどくどと諭したのだった。あまりに長々した話だったのでほとんど忘れてしまったが、段が最後に披露した古《いにしえ》の人の歌だけは妙によく覚えている。

　　露きえむ　いつのゆふべも誰かしらん
　　とふ人なしのよもぎふの庭

　この一首を詠じることで、段は、もう綱誠さまが私たちの閨《ねや》を訪《おとな》うことはないのだといいたかったのだろう。四十も越えて、とうの昔にお褥下《しとねさ》がりをした段は、若い側室たちにそう伝えることに心地よさを覚えていたのかもしれない。

三十五歳になっていたとはいえ、まだ綱誠さまのお越しはあり、女の悦びを味わっていた私にとって、その歌は死のお告げであるかのように響いた。

もう二度と、誰も、私の閨を訪れる男はいなくなるのか。このまま尼となり、誰にも知られないで、老いて朽ちていくというのか。

恐ろしさと悲しさで、涙が溢《あふ》れてきた。綱誠さまの死よりも、そちらのほうが辛くて、段の部屋を辞してからも、泣き続けたものだった。

そうして、私たち側室は全員落飾した。国許《くにもと》の居城に置かれていた側室たちも、みなそれに倣《なら》った。段は遠寿院となり、お福の方とか下総《しもうさ》とか呼ばれていた私は本寿院となった。他の側室たちも院号を頂き、御子や女中たちを連れて、下屋敷へ移っていった。

私だけはこの市谷《いちがや》の上屋敷に残った。私の子、吉通《よしみち》が父の跡を継いだからだった。吉通は十男だったのだが、兄たちが次々と夭折《ようせつ》し、気がつけばお世継ぎとなっていた。そして十一歳という幼さで、尾張徳川家六十一万九千五百石の四代目藩主の座についた。その身の回りの世話をする奥女中たちを引き連れ側室たちが立ち去り、すっかり寂しくなった市谷屋敷の奥向きに、私は藩主の生母として取り残された。吉通や、その下の子の岩《いわ》之丞《のじょう》の世話は乳母や養育係に任せていたので、子たちにはたまに会うだけだ。仏壇の前に座り、慣れないお経などを読み、ご供養をするだけという喪に服す日々を送るうちに綱誠さまの一周忌も過ぎ、それから三月《みつき》ほどして、名古屋に隠居されていた先々代藩主の光友《みつとも》さまも亡くなられた。そして、不意に気がついたのだった。私の振る舞いをとやかくいう者は、もう誰もいないことに。

その時の気持ちをどういえばいいだろう。天の岩戸から天照大神《あまてらすおおみかみ》が現れた時のような、金色の光に包まれたような心持ちだった。私はこの幸せを充分に堪能しはじめたのだった。

お峰が左足を洗い終わったので、私は右足を湯船の縁に乗せた。お峰は大きな小判型の湯船を回りこみ、跪《ひざまず》いて私の右足を糠袋でこすりだした。

「三瀬《みつせ》」と、私は隣の拭板場にいる奥女中に声をかけた。

「ご用でございましょうか」

隣の部屋とを隔てる引戸が滑り、三瀬が顔を覗《のぞ》かせた。私が側室に取り立てられてすぐにお側付きになった女中だ。歳も近いし、もう十三年ほど仕えてくれているので、心安い仲となっている。

「ええ、ええ。いつもの用ですよ。ちょっと見繕ってきておくれ」

三瀬がにっとしたので、横広がりの狸顔がひしゃげて見えた。

三瀬の足音が遠ざかると、私はお峰に庭に面した障子戸を閉めるように命じ、やっと湯船から出て、板の間に横座りになった。戸を閉め終えたお峰が、新たな糠袋を手にして、背中をこすりだした。

かつて、私もこのお峰のように、襷掛けして湯殿でお勤めしていたこともあった。尾張家の四谷《よつや》にある中屋敷の奥向きに奉公に上がったはいいが、なにしろしがない大工の娘、最初は台所や風呂の水汲みや掃除といった御末《おすえ》の役にあてられた。それでも次第にお役目にも慣れ、綱誠さまのお湯殿番を務めることになった。

綱誠さまはあの頃、まだ藩主になられる前で三十代半ば。正室新君を迎えていたが、国許にも二の丸殿と呼ばれる梅小路を始めとして側室は三人、江戸屋敷にも正室の他に二人も抱えていて、女には目のないお方だという噂《うわさ》だった。

おまえはまだ若いし、綺麗だから、気をつけたほうがいいよ。

先輩の女中からそういわれたので、私は覚悟してお湯殿に行った……というのは、少し違う。私は心密かに期待していた。綱誠さまのお手付きとなるのを。そして、御末という先のない身から引きあげてもらえるのを。だけど、それは何も知らない娘の夢でしかなかった。あの頃の私は初心《うぶ》で、そのためにどうしたらいいかなぞ、知るよしもなかった。

すべてを始めたのは、綱誠さまだ。糠袋で御軀《おからだ》をこすっていると、突然、仰向けに倒された。小袖の前がめくられ、秘所を露わにされ、陰《ほと》の奥にある紅舌《ひなさき》が弄《もてあそ》ばれた。

どうだ、心地よいだろう。ここには、おなごの悦びの泉があるからな。

綱誠さまは笑いながら、戯れで紅舌を糠袋でこすったりした。じんじんとする震えが全身を突きあげ、陰が膨らみ、腰が浮きそうになった。こんな感じを味わったのは、初めてだった。私は息も絶え絶えになって呻《うめ》き、喘《あえ》いだ。自分が自分でなくなりそうで怖くもなった。だけど、お止めくださいともいえず、身悶《みもだ》えするばかりだった。

そうして私は軀の悦びを知った。

お峰が前に回って、私の太腿を糠袋でこすりはじめた。私は大きく足を広げて、陰を見せる。まだ二十歳くらいのお峰が恥じらうように顔を伏せる。

この娘はまだ紅舌の悦びを知らないことだろう。

女には二通りある、と私は思う。

紅舌の悦びを知る女と、知らぬ女。

陰の内側まで糠袋でこすらせていると、廊下のほうから足音が近づいてきた。お峰を急《せ》かせて掛け湯をさせると、私は湯船に戻った。

「よろしいでしょうか」

拭板場のほうから三瀬の声がした。

湯船に首まで浸かって、「いいですよ」と答えると、引戸がするすると開き、床の上に羽織袴姿の若侍が平伏しているのが見えた。

来月、十四歳になった吉通に、京から公家の娘、輔姫《すけひめ》が嫁いでくる。まだ十三歳の幼い娘とはいえ、屋敷内のことも色々と調えなくてはならず、新たに国許で取り立てた藩士が数名、先頃、江戸に下ってきた。そのうちの一人のはずだった。

私は背後の三瀬に顎をしゃくった。三瀬が何か囁《ささや》き、若侍はおずおずと顔を上げた。歳は二十二、三というところか。頬骨が出た丸顔だが、頬が削《そ》げているので、精悍《せいかん》な印象がある。

三瀬が見繕っただけあって、なかなかに好みの顔だ。

湯船に裸で浸かっている女を認めて驚愕《きょうがく》する藩士に、私は微笑《ほほえ》んだ。

毎日、糠袋でこすりあげる肌は白く艶々《つやつや》と輝いている。顔だけはさすがに張りが失われてきているが、湯船から立ち上る湯気が隠してくれる。この若い藩士の目に、私の裸体は神々しく映っているはずだった。

「名はなんという」

藩士は、寺の仏像が喋《しゃべ》ったと思ったかのように目を丸くした。それはそうだろう。肩で髪を切った尼削ぎの女が裸で口を利いたのだから。しかも、それは藩主の生母だと承知のはずだ。

藩士の喉仏が動き、唾を下すごくんという音が聞こえる気がした。

「伴野滝之進《とものたきのしん》と申します」

ようやくに藩士が答えて、また平伏すると、三瀬が湯殿の入口の引戸を閉めた。

連れてきた藩士の名を問うのは、私が気に入った証《あかし》だった。まもなく再び引戸が開かれた。滝之進が湯殿の入口に立っていた。衣類を脱がされ、真っ裸だ。三瀬にいわれて、両手を脇に垂らし、直立不動の姿勢だ。私はその姿をしげしげと眺めた。背筋はまっすぐに伸び、腹にも弛《たる》みなぞなく、引き締まった軀つきだ。太腿の間に男茎《おはせ》が垂れている。縮んではいるが、ずっしりと重たげな風情がある。猛《たけ》れば、さぞかし逞《たくま》しくそそり勃《た》つことだろう。

「こちらに参れ」

湯船から声をかける。滝之進が湯殿に足を踏み入れるのと入れ違いに、お峰は拭板場に出ていき、三瀬の手で引戸が閉められた。

湯殿には、私と滝之進の二人きりだ。

「もっと近《ちこ》う寄れ」

一歩入ったところで立ち止まってしまった滝之進に声をかける。断ることなぞできはしない。藩主の命《めい》が絶対であるように、藩主の母の命も絶対だ。滝之進はおずおずと湯船に近づいてきた。

「そこにお座り」

素っ裸にされた若い藩士にこう命じると、おもしろい振る舞いを見せる者がいる。たいていはまだ着物を着ているかのように足を折って畏《かしこ》まった座り方をしたり、胡座《あぐら》をかいたりするが、厠《かわや》にでも入ったような座り方をしたり、頭が真っ白になるのか、女のように横座りしてしまう者もいる。しかし、滝之進のように片膝立てをした男は初めてだった。いつでも戦える姿勢だけに、私はあきれてしまった。

「湯殿の中ですよ。胡座にしなさい」

滝之進がいう通りにすると、私は湯船から出た。滝之進の視線が慌てて宙を泳ぐ。顔が赤くなっている。私はお峰が置いていった糠袋を手にして近づくと、滝之進の背をこすりだした。滝之進は飛びあがりそうになったが、逃げられはしない。

「江戸までは長旅であったろう」

「はい。十日ばかり要しました」

滝之進の背にわざと乳首をこすりつけて、掛け湯をする。

「途中のどこかの宿で、遊女でも買ったか」

「はぁ……あの……」

口ごもる滝之進の背後から覆いかぶさるように、前に手を回す。

「その女はよかったか」

引き締まった腹を優しく糠袋でこすりながら、次第に手を股間のほうに下ろしていく。

「いえ……ただの飯盛女ですから」

滝之進の声が震えたのは、私の手が男茎に触れたせいだ。糠袋を落としてそれをつかむと、滝之進がびくっと背筋を伸ばした。

「これを入れただけかえ」

滝之進の背中に自分の腹をぺたりとつけて、男茎をぶらぶらと揺すった。滝之進の背中を覆っていた力が抜けた。私の親指と人差し指の間で男茎はぐんぐんと太くなっていく。別の手を差しいれ、ふぐりに触れる。袋に包まれた、こりこりとした二つの玉を掌《てのひら》で揉みしだく。

滝之進の荒い息を感じる。男茎が掌を押し返すほどに硬くなると、私は前に回って、胡座をかいた滝之進の顔に陰を押しつけた。

「好きに扱ってよいぞ」

私は囁く。

滝之進は最初はためらいがちに、やがて私の尻から背中を撫でまわしはじめた。しかし、その手つきは無骨で、肝心なところには届いてはくれない。この男、飯盛女を買いはしても、女の軀のことはまだよく知らないらしい。

私は尻を落とすと、滝之進の上軀を押し倒した。顔と顔が接するほどになった。滝之進は困ったように目をぱちぱちさせている。私は笑いかけてやると、その顔に乳房を押しあてた。滝之進が乳房に食らいつく。

「乳首を含んで舌で転がしておくれ」

滝之進が命に従うと、ちろちろした疼《うず》きが、乳首から広がってくる。私は軀をずらし、滝之進の顔に陰を押しつけた。

「舌を出せ。この奥にあるおなごの泉を飲むがよい」

すでに私の軀の奥からは、熱くたらたらした水が溢れだしている。滝之進は最初はおずおずと、やがては音をたてて、泉の水を吸いはじめた。


「照手姫《てるてひめ》が、小栗判官《おぐりはんがん》を地車に乗せて牽《ひ》いているところなど、哀れで哀れで、涙がぼろぼろ溢れでてまいりました」

園姫《そのひめ》は目を潤ませてため息をつくと、箸《はし》で焼き鮎の身をほぐして、口に入れた。悲しげな顔とは裏腹に、頬は鮎の美味に綻《ほころ》んでいる。昔は細身の美人であったのに、四十路を越えてから頬や顎にたっぷり肉がついてしまったのは無理もない。

「しかも、照手姫は、業病に罹《かか》った男が永久《とわ》の契りを交わした小栗判官とは知らないのですからねぇ」

酒の盃を傾けて、しみじみとしたように頷《うなず》いたのは、大奥の上臈《じようろう》右衛門督《うえもんのかみ》だ。白粉《おしろい》をべったりと塗りつけて皺《しわ》隠しをしているが、私より三つばかり年上だ。

「だけど、遊女屋に売り飛ばされた照手姫が生娘のままだってのは、おかしいんじゃないですか。下働きだったといっても、綺麗な娘なら、男が放っておくはずはないでしょうに。照手姫だって若いからには、軀が疼きもしたでしょうに」

煙管《キセル》をくゆらしていた私が口を尖《とが》らせると、園姫がおかしそうにこちらを見た。

「若《わこ》うのうても、軀の疼く方もおられますし」

「それは若いって証ですよ」と、私がすかさず応じたところに、右衛門督がいった。

「照手姫が生娘だったとしても、きっと一人遊びをしていたことでございましょうよ」

「一人遊び……」と、園姫が首を傾《かし》げた。

「ほら、あのお道具でも使って……」

右衛門督が右手で筒を包むような真似《まね》をして、上下させたので、園姫は「まあ」と袖で顔を隠し、私は肩を丸めて笑いだした。以前、右衛門督が、大奥の奥女中の間で使われているという鼈甲《べっこう》製の張形《はりかた》を見せてくれたことを思い出したのだ。やはり、今日のように、江戸の盛り場に繰りだした後、茶屋で休んでいた時のことだった。

私たち三人は、気の合う遊び仲間だ。

園姫は、綱誠さまの正室新君の妹で、備後三次《びんごみよし》藩主浅野長照《あさのながてる》さまに嫁いだ後も、しばしば尾張家の屋敷に姉を訪ねてきていた。もの静かで気位の高かった新君とは違って、明るく無邪気なお人柄で、五歳年上ではあるが、なんとなく同輩みたいに思えて、いつしか親しくなった。

右衛門督は、将軍綱吉の側室新典侍《しんすけ》に仕えている。新典侍も右衛門督も、もとは御台所《みだいどころ》の鷹司信子《たかつかさのぶこ》さまが輿入れの時に京から連れてきた女房だったが、新典侍が側室となると、右衛門督はそのお付きの奥女中となった。園姫と新典侍が京で幼なじみだったことから、園姫は右衛門督を知るようになり、私にも紹介してくれたのだ。遊び好きの右衛門督は、よくお気に入りの歌舞伎役者たちを茶屋に呼び出して酒宴を開いたり、陰間《かげま》茶屋に出入りしたりしていた。綱誠さま亡き後、糸の切れた凧《たこ》さながらに、外に飛び出ていきたくなっていた私にはうってつけの指南役だった。右衛門督の外出の都合に合わせて、一緒に遊ぶようになった。たまに都合が合えば、園姫も誘って江戸市中に繰りだしもする。今回は、『小栗判官』の操り狂言が掛かっているというので、堺町まで出向いてきて、見物の後、人形町通りの近くにある茶屋に入ったのだった。見物席も茶屋選びも、すべて右衛門督の仕切りだけに、脇道に入ったところにあるこの茶屋は、落ち着いた風雅な風情の店だった。私たちは二階の座敷に入り、酒や料理が運ばれると、茶屋女もお供の者たちも別室に追い遣《や》り、内輪の話に興じていた。

「それにしても、堺町といえども、水も滴《したた》るいい男はいませんねぇ。操り狂言の見物人だって、田舎者ばかりだったじゃないですか」

私は煙管をかんと火鉢に叩きつけ、灰と一緒に愚痴もこぼした。

「あらあら、今は、あの若侍で手いっぱいかと思っておりましたけど……」

園姫が意味ありげに、隣の控えの間のほうに流し目をくれた。

そこには、園姫や右衛門督のお付きの者たちと共に、滝之進が居住まいを止して座っているはずだ。湯殿で交わって以来気に入り、国許で藩士に取り立てられたばかりだけに、まだお役目も定まっていなかったのを幸い、お側付きの護衛役に取り立てていた。

そのため今日のような外出の時にはつき従ってくる。もちろん、気が向けば、閨にも引き入れる。お気に入りの藩士を見つけては、飽きるまで側に置くのは私の常であったから、園姫は、またその一人という程度に受け取っている。

私は含み笑いを返した。

「殿御のあちらのものは、十人十色でございますから……」

長照さまのものしか知らない園姫はきょとんとした顔をしたが、役者買いや坊主買いに慣れている右衛門督は堪《こら》えきれずに噴きだした。

「園姫さまも、ちょっとお遊びになればいいのですよ。殿御を一人だけに決めて、一生を終えるのは、もったいのうございます」と私は勧めた。

姉の新君もそうだが、園姫も子に恵まれなかった。綱誠さまにしても、長照さまにしても、公家の姫さま相手に好色な遊びなぞできず、お義理で男茎を挿しいれただけだろう。精を放つことも少なかったかもしれない。当然、紅舌の悦びなぞ教えなかっただろう。高貴な生まれだろうと、卑賤な生まれだろうと、女は女。みな、紅舌を持っているというのに。

「だけどねぇ……御前さまがおられるとなかなか……」

「ならば、せめて伊達《だて》男でも眺めて楽しまれたらいかがですか。見ているだけなら、罰は当たりはしませんでしょう。木挽町《こびきちょう》あたりに行けば、それこそよりどりみどりでしょう」

操り狂言の小屋の多い堺町とは違い、大きな芝居小屋が集まっている木挽町では、役者なぞが華やかな格好《なり》をして行き交っている。

「いえ、木挽町のあたりはちょっと……」

口ごもった園姫に、右衛門督は同情するように頷いた。

「それはそうでございましょうとも」

「どうしてでございますか」

訳がわからない私は問い返した。

「浅野内匠頭《たくみのかみ》の刃傷沙汰《にんじょうざた》でございますよ」

右衛門督に教えられて、やっと合点がいった。

赤穂《あこう》藩主浅野内匠頭が、幕府に高家《こうけ》として仕える吉良上野介《きらこうずけのすけ》に斬《き》りかかったのは、去年の春のことだった。江戸城内で刃傷沙汰を起こしたお咎めを受け、将軍の命で内匠頭は即日切腹、領地も城も没収という処罰となった。当時は江戸市中、その話でもちきりだったが、人の噂も七十五日、いつか頭からすっかり抜けていた。

しかし、備後三次藩浅野家に嫁いだ園姫にとっては、この騒動は他人事ではなかった。赤穂藩浅野家も、三次藩浅野家も、広島藩浅野家を宗家とする親戚同士。しかも内匠頭の正室になった阿久里《あぐり》の実家は、三次藩浅野家なのだ。刃傷沙汰のあった二日後、阿久里は、隠居した従兄である浅野長照と園姫の住む三次藩江戸下屋敷に身を寄せ、今もそこに留まっている。その阿久里が追いだされた赤穂藩江戸上屋敷は、木挽町の近くの築地鉄砲洲《てつぽうず》にある。身内のことだけに、幕府に没収された屋敷界隈に近寄りたくないのも当然だった。

「阿久里さまも落飾なさったのでしょう。今度、気晴らしに、一緒にお連れして差しあげればいいのに」

同じように尼となった者同士、慰めにもなろうかと私がいうと、園姫は苦笑いした。

「遊びに出るなんて、とてもとても。屋敷の庭にあるお堂で、朝夕、お経を唱えておられる毎日でございますよ」

「でも、もう一年以上過ぎたでしょう。そろそろ、お悲しみも薄らいでいい頃ではないですか」

綱誠さまご逝去から一年もすると、水を得た魚のごとく遊びまわるようになった自分の身に置き換えて、私は呟いた。

「一年過ぎても、お忘れになることはできないでしょう。なにしろ、内匠頭の亡くなり方が亡くなり方だけに……」

「ええ、ええ、ご乱心して、吉良さまに斬りかかったのだとか。吉良さまは、まったく身に覚えはないとおっしゃっているとか聞きましたけど」

吉良上野介は、大殿の光友さまのお茶会に時々顔を出し、綱誠さまとも親交があった。綱誠さまがご存命の頃には、二度か三度、市谷屋敷においでになったこともあり、顔だけは知っている。説教好きなところはあったが、恨みを買うような人間には見えなかった。

「ご乱心というわけではなくて、ただ、かっとなられただけらしいですよ。老中さまたちが浅野さまや吉良さまをお取り調べして、ご乱心ではないとご判断なさったようですから」

江戸城に住むだけに、そういった事情には詳しい右衛門督が話に入ってきた。

「ご乱心でないならば、切腹でございます。これまでのお裁きでも、城内で刀を抜いて、切腹となった例はいくつかあるそうなのです。ところが、幕府のご裁断は片手落ちだといって、内匠頭の遺臣の中では、主君に成り代わって、吉良さまを討とうとする動きがあるようでございますね。なにしろ吉良さまのお傷はさほどではなく、今ではすっかりお元気になられているのですから。そんな噂があるだけに、上野介さまは怯《おび》えられて、刃傷沙汰の後、幕府の命で回向院《えこういん》の隣の新たなお屋敷に移られたのですが、そちらにはほとんどおいでにならず、親戚の家を転々となさっているのだとか」

「敵討ちだとか、主君の汚名をそそぐだとか、殿方というのは、つまらないことに命を無駄にするものです。そんなことより、もっと私たち女を悦ばせることに精を出していただきたいものです」

　私の言葉に、園姫は鞠が転がるように太った軀を揺らして笑い、右衛門督は手を叩いた。

「『好色一代男』の世之介《よのすけ》みたいな殿御でございますね。そしたら、本寿院さまはさしずめ『好色一代女』でしょうか」

「ええ、それですよ、それ」

「本寿院さま、『好色一代女』の話、ご存じなのですか。高貴な生まれの姫が、春をひさいだ末に落ちぶれていく話ですのよ」

　園姫は私のほうに首を傾けていうと、小さく切った西瓜《すいか》を口に入れた。

「知りませんでした。そんな話だったのですか」

「そうでございます。ところが『好色一代男』の世之介は、女護が島にめでたく船出していくのです。好色な男は幸せになれて、好色な女は不幸せになる。あの草双紙を書いた井原西鶴《いはらさいかく》という男は、好色な女が嫌いなんでございましょう。本寿院さま、まだお読みになっていなければ、私の本を差しあげますよ」

「あらあら、園姫さま、好色な草双紙をたくさんお持ちなようでございますね」

右衛門督のからかいに、園姫はばつの悪そうな顔をした。

「御上﨟さま」

控えの間から襖越しに、右衛門督のお付きの奥女中の声がした。

「なんですか」

「そろそろ七つ刻《どき》（午後四時ごろ）でございます」

「あら、大変」

右衛門督は急いで、残っていた盃の酒を呑み干した。

江戸城の大奥の門限は暮れ六つ（午後六時ごろ）だ。やはり日暮れまでに、赤坂の三次藩浅野家下屋敷まで帰らねばならない園姫も俄《にわか》に慌てだした。控えの間にいたお供の者たちを呼び入れて、そそくさと身支度を調え、私たちは茶屋から出ていった。通りには、駕籠《かご》を待たせていた。藩主の正室や、大奥の上﨟御年寄が乗るものだけに、蒔絵《まきえ》に彩られた立派な造りだ。

たらふく食べて、妊婦のように腹を反《そ》らせた園姫は、「とても楽しゅうございました。また呼んでくださいね」と微笑み、ほろ酔い加減の右衛門督は、「この次は、美男のお坊様と遊べるお寺をご紹介しますよ」と囁いて、それぞれ駕籠の中に消えた。

二人の駕籠が出立《しゅったつ》するのを見送ってから、私は少しの間、茶屋の前に立っていた。夕方近くとなり、昼間の暑さも遠のき、裏手の水路のほうからはそよそよと風が吹いてきている。操り狂言の芝居小屋から駕籠に乗り、そのまま茶屋にやってきたので、まだ堺町界隈はゆっくり見ていない。このまま市谷に戻るのはもったいない気持ちになった。市谷屋敷の門限も暮れ六つだが、少し遅れたところで誰が文句をつけるというのか。四月に吉通の許に輿入れし、奥向きに入った輔姫といえども、まだまだ小娘なのだから。

私は、駕籠はもう少し待たせておくようにと命じると、三瀬と滝之進を従えて、堺町のほうに歩きだした。

二人のお供だけ連れた、墨染めの衣に頭巾の女。そこらの武家の後家といった風情で町中をふらふら歩くのが、私は好きだ。

往来は、夕暮れが近いだけにざわついていた。夕餉《ゆうげ》の支度の匂いがあたりに漂い、家路を急ぐ職人や物売りたちの姿がある。人形遣いや人形作りが多く住むので人形町と呼ばれる界隈だけに、市中を巡り終わって帰途につく傀儡師《くぐつし》たちも交じっている。連れ立って近くの葭町《よしちょう》の遊女屋にでも行ってきたのか、顔を赤くして通りすぎる男たち。白玉売りや味噌《みそ》売り、叩き納豆売りから茹で卵売りまで、残り物の始末をつけようと、大声を張りあげている。そんな雑踏の中に、ふと目にとまった町人がいた。

背は低く、小柄だが、すらりとしていて姿がいい。二十七、八といった年頃だろうか。

色白で尖った顎、細い目に薄い唇。青竹の柄が大きく入った小袖を着たさまは、すがすがしい夏の涼風のようにも感じられた。あまりにまじまじと見つめていたせいか、男が気がついて、切れ長の細い目がこちらに向けられた。陰がどくんと波打ち、太腿の奥で紅舌が疼いた。

私は振り返ると、三瀬に目配せした。頷いた三瀬がその町人に近づいていくのを確かめると、私は踵《きびす》を返した。慌てて滝之進がついてくる。

後の手筈は、三瀬がうまくやってくれるはずだった。

陰は男茎を咥《くわ》えて、湿った音を立てていた。細身ではあるが、充分に硬くなった男茎は、ずぼりと私の中に沈んでは、弾けるように出ていく。

真っ暗闇の閨の中で、ぴたぴたという音だけが響いている。男の荒い息遣いが聞こえる。私は太腿を大きく広げて、軀の芯から広がる心地良さの中にたゆたっていた。

三瀬は、人形町で拾った男にうまく話をつけて、私の駕籠に従わせ、市谷屋敷まで連れてきた。

屋敷の奥向きは男子禁制となっているが、私の住まう桔梗御殿の庭から、屋敷表の庭に通じる秘密の木戸を作ってある。そうして人目につかぬように桔梗御殿に招き入れ、風呂を使わせ、酒や肴でもてなして、酔いも適度に回ったところで、私の待つ閨に誘ったのだった。

閨の明かりはつけてないので、私の顔なぞ見えはしない。それでも髪の長さから、相手が尼だとわかったことだろう。それがまた男の気をそそったらしく、嬉々として私にむしゃぶりついてきた。私もまた闇の中で、相手の男茎をまさぐり、陰に導いた。

名も素性も知らない、町で見かけただけの男。相手も私のことなぞ知りはしない。もう二度と会うこともない男。恥も外聞も気にすることはないと思うと、悦びの声が洩れる。心地良さの波がだんだんと大きくなる。しかし、もう少しで砕け散りそうで、砕けない。

その時、町人の指が私の尻に伸びてきた。おやと思うと、指が裏門に触れ、押しはじめた。この男、陰間遊びも好きらしい。

「もう、よろしい」

私は町人を軀の上から押し退けた。

「そんな、あの、もう少し……」

まだ猛り、濡れている男茎を持てあます町人の声なぞ聞かず、私は隣の控えの間に侍《はべ》っていた三瀬に、この者を外に出すようにと命じた。すぐに三瀬が閨に入ってきて、ぐずる町人を連れだした。控えの間で脱いだ着物を着せ、桔梗御殿の外に追いたてていった。屋敷表に通じる秘密の木戸の先には、奥向きの雑用を務める小人《こびと》役の者を控えさせている。その男が夜陰に紛れて、町人を通用門から屋敷の外に連れだしてくれるだろう。

私は湯文字《ゆもじ》の上に白無垢の寝着の小袖を着ると、控えの間を通って、廊下に出た。廊下に侍っていた二人の奥女中を従えて、湯殿に向かった。

湯殿にはすでに湯が支度され、お峰が襷掛けで待っていた。私は何もいわずに洗い場に座り、お峰に軀を洗わせはじめた。

本日の魚は、外道なり。

私は心の中で呟いた。

男の中には、男女両刀使いもいて、裏門に男茎を入れたがったりする。一、二度試してみたが、心地良いというよりも、痛いやら、後で腹は下すやらで、良いことはなかった。あの町人、葭町の陰間茶屋の帰りであったのかもしれない。今日の釣りは、とんだ下手をしたものだと、糠袋に肌をこすられながら苦笑いが浮かんだ。

市中で、好みの男を拾うのを、私は密かに男釣りと呼んでいる。今日のように通りがかりの町人であったり、芝居小屋で見初めた歌舞伎役者だったり、寺僧だったりする。身なりのよい奥女中に、屋敷に遊びに来るようにと誘われて、断る男はまずいない。何かいつもと違うことが起きるのを、町人は心の底で待ち望んでいる。そして、いつもなら絶対に入ることのできない大きな屋敷の中で、酒や豪勢な料理でもてなされ、竜宮城にでも招かれた気分になってしまう。交わった後、幾ばくかの銭を渡して帰してやれば、後腐れもない。

「三瀬」

湯船に浸かるや、私は声を張りあげた。すでに町人を送りだし、拭板場に控えていた三瀬がすぐさま返事した。私は、滝之進を呼びだすように命じると、湯に首まで深く浸かった。

本寿院さま、ご淫奔《いんぽん》。

屋敷内では、陰でそういわれていることは知っている。だが、陰口など所詮、日陰の花。表に出てくることはありはしない。

綱誠さまには、生涯十三人の側室がいた。産ませた御子は男女合わせて四十人。お手付きになった女は数知れないだろう。藩主になって僅か七年、御父上の光友さまが七十六歳の長寿であったのに、四十八歳でご逝去された時には、「色を好み給うこと、度に過ぎたる故ならんか」などと囁く重臣もいたらしい。

綱誠さまがご存命だった頃、どうして毎夜のように女をとっかえひっかえしないといけないのかと、他の側室への嫉《そね》み混じりに考えたものだった。だけど、今では綱誠さまのお気持ち、わからぬでもない。

まもなく、拭板場から「失礼いたします」という声がかかり、滝之進が湯殿に入ってきた。夜半、滝之進を湯殿に呼びだす時は、着物を脱がせて送りだせと三瀬にいいつけてあるので、下帯すら外した姿だ。お峰がそそくさと姿を消すと、滝之進は湯船に近づいてきて、掛け湯を浴びた。そして私が湯船の傍らに寄ると、するりと脇に入ってきた。じゃあっ、と湯が溢れでた。

男女の睦《むつ》み事をするようになって、すでに半年近く過ぎている。人前では主従の関係を取り繕っているが、二人きりとなれば、親密さが滲みでる。

馴れ親しんだ軀同士。湯船に浸かれば、言葉は要らない。滝之進は、私の腰を支えるように浮かし、湯のすれすれに陰を持ちあげると、紅舌を吸いはじめた。

宿場の飯盛女の陰に、男茎を挿しいれることしか知らなかった滝之進に、紅舌のことを教えたのは私だ。どのように扱えば、心地良くなるかも教えた。

陰から流れる泉の音が混じってぺちゃぺちゃと音をたてる。私の陰が山となって盛りあがってくるような感じとなる。私は頭を湯船の縁に押しつけて呻く。

私が果てるころに、滝之進の棹《さお》がずぶりと入ってきた。それを丸くこねるように動かす。

滝之進も肩を震わせて果てた。

そのまま私たちはぼんやりと湯船に横たわっていた。屋敷の内はすでに静まりかえっている。私は滝之進の髪を撫でた。

精を放って、力の抜けた若い男の顔は、清らかに見えた。

「おまえはいいのぉ」

私は呟いた。滝之進は怪訝《けげん》な顔をした。私とて、何がいいのか、どこがいいのか、よくわからない。しかし、この男は私に安らぎを与えてくれる。主従の関係なので、男だから、などという矜持《きょうじ》を示さないからなのか、持って生まれた質なのかわからないが、外で拾った町人と何度か交わった後は、若くて口数少なく、おとなしいこの男と、馴れきった手筈の交わりをしたくなる。

山海の珍味を食べつづけると、家で白湯《さゆ》漬けが恋しくなるようなものだ。

「亡き君のご心中も、こうだったのかもしれません」

「亡き君……」

滝之進はぎくりとしたように繰り返した。

「ええ、大勢の側室を抱えていた……」といいかけて、綱誠さまがご存命だったならば、こうして側室と交わっているのは密通とされて処罰される。藩主の側室との密通ならば、切腹も許されず、晒し首にもなりかねない。滝之進の狼狽は、そんな恐ろしいことに思い至ったのが原因かもしれないという考えが頭に浮かんだ。

「気にすることはないですよ。亡くなってもう三年。去年には三回忌も無事に終えましたし……」

滝之進は頷いたが、その目はまだ思案するように、湯殿の闇を見つめていた。

「さぁさぁ、銭を投げたり投げたり、桑名山が多ければ桑名山が勝ち、猛海が多ければ猛海が勝つ。早よ銭を投げたり投げたり」

秋風の吹き抜ける路傍で、褌《ふんどし》一丁の力士姿の男が怒鳴りながら、取り組みの様子を一人で演じている。おもしろおかしい格好で、調子のいい口上を述べたて、銭を恵んでもらうという寸法だ。

歳の頃は三十代半ば。筋骨隆々とした軀の男だ。無精ひげに、ぼうぼうになった月代《さかやき》、激しい動きに丁髷《ちょんまげ》も崩れているが、目鼻立ちの大きな、歌舞伎役者のような顔つきだった。

つい足を止めて眺めていると、お供の三瀬のもの問いたげな顔つきに気がついた。もしや私の好みではないかと考えているようだ。私はかぶりを振ると、一人角力《ひとりずもう》の見世物師の前から離れた。三瀬と滝之進も後に続いた。

木挽町や堺町でご禁令になった独楽《こま》回しの曲芸が、両国《りょうごく》の見世物小屋で掛かっていると聞いて、見物に来ての帰りだ。ご禁令になった理由というのが、好色だからだというので、どんなものかと見に来たのだった。噂通り、振り袖を着た陰間が股間に独楽を載せたり、股をくぐらせて、お尻に跳ねあげたりする淫猥《いんわい》な見世物で、その滑稽《こっけい》な仕草に涙が出るほど笑い転げた。右衛門督や園姫を誘ってまた来たいと思いながら小屋を出て、あたりをそぞろ歩いていたのだった。

大川に神田川が合流するところに作られた両国広小路には、見世物小屋や小さな芝居小屋が集まっている。一日中、人がひしめき、路上では露店が開かれ、見世物師が珍妙な芸を披露している。唐辛子の張りぼてをかぶって七味を売り歩く者がいたり、菅笠《すげがさ》をかぶり三味線を鳴らしながら飴を売る女が通るかと思えば、足許では砂絵描きが地面に極彩色の蓮華《れんげ》の絵を生みだしている。お祭のような賑わいの中を、私は男たちの顔に目を走らせながら、広小路を進んでいった。

どれもこれも田舎臭い顔をした町人ばかりだ。昔、大川の向こうはもう下総国だった。武蔵国と下総国の両方に跨《また》がってあるので、この付近は両国と呼ばれるようになったという。江戸の東端にある盛り場だけに田舎者が多くてもおかしくはないが、がっかりだ。

大川の岸辺に出ると、とたんに目の前が開けた。灰をかき混ぜたような色の水が浅草《あさくさ》のほうから海に向かって、ゆったりと流れている。川面には小舟が行き交い、対岸には本所《ほんじょ》や向島《むこうじま》の旗本屋敷や町家の灰色の屋根が並んでいる。一際《ひときわ》大きな伽藍《がらん》を聳《そび》やかしているのは回向院。明暦の大火事の時に焼け死んだ者たちの夥《おびただ》しい数の死体を埋めた地に、幕府が建てた寺だ。

回向院の方向に、両国広小路から長い橋が架かっていた。橋の手摺りのところには、人々が佇《たたず》み、あたりの景色を眺めている。私もせっかく両国まで来たのだから、大川の風情でも見ておこうかと、橋を渡りはじめた。

鱗雲《うろこ》の浮かぶ空の下、遠くに富士山の姿があった。反対側の上流には、浅草寺の五重塔が小さく見える。私はやはりあきらめきれずに、橋の手摺りによりかかっている男たちの顔をちらちらと眺めていた。

そこそこ気のそそられる男はいるが、何か足りない。下腹がぎゅっと引き絞られるようになり、紅舌がどくんと脈打つくらいでないと、閨まで連れこむ気にはならない。それは顔の美醜ではなくて、その男の放つ何かに関わっている。

橋の半ばまで来ると、今日は男釣りには向かない日だとあきらめた。駕籠は、両国広小路の裏手にあたる浅草橋の袂《たもと》に待たせている。そろそろ引き返そうかと足を止めた時、後ろに従っていた滝之進が、横を追い抜いていった。

主人である私が立ち止まったのに気がつかないとは、とんでもないことだった。しかし、叱責の声が出るより前に、滝之進の横顔が目に飛びこんできて、私の声を止めた。

遠くの一点を睨むようにして、じっと見つめている滝之進の横顔は、私の知っている男とは別人に思えたからだ。

そういえば、前にもこんな顔をしていたことがあった。いつだっただろう……。

滝之進は、私のことも、護衛役であることも、すべて忘れたかのように、まっすぐに橋を渡りつづけている。犬の吠え声が響かなければ、そのまま滝之進を本所の雑踏に見失っていたかもしれない。

うぉう、うぉう。

首に芥子《からし》色の布をつけた犬が、滝之進に吠えかかっていた。毛並みはいいので、どこかの家の飼犬だろう。滝之進の何かが癇《かん》に障ったらしく、背の毛を逆立て、尻尾を立てて吠えたてている。まわりにいた町人たちはぱっと遠くに散った。

将軍さまのお達しで、犬を殺《あや》めたり、傷つけたりすることは御法度《ごはっと》になっている。下手に手を出せば、面倒に巻き込まれる。江戸に住む者ならば、誰でも肝に銘じていることだ。なのに、滝之進は犬から逃げようともせずに、はっしと睨みつけた。その手が刀の柄にかかったのが見えたとたん、私は「止めなさいっ」と叫びながら走りだしていた。

滝之進が、私を振り向いた。

わんわんわん、という吠え声が響き、犬が私のほうに飛びかかってきた。滝之進が、私を護ろうと両手を広げて覆いかぶさってきた。私は、滝之進と抱きあう形で、橋の上に倒れた。

犬が滝之進の肩に嚙みついた。私は悲鳴を上げて、滝之進にしがみつき、目をぎゅっと閉じた。

「大丈夫でございます、本寿院さま」

滝之進は落ち着いた声で囁いた。そして、私を抱きしめたまま、動かずにじっとしていた。ううっ、という犬の唸り声がして、獣臭い臭《にお》いと気配が、ぱっと薄らいだ。目を開くと、滝之進の肩越しに、離れていく犬の背が見えた。噛みついたことで気が晴れたのか、そのまま遠ざかっていった。

私は滝之進と顔をくっつけ合うようにして重なりあっていた。ふと目と目が合い、滝之進は微かに笑った。照れ笑いのようでも、安堵《あんど》の笑いのようでもあった。

それから慌てたように飛び退いて、私を立たせて、橋の上に平伏した。

「大丈夫ですか、本寿院さま」

三瀬がすぐさま駆け寄ってきた。

私は頷いたが、まだ頭はぼうっとしていた。

三瀬が墨染めの衣の裾をはたいてくれているのを上の空で眺めながら、私は先の滝之進の微笑みを思い出していた。

下腹がぎゅっと縮みも、紅舌が疼きもしなかったが、息苦しいような気持ちに包まれていた。

恋というものを、私はそれまで知らなかった。綱誠さまの側室であったことは、ご奉公のひとつでしかなかったし、屋敷に連れこむ町人や歌舞伎役者たちを見初めるのは、躯が疼くからだった。両国橋の上で、身を挺して護ってくれた滝之進に私が感じたのは、軀ではなくて、心の動きだった。

これはたぶん恋というものなのだろうと、私は合点した。とはいえ、十七、八の生娘でもあるまいし、滝之進を前にして、顔が赤くなり、胸がどきどきするというものでもない。ただ、市中に遊びに出ていっても、男釣りをすることはめっきり減り、代わりに、滝之進を奥向きにこっそりと呼び入れて、共に酒を呑んだり、閨で長々と睦みあうことが多くなった。

滝之進は相変わらず寡黙で、喋るのはもっぱら私だったが、それで満ち足りていた。恋をすると、相手の心や、どんな暮らしをしているかとか細々したことが気になるものだ。私の問いに答えて、滝之進も少しずつ身の上を話すようになった。

私はてっきり尾張国の出だと思っていたが、播磨国《はりまのくに》の生まれだということだった。江《え》戸《ど》のさるお屋敷に仕えていたが、事情があって浪人となり、国許に戻る途中、尾張徳川家に仕えている親戚の口利きで、仕官できたそうだ。父は亡くなり、国許には母がいるが、兄が世話をしているという。

滝之進は、「みな、今、私は国許にいると思っていることでしょう」と呟くようにいった。まるで江戸の市谷屋敷で、私の寵愛を受けていることが、自分でも信じられないような口ぶりだった。その幸運に感謝しているようなしみじみとした言い方を微笑ましく感じて、私は滝之進の頭を抱き寄せたものだった。

甘く穏やかな日々を送るうちに季節は移り、木枯らしが吹きはじめる師走となった。煤払い、畳替えや障子貼り。新年を迎えるために、奥向きも慌ただしくなった。

正月支度もひとまず済ませた十四日、園姫が市谷屋敷に訪ねてきた。使いの者が、所用に出るついでに立ち寄らせていただきます、という書状を持ってきたのが当日の朝のことで、突然、思い立っての訪問らしかった。

ここ数日、天気も悪くて、格段に寒くなっている。桔梗御殿の上座敷に火鉢を幾つも置いて暖めていたのだが、通された園姫はやはり寒いのか、肩を丸めて、脇の火鉢に手をかざしていた。私は挨拶《あいさつ》もそこそこに、「申し訳ないことでございます、今、炭を足させますので」と申し出た。

「いえ、いいんですよ。すぐにお暇《いとま》するつもりでございますから」

そういっているところに、女中が茶と砂糖菓子を運んできた。熱い茶を啜り、少し温《ぬく》まると、園姫は、お供の女中に「あれを」と命じた。女中は袱紗《ふくさ》に包んだものを、園姫の前に差しだした。園姫は、私のほうに目で合図した。人払いを頼んでいるのだと悟り、私は、三瀬を通じて、みな、他の部屋に退くようにと命じた。座敷に二人だけになると、園姫は袱紗に包んだものを、私に差しだした。

中には、草双紙が二冊入っていた。『好色一代男』と『好色一代女』という表紙の文字に、「あら」と声が洩れた。

「以前、お貸しすると申し上げたでしょう。今年のうちに、お約束を果たそうと思ったのでございますよ」

「それは恐縮でございます」

草双紙をめくると、絵のたくさん入った、なかなか楽しそうな話のようだった。すぐに読ませていただいて、年明けには返すというと、園姫は慌てたように手を振った。

「構いません、構いません、差しあげます」

「よろしいのですか」

「そのような好色本、あまり長く手許に置いておくのも、外聞が悪うございますし」

私が持っているならば構わないだろうといっているのと同様なのに、園姫はけろりとしている。生まれながらのお姫さまで、自分の言葉がどう受けとられるかなぞ、無頓着なのだ。だが、そのぶんこちらも言葉の綾を取られる心配をしなくてすむので、園姫と話しているのは気楽でもあった。

「それではありがたく頂戴いたしましょう。このところ、好色の遊びは少しお休みしているので、いい刺激となるかもしれません」

「本寿院さまが好色をお休みとは。これまた、どのような風の吹き回しでございますか」

返答に困り、つい笑みがこぼれた。

「あらあら、どういうことでございますか」

好奇心をそそられたらしい園姫が、私のほうに身を乗りだしたので、火鉢がぐらりと傾《かし》いだ。私は手を差しだして、「ご用心、遊ばせ」といってから、「園姫さまは、恋をしたことはございますか」と訊いた。

園姫は細い目を見開き、「恋、でございますか」と惚けたように呟いた。

「ええ、恋でございます」

園姫はゆっくりとかぶりを振った。

「本寿院さまは恋をなさっているのですか」

私はまだ微笑んでいた。

園姫は丸々とした肩を揺すって、大きな息を吐いた。

「出家したおなごは、恋をするものなのでしょうか……」

「私の他にも、恋をしている尼がいるのでございますか」

「瑤泉院《ようぜんいん》さまですよ。なにやら恋をなさっているみたいなのです」

「出家なさった阿久里さまですね。切腹して果てた浅野さまの菩提を弔ってらっしゃるのではなかったのですか」

「そう思っていたのですが……。どうも怪しいのでございます」

人払いしてあるのに、園姫はさらに声を低くした。私も釣られて小声になった。

「お相手はどなたなのですか」

「大石内蔵助《おおいしくらのすけ》という者です。赤穂藩の筆頭家老を務めていた男で、昨年の秋、一度、瑤泉院さまを訪ねてきたので、私も顔だけは知っております。それから、大石から瑤泉院さまの許に、しきりに文《ふみ》が届くようになったのでございますよ」

「亡き藩主の正室と筆頭家老が文を遣り取りしても、おかしくはないでしょう」

世間離れした園姫だけに、ただの勘ぐりだろうというのが、私の頭に最初に浮かんだことだった。

「だけど、文が届くたびに、明らかに瑤泉院さまの様子がおかしいのでございます。心ここにあらずというか、心乱れてというか……その後、一日、お庭のお堂に籠もったりなさって……煩悩から逃れようとなさっているみたいでございます」

「確かに恋している風情ですね。だけど、文の遣り取りだけならば、何もないに等しいのではございませんか」

躯の繋《つな》がりのない男女の関わりなぞ、そよ風みたいなものだと私は思った。

「ところがところが、私、見たのでございますよ」

園姫は、さも重大事であるかのように口を尖らせた。

「今朝のこと、お池の鯉に餌を遣っていた時でございます」

子供のいない園姫は、池の鯉に名をつけて、手ずから餌を与えていた。綱吉さまもご満足なさるであろうほどのかわいがりようだ。

「ええ、お紅に、お斑に、お銀でしょう」

「お金《きん》ですよ。それより、その折、庭の端にあるお堂に人影が見えたのでございます。瑤泉院さまが朝夕、お参りしているところですが、なんと人影はふたつ。しかも、ひとつは殿方だったのでございます」

園姫は今度は用心しつつ火鉢に寄りかかり、私のほうに身をかがめた。

「女中を池のところに残して、私だけで、そっと近づいていったのです。すると相手は大石内蔵助ではないですか。二人して、仲睦まじく語りあっているのでございます」

「浅野さまのことを思いだしていたとか……」

「でしたら、堂々と訪ねてくればよろしいでしょう。朝っぱらから、人目を忍んで、お堂においでになるとは、ただ事ではありません。きっと大石は、屋敷内の知り合いとでも通じていて、庭に入るように手引きしてもらったのでしょう。それで、瑤泉院さまが毎日、お堂にお参りにおいでと知っていて、待っていたのです」

「よろしいではないですか。瑤泉院さまも、いつまでも切腹された浅野さまを想って生きていることもないでしょうから」

「そうでございますけど、私は案じているのでございます。先頃、耳にした噂では、お家がお取り潰しになったというのに、大石は京の郭《くるわ》に入り浸り、新たに側女《そばめ》まで迎えたりしているというのです」

「詮方《せんかた》ないことではありますまいか。瑤泉院さまと恋をしていても、滅多に会うことは叶わぬ相手。殿御であれば、精を放つ女も必要でございましょう」

園姫は、喉に食べ物が詰まったような顔をして、黙ってしまった。


「尼になった女は、恋をするものらしい」

閨で滝之進に囁いたのは、その晩のことだった。

私たちは、綿入りのふかふかした夜着《よぎ》の下で、裸の軀を添わせていた。閨は明かりも灯《とも》さず真っ暗にしてあるが、お側番をしている三瀬の寝ている控えの間のほうから、欄《らん》間《ま》を通して、行灯《あんどん》の光が洩れてきていて、ものの形は微かにわかる。

このところ煤払いの慌ただしさに振り回され、滝之進を密かに呼びだすゆとりもなかった。肌を合わすのは五日ぶりだっただけに、閨に入るや睦みあい、すでにお互いが果てて一眠りした後だった。どちらからともなく深夜、目覚めてしまい、満ち足りた気分で抱きあっていた。外は凍てつく師走の夜だが、蒲団《ふとん》の中は暖かく、交わりの残り香が漂っている。ふと、尾張藩江戸上屋敷ではなく、どこぞと知れぬ土地の夜に浮かぶ小さな部屋で、二人きりで睦んでいるような心地となった。

「さようでございますか」

恋する尼とは、私のことだとは気がつかず、滝之進は他人事のように応じた。

「さようですよ」といって、脇腹を抓《つね》ってやったが、滝之進は小さく呻いただけだった。きっとまだ、どうして抓られたかわからずにいるのだろう。

私は滝之進に恋しているが、滝之進が私に恋しているかどうかは、わからない。だが、そんなことは、どうでもよかった。滝之進が、尾張藩の藩士でいる限り、私に仕えつづけるはずだ。ご奉公としてであっても、構いはしない。恋する男を側に置いておくことができるだけで充分だと思っていた。

「瑤泉院さまのことですよ」

滝之進の胸に頭を預けて、私は話の流れを、他人のことに変えた。

「浅野内匠頭の正室であられた御方です。大石とかいう元家老に恋していると聞きました」

耳の下で、滝之進の胸が大きく波打った。

「今日、お見えになった園姫さまがおっしゃっていたのですよ。瑤泉院さまが身を寄せておられるご実家が、園姫さまの嫁ぎ先でしてね。なんでも、今朝、その元家老が瑤泉院さまを密かに訪ねてこられて、二人して仲睦まじそうに話しておられたと」

滝之進は何もいわなかった。ただその分厚く硬い胸は、さらに大きく、どくんどくんと打ちつづけていた。私の額にかかる息も荒くなっていた。

「どうしたのですか」

やはり返事はなかった。滝之進は屍《しかばね》にでもなったかのように、身動きひとつせずに夜着の下で仰向けになっている。

ただ事ではない気がして、私は片肘を突いて半身を起こすと、声を改めて、薄闇に沈む滝之進に向けて問い直した。

「どうしたのですか、と訊いているのですよ。答えなさい」

滝之進がゆっくりと起き上がる気配がした。裸のまま、蒲団の上で畏まった座り方をしたのが、薄闇の中でもわかった。

滝之進は、太腿に手を置いて居住まいを正していった。

「敵討ちです」

その声は、ため息のように響いた。

「敵討ちですと。浅野さまの遺臣のことですか」

以前、人形町通りの茶屋で、右衛門督が話していた噂を思い出した。

「はい。大石さまは、瑤泉院さまの許にお別れを告げにいらしたのでしょう。たぶん、今夜あたりに敵討ちを果たすことが決まったのでございましょう」

「なぜ、そのように確信を持っていえるのですか」

私も起き上がると、滝之進と向き合って座った。お互い裸のままではあるが、衣を着た時のような硬さが二人の間に流れた。

「私は、二年前まで浅野家江戸屋敷に仕えておりました」

滝之進は、江戸でお屋敷に仕えていたとはいっていたが、まさか浅野家であったとは思いもよらなかった。

「それでは……浪人になった事情とは、昨年のお家お取り潰しだったのですね」

「さようでございます。赤穂藩の江戸詰めの藩士は、みなお役ご免となりました。多くは国許に戻っていったのですが、亡き殿の敵をこのまま見逃しておくことは忠義に反すると申す者もずいぶんとおりまして、敵討ちを果たそうという盟《ちか》いを結び、機会を窺《うかが》っておりました。私もその中に加わっておりましたが、昨年の暮れになって、企ての中心となっていた藩士が理由も知らせぬまま脱盟し、それをきっかけに次々と脱落者が増え、私も落胆して国許に戻ることにしたのです。その後、尾張藩藩士に取り立てていただいた事情は、前にお話しした通りでございます」

「では、敵討ちの企ては潰《つい》えたのではないですか。大石とやらが果たすわけはないでしょう」

「最初、大石さまは、敵討ちよりもお家再興が第一とお考えのようで、敵討ちを唱える私どもを止めようとなさっていました。しかし、今年の七月、跡継ぎの大学《だいがく》さまが広島浅野宗家に永預けとなり、お家再興の望みは絶たれました。どうやら大石さまも敵討ちに与《くみ》するようになったものと存じます」

「そのようなことは、おまえの想像に過ぎないのではないですか」

「違います」

　滝之進は強い口調で否定した。

「この秋、本寿院さまのお供で両国に赴いた折、橋の上で旧知の人物を見かけました。江戸詰めの者の中でも、敵討ちを強硬に主張していた奥田《おくだ》さまです。浪人のはずなのに、十徳《じっとく》を着て、薬箱を手にした医者の姿で歩いておられたのです。両国橋といえば、吉良邸は目と鼻の先。医者に身をやつしてそこにいるからには、敵討ちはまだ続いているのだと思いました」

　両国橋で、私のことを忘れてどんどん歩きはじめたのは、そんな理由があったのだ。私はあの時に目にした、どこか遠くに繰られていくような滝之進の横顔を思いだして、不安を覚えた。

「その奥田という者は、浪人からほんとうに医者になっただけかもしれませんよ」

「いえ、そのうえ奥田さまは元服して間もないような若侍と連れだっておられたのです。大石さまに似た面差しでしたので、ご子息だと気がつきました。国許にいるはずのご子息が江戸に出てきて、奥田さまと歩いているからには、大石さまも敵討ちに加わったのだと察することができたのでございます。敵討ちを実行するならば、筆頭家老でした大石さまが指揮をなさるはずです。その大石さまが、瑤泉院さまの許に現れたとなると、事を起こす直前。今夜に決まっております」

滝之進の声は、苦悩しているかのように重たかった。私は子供をあやすように、暗がりの中で滝之進の首筋に手を回した。

「それがどうしたというのです。おまえはもう尾張藩の藩士です。お取り潰しになった赤穂藩の浪人たちが何をしようと、もう関わりはないではないですか」

私は滝之進に抱きつくと、夜着の上に押し倒した。口を吸いながら、股間の男茎をまさぐると、驚いたことに、それはすでに逞しくなっていた。

私の指が男茎に触れたとたん、滝之進が不意にくるりと軀を回転させて、馬乗りになってきた。太腿をつかんで大きく割り、その間に腰を入れてきた。

そして乱暴といっていいほどの性急さで、私の中に男茎を押しこんできた。思わず、「あっ」という声が洩れた。しかし滝之進は頓着せずに、激しく男茎を、陰に突き入れては抜いてを繰り返している。

私の上に被さる黒い影が、見知らぬ男に思えてきた。まるで、市中で拾った町人と交わっているようだ。そう思うと陰の奥が熱くなり、紅舌が膨らみはじめ、私の洩らす声は次第に大きくなっていった。

寒気を覚えて目覚めたのは、明け方のことだった。寒いのは道理で、隣に滝之進はいなかった。手洗いにでも行ったのかと思ってしばらく待っていたが、戻ってくる気配はない。胸騒ぎがして、私は起きあがった。

控えの間の行灯はまだ灯っていて、欄間越しに弱々しい光が滲みでている。その薄明かりの中で、傍らに脱ぎ棄てていた白無垢の小袖を着ると、「三瀬」と声をかけて、控えの間の襖を開いた。

「お目覚めでございますか、本寿院さま」

私の起き出した気配を察して、三瀬はすでに寝ていた蒲団の横に畏まっていた。

「滝之進はどうしたのですか」

「お部屋から下がりました。ご不浄に行かれたのかと思いましたが、お戻りになりませんので、住まいのほうに帰ったのではないでしょうか」

滝之進が寝起きしているのは、屋敷の周囲を取り囲むように建てられた長屋だ。同じ敷地内にあるとはいえ、勝手に奥向きから退出したことなど、これまでなかったことだった。胸騒ぎはますます強くなってきた。

「いつ頃、出ていったのですか」

「半刻ほど前でございます」

「すぐに誰かを遣って、滝之進が長屋にいるかどうか確かめさせなさい」

三瀬は控えの間から急ぎ足で出ていった。じりじりした思いで待っていると、三瀬が戻ってきて、滝之進は長屋にはいないと伝えてきた。屋敷のどこかにいるのかもしれないと三瀬はいったが、私はそうは思わなかった。

上の者の許しなく、藩士が外泊することは禁じられている。夜明け前に藩主の屋敷を抜けだせば、外泊とみなされてお仕置きを受けるのはわかりきっているが、それでも滝之進はここにはいないと、恋する女の勘が告げていた。

私は駕籠の支度をするように告げると、墨染めの衣に着替えた。御高祖《おこそ》頭巾を被り、奥向きから藩主の住まいである中奥に通じる御広敷《おひろしき》に向かった。御広敷からは、表玄関を通らずに外に出られる奥女中の利用する通用口がある。そこに着くと、すでに駕籠は来ていた。私は駕籠に乗りこむと、三瀬と、急遽《きゆうきよ》召したてた二人の藩士に警護を命じ、未明の市中に出ていった。

灰色に沈んでいた江戸市中も、神田川沿いに東へと進むうちに、白々と明けはじめた。痛いほど寒い朝方の空気が駕籠の中にまで押しいってくる。かじかむ手をこすり合わせながら、浅草橋、両国橋と渡り、回向院の前まで来た時、駕籠は止まった。三瀬が小窓のところまで近づいてきて告げた。

「吉良さまのお屋敷のほうで、なにやら、騒動が起きたようでございます」

やはり、と思いながら、私は駕籠から降りた。確かに回向院を越えたところにある武家屋敷の前に人が集まっている。五十人ばかりいるだろうか。槍を手にした者もいる。武士たちだ。遠目にも、ものものしい空気が感じられた。門の前で何か話していたが、すぐに列を成してこちらに向かってやってきはじめた。私は駕籠を路傍に寄せさせると、一団が近づいてくるのを待った。三瀬や警護の藩士は、どんなとばっちりを受けるかわからないからと駕籠に入るように勧めたが、私は耳を貸さなかった。

白鉢巻に火消しの装束をした男を先頭にして、男たちはやってきた。頭巾や兜《かぶと》を被ったり、羽織を着たり着なかったりと、装束はばらばらだが、黒い小袖に、はしょり袴、脚絆《きやはん》を巻いた姿はみな同じだ。しかし、その着物は血飛沫《ちしぶき》が散ったり、裂けたり、袖が取れたりしている。髪も髻《もとどり》が解けてざんばらになっている者も多い。列の中央あたりにいる男の持つ槍先には、丸いものが突きたてられていた。それは、皺だらけで萎《しな》びたような老人の首。吉良さまだった。恐怖のためか、目も口もかっと開いたままになっていた。

私は口に墨染めの袂を押しあてて、悲鳴を堪えた。

滝之進の言葉はほんとうだったのだ。浅野内匠頭の遺臣たちは、敵討ちをしでかしたのだ。十代の若武者から、白髪も交じった七十代にはなろうかと思う老人までさまざまだった。若武者は、滝之進のいっていた大石の息子だろう。だとしたら先頭の火消し姿の男は筆頭家老の大石だったか。しかし、念願の敵討ちを果たしたはずの浅野さまの遺臣たちの顔は、不思議と無表情だった。能面のような顔つきのまま、涙だけ流している者もいる。いいようのない形相だと思ってから、殺気の名残《なごり》と歓喜の入り交じった表情だと気がついた。

敵討ちをした武士たちは、路傍の私たちや駕籠には目もくれないで通りすぎていった。その中に滝之進がいないことを確かめてから、そろそろと人気《ひとけ》のなくなった吉良邸のほうに近づいていった。

大きく開け放たれた門の隣には、梯子が立てかけられている。玉砂利の敷き詰められた先にある表玄関の戸は破られていた。前庭には、斬られて息絶えた吉良邸の家臣が数人、倒れていた。横手の長屋から出てきた同輩の者たちが、遺体をどこかに運ぼうとしている。開かれた玄関の奥も、襖や障子が破られているのがわかった。あの浪人たちは立ちふさがる家臣たちを斬り伏せながら、吉良さまを探して屋敷を荒らしてまわったようだった。冷えきった朝まだきの屋敷の庭には、荒涼として、陰惨な空気が漂っている。

敵討ちなどといっても、押し込み夜盗とどこが違うというのだろうかと、私は思った。六十を越えた老人一人殺すために、これだけの乱暴狼藉《ろうぜき》を働く必要があったのだろうか。そんなことを考えていると、門の横手の地面に座りこんでいる滝之進に気がついた。拳《こぶし》で涙を拭《ぬぐ》いながら、肩を震わせている。

背後の三瀬と二人の藩士に、そこにいるようにと目顔で命じ、私は滝之進に近づいていった。

「帰りましょう」

労りをこめて声をかけたのに、滝之進は顔を伏せたまま、かぶりを振った。

「こんなところにいると、面倒なことになりますよ」

それでも動かないので、私は続けた。

「赤穂藩の浪人たちの敵討ちの場に、尾張藩の藩士がいたとあっては、吉良家のほうにも顔が立ちません」

滝之進はゆっくりと顔を上げた。そこには、どこか嘲《あざけ》るような表情が浮かんでいた。

「かつて私は尾張藩藩士であったことはございません」

「どういうことですか」

「仕官して江戸に下った時から、私は尾張藩の藩士ではなく、本寿院さまの人と成り果ててしまいました」

「犬……ですと」

「そうです。色に溺《おぼ》れた犬です。主君への忠義を果たすという人の道を踏み外し、色に溺れた犬となり下がってしまいました」

「色に溺れてなぞいないではありませんか。私もおまえも楽しんでいたのでしょう」

「ですから恥ずかしいのです。同志が、亡き主君の敵討ちのために苦難を忍んでいる時に、色に溺れていたとは。武士として許されないことをしてしまいました。恥辱にまみれてしまいました」

色に溺れた犬……恥辱にまみれた……。

滝之進の言葉が、私の頭の中でぐわんぐわんと木霊《こだま》した。それらの意味していることは、ただひとつ。私が滝之進を、汚穢《おわい》に満ちたところに引きずり落とした。色とは恥辱であるといっているのだ。

恋心がさあっと引いていくのがわかった。

「そうですか。ならば、恥辱にまみれることのない清らかなところに、どこぞなりと行くがよい」

私はそういい捨てると踵《きびす》を返した。


誰か知らむ。

朝の光の中で湯船に身を横たえていると、その言葉がふっと頭に浮かんだ。

以前も、そんなことがあった気がして、私は不思議な気分に包まれた。

その後の言葉は何だっただろう。

開け放した障子戸の向こうの坪庭には、今年も雪柳が咲き誇り、どこからか飛んできた桜の花びらが舞っている。

滝之進はこの桜の中で死んだのだな、と想った。

三日前、泉岳寺の浅野内匠頭の墓の前で、滝之進は切腹した。ちょうど浅野内匠頭の命日で、瑤泉院と一緒に墓参りに行っていた園姫が、切腹した者の懐にあった遺書に、元赤穂藩藩士伴野滝之進と書かれてあったという話を耳にして、私に文を送ってきた。

私は放っておいた。市谷屋敷内では、滝之進は理由もわからぬまま失踪したことになっていた。最後まで、尾張藩の江戸屋敷にいたことを恥辱とし、滝之進は元赤穂藩藩士として死にたかったのだろう。今頃は、汚れなきあの世にでもいるのだろうが、色のない場所、何がおもしろかろう。

吉良さまを殺した四十七人の赤穂の浪人は、先月二月四日、一人を除き全員切腹となった。江戸市中の庶民は、こぞって忠義の士ともてはやしたが、私は不愉快なものを覚えた。

この敵討ちに巻き込まれ、殺された吉良さまの家臣は十七人という。どんな理由があるにしろ、江戸城内で刀を抜いて斬りかかったのは、浅野さまだ。それこそ理不尽な行いではないか。斬りかかられて生き延びたからといって、止《とど》めを刺そうと、徒党を組んで、警備の薄い深夜に寝込みを襲うなぞ、戦国の夜盗どもと変わらないではないか。

滝之進は間違っている。好色は恥辱ではない。忠義などより、よほどいい。好色は人を殺さない。悦ばせるだけだ。

私は湯船から立ち上がった。そのまま裸で拭板場に行くと、襷掛けのお峰がついてきて、私に浴衣を着せ、軀の水気を拭きとりはじめた。浴衣を三枚ほど取り替えて、軀を乾かすと、拭板場の隅に控えていた三瀬が着替え一式を手に側に来た。腰に湯文字を巻かせながら、私は三瀬に話しかけた。

「今日はお天気もよろしいので、上野寛永寺にお寺参りにでも行きましょう」

「はい」と答えはしたが、なぜ、突然、寺参りなぞするのかと訝《いぶか》しげな三瀬に、私は笑いかけた。

「ついでにお花見もできますからね。葉山《はやま》や楠谷《くすたに》や足柄《あしがら》なども連れていって、みなで華やかに宴でも開きましょう」

三瀬の狸顔が綻んだ。

「それでしたら、御膳所のほうに、お弁当の支度を申しつけましょうか」

「お願いしますよ」と答えた拍子に、最前に思いだそうとしていた言葉の続きがぱっと閃《ひらめ》いた。

吾が柔肌を、だ。そうだ、そうだ。

誰か知らむ。

吾が柔肌を愛でたもう殿御の面差し。

心の中でその言葉を繰り返す。

今宵《こよい》は、どのような男が閨を訪れることだろうか。
私は浮き浮きとした気分で、三瀬の差しだす墨染めの衣に袖を通しはじめた。

真昼の心中

る。

妾《あたし》の軀《からだ》の真ん中に、魔羅《まら》が埋まっている。濡れた陰《ほと》に包まれて、ぱんぱんに膨れている。

「ううぅん」

忠八《ちゅうはち》が欠伸《あくび》でもするように唸《うな》って、魔羅をずるりと抜いて、また挿しいれた。陰からじんわりした波が広がる。魔羅に押されて、心太《ところてん》のように、軀から妾の中身が押しだされていく。一緒に、「あ……あぁぁ」と、吐息も押しだされる。

忠八の背はじっとりと汗ばんでいる。北国生まれらしいきめの細かい餅肌《もちはだ》が、抱きつく妾の腕や足を優しく弾き返してくる。

忠八が少し強く魔羅を押しいれてきた。

陰からせり上がってきた震えの波が、喉から頭の後ろにまで届き、思わず顎《あご》を反《そ》らせた。天井板も障子の桟もすべてが溶けてひとつとなり、お日さまに目が眩《くら》んだ時のように白く滲《にじ》んでいる。

もう少し、もう少しで、あのお日さまに手が届く。

「もっと……強く」

また膨れあがってきた波を砕かぬように、妾は呟《つぶや》く。忠八は魔羅をさらに深く突きいれてきた。

妾の中身がまた躯からずるりと外にはみだした。

「もっと……もっと」

妾は譫言《うわごと》のように繰り返す。忠八は何度も何度も突きいれる。そのたびに妾の中身は躯から押しだされていく。瞼《まぶた》の裏は、お日さまの白い光でいっぱいだ。頭は痺《しび》れ、口からはもう甲高い悲鳴が洩れるばかりだ。そこに忠八の呻《うめ》き声が混じり、魔羅がどくんどくんと精を吐きだした。魔羅の震えに押されて、妾の中身も弾け散った。躯も頭も吹き飛んで、妾はどことも知れぬ虚空に消えた。


お日さまの白い光の中に消えたのは、妾の躯なのか中身なのか。

果ててから、忠八と抱きあったまま、いつもそんなことを考える。

今日もまたぼんやりした頭で思っていると、忠八が頭を上げて、微笑《ほほえ》んだ。つるりとした瓜実顔《うりざねがお》だ。色白で、筆でさっと線を描いたような目鼻立ちは、雛人形のお内裏《だいり》さまの男雛《おびな》に似ている。物心ついた時から思っていた。忠八が男雛なら、妾は女雛だと。

忠八は身を離すと、傍らに置いていた手拭《てぬぐ》いで、妾の額の汗を拭《ふ》いた。妾は目を閉じて顔を突きだす。首筋や乳房のあわい、腋《わき》の下まで丁寧に拭ってもらうと、妾は枕許《まくらもと》に置かれた懐紙《かいし》を取りあげて、太腿の間にこぼれた精を拭き取った。

乱れた緋色《ひいろ》の湯文字《ゆもじ》の前を整え、小袖を纏《まと》って立ちあがり、障子窓を開いた。向こうには不忍池が広がっていた。

白鷺が水面に咲いた蓮の花のように散らばっている。弁天島のお堂の屋根、その後ろにたゆたう上野の杜《もり》の深い緑。池の畔にある紅葉が赤く染まりはじめている。

「お嬢さま、寒いですよ」

ふわりと掛けられた小袖の上から、忠八が肩を抱きしめてきた。その軀の温《ぬく》もりが、胸にじんと染みてくる。

どうして、この人と、誰の目を憚《はばか》ることなく暮らすことができないのか。なんの因果で、あんなつまらない男を、「旦那さま」などと呼ばないといけないのか。

気がつけば、涙で不忍池が霞んでいた。


日本橋、白子屋《しろこや》の娘の熊《くま》といえば、評判の器量よしだった。子供の頃から可愛いお嬢ちゃんといわれ続け、十六、七にもなると人が振り返るほどに美しい娘となった。優しげな細い目に小さな口、肌は透き通るように白く、すらりとした細身の容姿は鈴蘭を思わせた。一人娘だったから、白子屋には三国一の立派な婿殿が来ることだろうと、近所の者は噂《うわさ》していた。

しかし、数多《あまた》の縁談の中から選ばれたのは、又四郎《またしろう》という、実直さだけが取り柄の風采《ふうさい》の上がらない男だった。大伝馬町に住む地主弥太郎《やたろう》の息子で、持参金の五百両が決め手となった。

なにしろ、新材木町の一等地に店を構えている材木商とはいえ、白子屋の内証は火の車。地所を売りにだすか、店をたたむかの瀬戸際に立たされていた。

店のため、親孝行と思って、又四郎と夫婦になってくれと熊を説得したのは、母親の常《つね》だった。白子屋は、三代続く女系の家だ。伊勢商人として江戸に出てきた曾祖父白子屋勘兵衛《かんべえ》の時代から一人娘が続き、祖母の松《まつ》も、母の常も入り婿を迎えてきた。

熊の祖父の勝馬《かつま》は、白子屋の手代だった頃に勘兵衛に見込まれて松の婿になっただけあって、材木商としての勘と度胸で、深川《ふかがわ》にあった店を新材木町に移して大きくさせた。しかし、熊の父親の庄三郎《しょうざぶろう》ときたら、堅実ではあるが大きな勝負に出ることのない男で、店を潰《つぶ》さぬ代わりに発展させることもなく、二十年の間、ただ存続させてきた。家の金庫の鍵《かぎ》を握っていたのは、常だった。庄三郎は毎月、店の稼ぎを金庫に入れ、女房から細々と小遣いを貰っているだけだ。意見をいう者は誰もいないのを幸い、常は遊興や買物に派手に金を使いまくり、極楽とんぼで生きてきた。しかし店が傾いては、今の安楽な暮らしはできない。案じはじめたところに舞いこんだ持参金つきの縁談だ。渡りに船とばかりに、娘に押しつけたのだった。

もちろん、熊は厭《いや》がった。すでに手代の忠八と相思相愛の仲となっていて、夫婦の誓いまで交わしている。

厭です、厭です。あんな人と一緒にならないといけないくらいなら、死んだほうがましです。

常は、泣きじゃくる娘の肩を抱いて、耳打ちした。

忠八とのことならば、こっそり続ければいいんだよ。貞節だのというのは、お武家の奥さまの話、妾たち町人はそんな堅苦しいことはいわなくていいから。今のところは辛抱して、又四郎を婿にしなさいな。なに、持参金の五百両で店がうまく回るようになったら、さっさと追い出してあげる。その後、忠八と、晴れて夫婦になればいいんです。

それでも渋る熊に、常は少し怖い声で続けた。

それとも、おまえはこの店を手放して、一家が路頭に迷ってもいいというのですか。おっ母《か》さんを、この歳で夜露に晒して平気なんですか。ああ、なんて冷たい娘に育ってしまったんだろう。

母にさめざめと泣かれると、熊は何もいえなくなった。

常は、忠八にも因果を含めて説得した。白子屋あってのおまえじゃないか。店が立ちゆかなくなれば、おまえも路頭に迷うだけだよ。お熊と所帯を持ったとしても、奉公先を無くしちゃあ、元も子もない。今は辛抱が肝心、そのうち、いいように取りはからってあげるから。

店の実権を握る常に諭され、忠八も渋々承知した。そして、又四郎が白子屋に婿入りして、庄三郎を助けて店の差配をするようになった。

又四郎は三十路の穏やかな男だった。裕福な地主の息子として何不自由なく育ったわりには尊大なところもない。「あのですね」というのが口癖で、やんわりと言葉を差し挟み、柔らかな物言いで、相手を言い含めるのがうまかった。そんなところが商いにも幸いし、さらには持参金のお陰もあり、又四郎が婿入りしてから、白子屋の店はなんとか持ち直した。店の実入りもすべて常に渡すのではなく、いざという時の貯えが必要だと、半分は別金庫に入れるということも始めた。

しかし、熊にとって、又四郎は、なんとも我慢のならない婿でしかなかった。最大の欠点は、不細工なことだった。突きだした額と顎のせいで、ひね茄子《なす》そっくりの顔立ち、軀も小柄な熊と大差ない背丈のうえに、がに股ときている。

熊は、自分が綺麗であることを自覚して育ってきた。だから、より一層、綺麗になろうと、腕のいい髪結いを頼み、流行りの髷《まげ》に結い、化粧にも念を入れ、着物の柄にも気を配っている。外出した時、往来ですれ違う人々が、おっ、というように目を向けてくるのを生き甲斐《がい》とも感じていた。

身の回りの品々も美しいもので調えていた。黒漆塗の鏡台は、牡丹《ぼたん》の花の蒔絵《まきえ》を散らした贅沢《ぜいたく》なものだったし、お歯黒道具も化粧箱も金色の唐草紋様の入った揃《そろ》いの一式、仏事の時に手にする数珠も水晶でできていた。自室にはいつも花を飾り、床の間の掛け軸は季節ごとに替え、文机《ふづくえ》も屏風《びょうぶ》も、どれも熊が美しいと思う品を揃えていた。だから醜い夫は、熊の美しい世界にぽとりと落ちた汚点でしかなかったのだ。

それでも、最初のうちは、忠八と密通を続けているという引け目もあって、できるだけ夫を立てていた。夫婦となって二年目に、娘が生まれた。又四郎は大喜びだったが、熊は浮かぬ顔だった。自分でも、又四郎の子か、忠八の子か定かではなかったのだ。

娘の静《しず》が乳離れすると、乳母に預けっ放しにして、熊はよく家を空けるようになった。もともと遊び好きの母の常に同道して、浄瑠璃や芝居見物に行っていたが、それが頻繁になった。花見や花火、見世物小屋での軽業《かるわざ》だの水からくり、寺社の秘仏のご開帳、今戸《いまど》の有名な料理茶屋……。華のお江戸《えど》の楽しみはいくらでもある。常と熊は仲のいい姉妹のように連れ立って、三日とおかず出かけてばかりいた。

「南京《ナンキン》操りというんで、唐国《からくに》の芝居でも観せてもらえるかと思ったら、なんのことはない義経《よしつね》ものじゃないですか」

母は不満げに口を尖《とが》らせながら、小皿に取った魚の煮付けを箸《はし》でつまんだ。髷《まげ》と襟足の髱《たぼ》がくっつくほどたわんだ先笄《さっこ》に髪を結い、こってりと白粉《おしろい》を塗っている。露草の青い花をあしらった光琳模様の小袖を着た姿は艶《あで》やかだ。ぶくぶくと太ってしまったとはいえ、かつて新材木町小町ともいわれていた美貌《びぼう》のよすがを、五十路《いそじ》に近い今も伝えている。

「それはお常さんの思い違いというもんですよ。南京操りとは、南京人形の糸操り。南京ってのは、小さいって意味ですから」

酒をちびちびと呑みながら笑ったのは、勘吉《かんきち》だ。母と似たような年齢の男で、笑うと頬に皺《しわ》ができて、なんともいえず渋い風情となる。神田に住む髪結いで、母の情人だ。女房とは死に別れたといっているが、実のところはわからないと母は洩らしている。しかし、母とて夫のいる身だから、さして詮索するつもりもないようだ。

「南京豆の南京が、小さいって意味だってことくらい、妾だって知ってますよ。だけど浄瑠璃を演《や》るんだったら、浄瑠璃だと最初からいってくれたらいいじゃないの」

母は今度は煮物の入った大鉢に箸を伸ばしつつ、まだぶつぶつといっている。

「妾はおもしろかったわよ。浄瑠璃みたいに後ろから人が操るんじゃなくて、空から糸で操られているんだし、動きときたら、まるでほんものの人みたいですもの」

妾が口を挟むと、母はかぶりを振った。

「ほんものみたいに動く義経を観たけりゃ、歌舞伎に行けばいいんですよ」

市谷亀岡八幡宮《いちがやかめがおかはちまんぐう》境内《けいだい》の見世物小屋で、南京操りを演っていると聞きこんで、母は妾を誘って出てきたのだった。情人の勘吉とは境内で落ち合い、見世物小屋を出てから、門前町にある料理茶屋に入った。

昼時は過ぎていたけれど、二階の大座敷はそこそこ混んでいた。それでも、欄干の前の風のよく入る一角に座を占めることができて、妾たちはくつろいでいた。窓の向こうには稲荷山が見晴らせた。夏の日射しに照らされて、黒いほどの緑の木々の間に、尾張藩上屋敷の火《ひ》の見櫓《みやぐら》や、八幡宮の赤い鳥居が際だっている。それがまた母に、先の南京操りのことを思い出させたらしかった。

「木挽町《こびきちょう》なら、駕籠《かご》を降りたら、目の前が芝居小屋でしょう。この炎天下、稲荷山の急な石段を汗だくで上らないですんだのに」

「少しは身の細る思いをしたほうがいいんじゃないですか」

「まっ」と絶句して、母は勘吉を睨みつけた。お供の女中のお久《ひさ》が、横で笑いをかみ殺していた。

母と勘吉の夫婦のような馴れ馴れしい遣《や》り取りを前にして、妾はここに忠八がいないのをつまらなく思った。母は、忠八も誘ったのだが、陸奥国《むつのくに》からの材木が急に到着したからと、今日は朝早くから木場に行ってしまっていた。

母には情人がいて、行楽や芝居見物にかこつけては、密かに逢瀬《おうせ》を重ねていることに、娘時代から薄々感づいていた。しかし、そんなこと詳しくなぞ知りたくなかったから、見て見ぬふりをしていた。妾自身、親に隠れて、忠八とこっそりと近くの稲荷神社の境内や、日本橋の茶屋などで会ったりしていたのだが、まだまだ初心《うぶ》な生娘だったから、二人きりで話すだけで幸せだった。忠八も、三十路の手前だったというのに、主人の娘には指一本触れることもできず、どぎまぎするだけだったらしい。

又四郎の婿入りが決まってから、母は、妾と忠八を馴染みの出合茶屋に連れていき、結ばれるように取りはからってくれた。気の進まない縁組を押しつけた、せめてもの罪滅ぼしだったのだろう。それからは女中のお久に言い含め、忠八との密会の仲立ちにあたらせるようにしてくれた。また妾と外出する時には、店が忙しくなければ、忠八もお供させるようになった。勘吉も合流すると、お久を待たせて、四人で出合茶屋に入る。

妾にとっては、ばつの悪さよりも、安堵《あんど》のほうが強かった。母も父を裏切っているのだと思うと、又四郎に対する後ろめたさは薄らいだし、それが何年も続いた今では、当たり前のことのようにも思えてくる。

だからこそ、家に戻って又四郎の不細工な顔を目にしたとたん、現《うつつ》に引き戻されて、悲しくなるのだ。

南京操りのおもしろさに紛れて忘れていた夫の顔が蘇《よみがえ》ってきて、妾はむしゃくしゃした気分で盃の酒を呷《あお》った。

「だけど、心中物が御法度《ごはっと》になって以来、浄瑠璃も歌舞伎もつまらなくなってしまったわね」

　母はため息をついて、箸を置いた。

「中村座の『花毛氈《はなもうせん》二つ腹帯《はらおび》』からこっち、心中物はまったく観てませんものね。あれからもう四年もたつんですよ」

「花毛氈って、遊女の心中物だったっけな」

　銚子を傾けて、母に酒を勧めながら、勘吉が首をひねった。

「違いますよ、花毛氈は八百屋の養女の夫婦心中話、遊女の話は『心中天《てんの》網島《あみじま》』と『曾根崎心中』です」

「ああ、お初徳兵衛《はつとくべえ》ですね」

　母は怪訝《けげん》な顔で妾を見た。

「まぁ、よく知っているね。ずいぶんと前の芝居なのに」

「厭だ、忘れたの。おっ母さんが妾を連れていってくださったんじゃないですか。初めて桟敷《さじき》に入り、歌舞伎役者を間近に……」といいかけて、言葉を止めた。

　桟敷に若い歌舞伎役者が現れて、母と一緒にどこかに消えたのだった。妾はまだその頃は十六歳、忠八と深い仲になる前だったから、少し外の風に当たってくるという母の言い訳を鵜《う》呑《の》みにしていた。しかし、今では、あの歌舞伎役者とどこかの出合茶屋で睦《むつ》みあっていたのだろうと見当がつく。まだ、母が勘吉とつきあう前のことだったとはいえ、この場でいうのは憚られた。

しかし、母はそんなことは忘れたように、「ええ、ええ、徳兵衛を演った團十郎《だんじゆうろう》の男っぷりは良かったねぇ。花毛氈でも天網島でも立役《たちやく》を果たしてたけど、曾根崎心中が一番でしたよ。お初と手に手を取っての道行きなんか、もう泣けて泣けて仕方なかったですよ」と頷《うなず》いた。

「真夜中に曾根崎の露天神の森に向かうんですよね。あの時の義太夫《ぎだゆう》は、今もしっかり耳に残っています。此の世のなごり。夜もなごり。死にに行く身をたとふればあだしが原の道の霜。一足づゝに消えて行く。夢の夢こそ哀れなれ……」

節をつけて謡《うた》ううち、七年も前の話だというのに、また胸が熱くなってきて、声が詰まった。

「ほんとに心中物のどこがいけないんだろうね。おまけにお上ときたら、心中という言葉すらいけない、相対死《あいたいじに》といえだなんて野暮なことまでいいだして……」

「そりゃあ、お常さん、浄瑠璃や歌舞伎につられて、ほんとに心中する者が増えたせいでしょうが」

勘吉が煙管《キセル》に煙草を詰めながらいうと、母は鼻先でせせら笑った。

「みながみな、お芝居を観たせいで心中するわけではないですよ」

「心中する人の気持ち、わかります。この世でどうあっても結ばれないなら、あの世で結ばれるしかないじゃないですか」

そう呟いた時の妾の頭にあったのは、忠八とのことだった。

「あの世で結ばれてても仕方ないでしょう。阿弥陀さまより、お稲荷さま。現世利益《げんせりやく》、現世利益」

母の暢気《のんき》な言いぐさに、妾はかちんときた。

「来世よりも、今が大事だというなら、おっ母さん、忠八さんとの間を早くどうにかしてくださいい。いったいいつになったら、一緒にさせてくれるんですか。あの人が婿入りして、もう四年も経つんですよ」

酒の勢いもあって、心のわだかまりが一気に溢《あふ》れでてきた。母は困ったような視線を勘吉に、それからお久に投げかけた。

「又四郎にこちらから離縁話を持ちだしたら、持参金も一緒に返さないといけなくなる。店《たな》はなんとか持ち直したとはいえ、五百両なんて大金、どこを探してもありゃしないしねえ……」

「まだこの先もあんな男と夫婦でいないといけないというんですか。そんなんだったら、忠八さんと心中したほうがましだわ」

心中という言葉を口にしたとたん、涙がどっと溢れでてきて、妾は袂《たもと》を目に押しあて、鼻を啜りあげた。

「おやめなさいな、みっともない」

母は屏風で仕切られた大座敷を眺め渡して、剃った眉根を寄せた。誰もこちらに注意を向けていないことを確かめると、安堵したようだった。

「又四郎が店の実入りを別金庫にも入れるようになってから、妾が使えるお金も減ってしまって、窮屈で仕方ない。婿を追い出したいのは、おまえだけじゃないんです」

母は、妾の肩を抱くようにして囁《ささや》いた。

「もう少しの辛抱ですよ。今にいい方法を考えてあげるから」

いい方法なんて、あるはずがない。

もう心中しかないのではないか。忠八と手に手を取って、冥途《めいど》の旅に出るのだ。

そう思うだに、妾の中で、『曾根崎心中』のお初徳兵衛の艶姿が、自分と忠八の姿に重なった。

心中場所は、湯島天神がいいだろう。二人で何度も睦みあった不忍池を見晴らす山の上にある。冥途の旅に着ていく衣装は、後で、他人に見られても恥ずかしくないものにしたい。

「やっぱり、裾模様だわね」

頭に浮かんだ言葉を思わず声に出すと、大名縞の反物《たんもの》を広げていた呉服屋の手代がきょとんとした顔をした。

「お熊さまに、ですか」

白子屋の奥の客間だった。庭に面した明るいその座敷は、店の客ではなく、家族に用のある客を通すために使われている。妾は母と一緒に、出入りの伊予屋の手代が持ってきた反物を選んでいた。

最近、よくあることだった。何をしていても、頭の中は忠八との心中のことでいっぱいになっている。

「ええ、そうだわ。裾模様の着物です。渋い鼠色の縮緬《ちりめん》かなんぞの裾に、何かの模様……朱に染まった紅葉とか銀杏《いちょう》の葉を染め付けるの。右の身頃の裾だけにして、歩いてる時にだけ、ちらちらとその模様が覗《のぞ》くようになっているんです」

娘時分から通っている踊りの師匠がそんな粋な着物を着ていたのを思い出して、妾はいった。

「いいご趣向ではありますが、もう少しお歳を召してからのほうがよろしいのではないでしょうか」

手代は戸惑った顔で止めた。

お歳を召すほどに長く生きてはいないのよ。喉許まで出かかったそんな言葉をなんとか堪《こら》えて、「だけど、妾はもう二十三です。裾模様の着物でもいい歳でしょう」と言い返した。

「お熊の顔には、まだ裾模様は早いんですよ。もっと華やかな柄がいいんです、ほら、これなんか似合うんじゃないの」

母は、前に並べていた反物の中からひとつ取りだした。目にも鮮やかな山吹色に、鳶《とび》色と黒の糸を織り込んで格子柄にした絹織物だった。

「さすがに御内儀《おかみ》さん、お目が高《たこ》うていらっしゃいます」と手代が飛びつくようにいった。

「それは八丈島で作られた黄八丈でございます。刈安《かりやす》といわれる草で染めた黄色でして、他の土地の染めでは、なかなかその色は出やしません。お熊さまにぴったりでございます」

美しい黄色ではあるが、まるで神楽《かぐら》の衣装のようではないか。悲しさ漂う心中の道行きには、ちっとも似合わない。

しかし、母は反物を妾の胸に押しつけて、「とてもいいわ、ね、おまえたちもそう思うでしょう」と、座敷の隅に控えていた女中のお久とお菊にも問いかけた。二人とも「ほんとによくお似合いです」と口を揃えるし、手代も「黄八丈は江戸でも着ている人はまだ少ないのでございます。人の目を惹くことは間違いございません」と、妾の心をそそるようなことをいう。

試しにと思って、お菊に柄鏡《えかがみ》を持ってこさせて眺めると、妾の瓜実顔に確かによく映える。満更でもないなと思案しているうちに、母は、「これでお熊の小袖を仕立ててくださいな。妾にはこっちの子持ち縞の反物でひとつお願いしますよ。紅葉狩りに着ていくつもりですから、葉が色づくまでに仕上げてくださいね」とさっさと段取りをつけてしまっていた。

　注文を取りつけた伊予屋の手代が、「ありがとうございました」と何度も頭を下げながら帰っていくと、母は浮き浮きした調子で、「ああ、そうだ。扇屋に行って、あの着物に似合う扇でも見繕いましょうよ。さぁ、出かける支度、支度」といいだした。その流れに乗せられるように、妾も腰を上げた。

　お久を連れて自室に戻る母と別れ、妾はお菊を伴って、客間から廊下に出た。庭沿いに鉤《かぎ》の手に曲がった廊下を伝っていくと、座敷が二つ並んでいる。手前は仏間で、又四郎の部屋、奥の座敷は妾の部屋となっている。

　もともと奥の座敷は、両親の寝間だった。しかし又四郎が婿入りすると、両親は壁ひとつ隔てたところにある別棟に移り、その寝間で妾と又四郎が寝起きすることになった。だが、娘が生まれると、赤子の夜泣きにかこつけて、妾は又四郎を隣の仏間で寝かせるようにしむけ、お静が乳母の手に渡された後もそのままにしたのだった。

　自室に戻ると、お菊に手伝わせて、着替えをした。すぐ目と鼻の先とはいえ、日本橋の賑やかな往来を歩くのだから、普段着というわけにはいかない。鹿子《かのこ》絞りの蔓草模様を散らした薄柿色の小袖を着て、千歳緑の帯を締め、島田髷の上にふんわりと揚げ帽子を被《かぶ》った。最後に化粧も直して、自室を出た。

客間の隣の家族用の茶の間には、いつもそこで書物を読んだり、訪ねてきた近所の茶飲み仲間と雑談している父の姿はなく、乳母役の女中のお富《とみ》が、娘のお静をあやしていた。

父はまた西川屋にでも行ったのだろう。同じ町内の古手屋で、骨董《こっとう》好きの父は、よく気晴らしに店を冷やかしにいく。

通り土間に向かっていると、お静が妾の姿を認めて、「あっ、あっ」といいながら手を伸ばしてきた。妾はお義理のように、娘の頭をちょっと撫《な》でた。我が子なのだから、可愛くないことはないのだが、このところ又四郎に似てきたような気がして、お静の顔を見ると憂鬱《ゆううつ》になるのだ。

通り土間には、まだ母の姿はなかった。手持ち無沙汰にお菊と共に土間に立っていると、茶の間の隣の帳場にいる忠八に気がついた。向かいには又四郎が座り、書き付けを読みあげている。何かの収支を確かめているのだろう。

俯《うつむ》いた忠八のすっと通った鼻筋や男らしく骨張った頬や顎の線を惚れ惚れと眺めてから、又四郎のひね茄子のような顎の線が目に入ると、苦い想いがこみあげてきた。

ほんとうならば、妾と夫婦になって、この店の主に収まるのは、忠八のほうであるはずなのに。なぜ、又四郎はここにいるのだろう。どうして消えてしまってくれないのか。

「出かけるのかい」

又四郎が妾の視線に気がついて、屈託なく訊《き》いてきた。

夫婦となって四年間、優しく接したのは最初の頃だけで、ほとんどは冷ややかな物言いと態度を見せてきた。なのに、そんなことにはまったく頓着せずに、又四郎はいつもにこやかに話しかけてくる。この人はとことんお人好しなのか、どうしようもなく鈍いのか、妾にはわからない。

「そこまで出かけてきますよ。ちょっと扇を見にね」

妾の代わりに返事をしたのは母だった。いつの間に現れたのか、すぐ後ろに立っていた。白粉を塗り直して紅をさし、黒茶の渋めの着物に金茶の派手な帯を合わせている。

「ああ、そうですか。お気をつけていってらしてください」

又四郎の前で、忠八も「いってらっしゃいませ」といって頭を下げ、妾とそっと視線を絡ませた。

夫の前で交わっているような、どきどきするものを感じて、臍《へそ》の下が熱くなった。

その時、通りに面した見世のほうから、丁稚《でっち》の勝吉《かつきち》がやってきた。

「御内儀さん、玄柳《げんりゅう》さんがお越しです」

「あら、厭だ、忘れてた」

母は手を口に当てた。

按摩の玄柳は、肩こりに煩わされている母の許に十日に一度は訪ねてくる。今日はその訪問日だったらしく、勝吉の後から、坊主頭に黒羽織を着た盲人の玄柳が、手引きの小僧に連れられて現れた。

「あ、玄柳さん、すみませんねぇ、どうぞ、お上がりください」

母は愛想よく玄柳に声をかけて、妾には、悪いけど外出できなくなった、扇屋には明日にでも行きましょう、と告げ、玄柳と一緒に自室のほうに戻ってしまった。

妾は宙ぶらりんの気分で通り土間に残された。急に中止といわれても、せっかくよそゆきに着替え、揚げ帽子まで被って支度したのだ。のこのこ部屋に引き返すのも間が抜けている。

「妾はやはり出かけてきます」

誰にともなく大きな声でいっていた。


新材木町から日本橋までは歩いてすぐだが、母も一緒ではないし、まだ十六のお菊のお供一人では心配だからと、又四郎は手代の長介《ちょうすけ》をつけてくれた。お菊は素直さだけが取り柄のとろい娘だし、長介は、いるかいないかわからないほど無口な男だから、妾はまるで一人きりで歩いているような気分だ。

白い土蔵が立ち並び、水面には樽《たる》や菰《こも》包みの荷を満載した舟が行き来する川沿いを進んでいくと、魚河岸《うおがし》に出た。朝の活気はもうなくなり、がらんとしている。せり市場となる掘っ立て小屋の石置き屋根の上方に、弧を描く日本橋が見えた。背後には、富士山がうっすらと浮かんでいる。

綺麗だと思った。あの世もこんなに綺麗なのだろうか。綺麗だったらいいのに。忠八と手に手を取って行くのだから……。

だけど、あの黄八丈では駄目だ。あんな着物で、道行きなぞできやしない。絶対、裾模様だ。母の目を盗んで、こっそりと仕立てようか。伊予屋で買えば、すぐにばれてしまう。そうだ、越後屋に行ってみよう。店に来る客ならば、誰にでもその場で現金で売るので有名な大店《おおだな》だ。あそこならば、白子屋の誰にも悟られずに、こっそり反物を買い、着物を仕立てることができるだろう。

川沿いの道を進むうち、心中のお膳立てがぱたぱたと立ち上がっていく。

まったくの本気ではないけれど、ただの夢想というわけでもない。あと一押しされれば、すぐさま心中に雪崩《なだ》れこんでしまいそうな危ういところに妾はいる。

とにかく、越後屋は日本橋駿河町《するがちょう》にあるから、ちょっと覗いてみようと考えるうちに、日本橋の袂に出た。東海道の始まるところだけに人々で賑わっている。旅人や行商人、買物に出てきた町人や、帰途か所用でかわからないお侍たちの間に交じって橋の方を眺めると、背後で「晒しだとよ」という声がして、二人の男が妾を追い抜いていった。

「女だって」

後ろにいた男のものらしい返答が、木霊《こだま》のように妾の耳に届いた。

日本橋南詰《みなみづめ》には晒し場があり、奉行所で晒しの刑を言い渡された女犯《にょぼん》の僧たちが縛られて座らされている。生臭坊主たちを見てやろうと、町人たちは、見世物小屋に行くような気分で日本橋に来たついでに、晒し場に立ち寄っていくのだ。

だが、今回はいつもの晒し刑とは違うようで、橋を渡りきったところにある高札場《こうさつば》の前を過ぎ、河岸沿いの晒し場に流れていく野次馬の数も心なしか多い。

「なんなんでしょうか……」

お菊が独り言のようにいった。細い首を伸ばして、晒し場のほうを見ている。

「女の人が晒されているらしいね。男と通じた尼さんだったりするのかしら」

「あれ、そうなんですか」

お菊は素《す》っ頓狂《とんきょう》な声を上げた。

人のいうことは、何でも信じる単純な娘だ。女のなりをした男が晒されているといっても、すぐに信じてしまうことだろう。

「見に行きましょう」

妾は、お菊と長介にいった。お菊は嬉しそうに頷いたが、長介は相変わらず無表情のままだった。

晒し場は、吹きさらしの河原に縄が張り巡らされている。その真ん中に敷かれた筵《むしろ》に、女と男が一人ずつ肩から腕にかけて縄で縛られて座っていた。なんと着物をすべてはぎ取られて、素っ裸だ。女は二十歳過ぎだろうか、どこか崩れた感じで遊女のようだ。同じ年頃に見える男はおとなしい顔つきをしていた。

「心中の生き残りだってよ」という声が聞こえて、どきりとした。

人々が縄張りの前の立札を眺めているので、妾も近づいていった。

覚

男女申合相果候者之儀　自今死骸ハ取捨可申付候

一方存命ニ候ハバ下手人ニ申付　且又此類絵草紙又ハ歌舞伎狂言輩ニモ致サセズ

尤モ死骸弔候事停止可申付候

双方共ニ存命候ハバ三日晒シ　非人之手下ニ而可申付候

母がいっていた歌舞伎や浄瑠璃の心中物の御法度とは、このことだったのだ。噂《うわさ》には聞いていたが、実際の心中法度の文面を読むのは初めてだった。

妾はそれを繰り返し読んだ。

申し合わせて心中した者の死骸は取り捨て。片方が生き残ったら、相手を殺《あや》めた下手人として裁かれる。つまり死罪ということだ。そして二人とも生き残ったら、三日間晒されて、非人の身分に落とされる……。

最初にある、死骸は取り捨てにするという件《くだり》を、妾はまじまじと見つめた。

死骸は畜生同然に捨てておくということだ。晒しの刑で素っ裸にされるのならば、死骸も着物はすべて剝《は》ぎ取られるに決まっている。心中したら、裸で路傍に晒されるのだ。

「わっ、あの女、なかなかいい乳しているぜ」

「男のほうは金玉も縮みあがっているじゃないか」

「みっともないなぁ、見ろよ、男ときたら泣いているぜ」

晒し場には、残酷な笑いが渦巻いている。

死ねば、路傍に全裸で捨てられ、生き残ってもやはり全裸で人目に晒される。綺麗な着物を着て心中しても、何の意味もない。

妾の全身から血の気が引いていった。

その朝、又四郎は遅くまで寝ていた。前日、川辺問屋の寄り合いの後、深川の料理茶屋に流れて、芸者を呼んでの酒宴となったためだった。

妾は、父や母と共に家族の茶の間で朝餉《あさげ》を取り、自室に戻ると、又四郎が起き出すのを待っていた。やがて襖《ふすま》の向こうで、「あぁ」というため息とも呻きともつかない声が聞こえ、夫が厠《かわや》に立つ気配がした。

妾はしばらく待ってから、鏡台の横についている引き出しを開け、小さな紙袋を取り出して着物の胸許に押し込むと、廊下に出ていった。

ちょうど又四郎が厠から戻ってくるところだった。寝起きで髻《もとどり》も緩み、いつにも増して醜く見える。しかめ面になりそうなのを堪えて、「おはようございます」と声をかけ、妾は台所に向かった。

台所衆に用意させた又四郎用の朝餉の膳を手にして、妾は茶の間に入った。幸い誰もいない。味噌汁《みそしる》にご飯、香の物という、いつもと変わりのない朝餉の膳を床に下ろして、胸許から紙袋を取り出した。中の粉を味噌汁に振り入れ、又四郎の箸で汁をかき混ぜる。懐紙で箸を拭いて膳に戻すと、何食わぬ顔をして立ちあがった。

紙袋に入っているのは附子《ぶし》だ。烏頭《うず》の根から作られた薬だが、毒ともなる。一袋すべてを飲めば、又四郎は死ぬはずだった。

又四郎を殺すしかありません。

妾がそういいだした時、母は驚きもせず、その場にいたお久に目配せをした。

五百両の持参金を返さずに、おまえが忠八と一緒になるには、それしかないと、妾もお久と話していましたといって、この附子の薬袋を渡してくれた。

附子は、疼痛《とうつう》や冷えに効く漢方薬だが、飲み過ぎると死んでしまうほどの毒でもあると、母は以前、どこかで聞いたことがあったという。そこで、按摩の玄柳に頼んで、こっそりと多めに融通してもらったのだ。附子で又四郎を殺し、世間には病死ということにすればいいというのが、母の考えだった。

妾は毒の入った朝餉の膳を掲げて、廊下を歩きだした。

胸がどきどきして、膝頭が震えている。しかし、すでに決めたことだ。やるしかない。

他にどんな道があるというのか。

心中し、骸《むくろ》が全裸で路傍に晒されるなどという恥辱はどうあっても受け入れられない。持参金の五百両なぞ返せるあてはない。一生、又四郎と夫婦でいつづけるなんて、我慢できない。そしたら、又四郎を殺すしかないではないか。

妾か又四郎か、どちらかが死ぬしかないのだ。ならば、死ぬのは又四郎だ。

「旦那さま、朝餉をお持ちしました」

仏間の障子を開いて、寝間に入る。又四郎はすでに顔を洗ったらしく、さっきよりはこざっぱりした様子で蒲団《ふとん》の上に座っている。

「昨日はずいぶんとお酒を召しあがられたようでございますね」

朝餉の膳を前に出して、話しかけた。

「ああ、川添屋さんに、やたら勧められてね」

箸を押し頂くようにしてから、又四郎は味噌汁を啜り、少し首を傾《かし》げた。味が変だと思ったのだろうか。腋の下にじとりと汗が滲みでてきた。息苦しい気分で部屋の中を見回すと、仏壇の脇の神棚に飾られた熊手に目がいった。

「酉《とり》の市が近づいてきましたね」

「そういえば、そうだ。来月はもう十一月か。今年も終わりだなぁ」

又四郎は味噌汁をまた啜り、香の物でご飯を食べはじめた。

「おっ義母《か》さんは、紅葉狩りに行くとおっしゃっていたね」

「ええ、今年は谷中《やなか》の天王寺《てんのうじ》だといって、楽しみにしております」

又四郎は頷きながら、また味噌汁の椀に口をつけた。

今年の紅葉狩りの時には、又四郎はもういないのだ。晴れ晴れした気分で、忠八と連れだって出かけることができるはずだ。

味噌汁を啜った又四郎の喉仏が動くのが見えた。妾は口の中に溜まっていた唾をごくりと飲みこんだ。

附子の毒は一気に軀を巡り、急死するという。又四郎が倒れるのを今か今かと待つうちに、朝餉は終わってしまった。

妾は狼狽《うろた》えていたに違いない。又四郎が「具合が悪いのではないか」と訊いてきた。毒殺しようとしている相手にそんなことをいわれるとは、笑うに笑えない。

「大丈夫です」

妾は引きつった声で答えた。

「ごちそうさま」

箸を膳に置いた時、又四郎が、ぐっ、というおかしげな音を喉から出した。

毒が効いたか。

妾は息が止まりそうになった。

又四郎はゆらりと背を揺すって立ち上がると、廊下に飛びだしていった。呆然としている妾の耳に、ばたばたと厠に向かって遠ざかる足音が響いてきた。


毒殺の企みは失敗した。

附子の量が少なかったせいだろう。又四郎は腹を下して寝ついたが、五日もすると、けろりとして起き上がり、いつもの通り店に出るようになった。

本人は毒を飲まされたせいだとは露とも思わず、前日、料理茶屋で食べた秋刀魚《さんま》が悪かったのではないかといっていた。

「お天道さまが、やめろといったんじゃないかな」

煙管を煙草盆にかんとぶつけてそういったのは、勘吉だ。妾たちは、上野の不忍池に面した茶屋の縁台にいた。

母と勘吉、妾と忠八、それにお供のお久というといういつもの顔ぶれだ。母の馴染みの出合茶屋に座敷をふたつ取り、睦みあって出てきたところだ。まっすぐに帰途に就くのも野暮だというので、茶屋に立ち寄り、団子と茶でくつろいでいた。

「そうでございますよ。物騒な真似《まね》はよしたがいいと思います」

忠八があたりを憚るように、視線を泳がせながらいったが、池の畔の小道には、人っ子一人いない。

夏には池の蓮の花を見る客で賑わう茶屋だが、秋のこんな時期はがらがらだ。茶汲み女たちも店内にいて、外の縁台までは呼ばないとやってこない。

寂しい風情の漂う秋の池を眺めつつ茶を飲むうちに、母は又四郎を毒殺しようとしたいきさつを話しだしたのだった。母と妾とお久の三人で企てたことだったから、勘吉や忠八には初耳だった。勘吉はむしろおもしろがっているようだったが、忠八は驚き、怯《おび》えたらしかった。

「いくら若旦那を追いだすといっても、殺すのはあんまりでしょう。いっそ、お店の土地を売りに出したらいかがですか。新材木町の角地だから、五百両くらいひねりだせるのではないでしょうか。それで若旦那も納得なさるでしょうし……」

「馬鹿だね、土地を売って五百両出すくらいなら、最初からそうしていますよ。あの土地を出て、どこかでまた小店《こだな》から始めるというのですか。そんなこと、ごめん被ります」

母は強い口調でいい返した。

「ならば、店の儲《もう》けをこつこつ貯めていくしかないですね。手前も一心にお勤めいたしますので、お嬢さまにはもう少し我慢していただいて……」

「駄目、駄目です。妾はもう一時たりとて、又四郎には我慢できません。忠八さんだって厭でしょう、妾があの男の妻でいつづけるだなんて……ねぇ」

妾は忠八の膝を揺すった。

忠八は困った顔をした。

「だけど、お嬢さま、人を殺めるというのは、簡単なことではございませんよ」

「まったくだ。殺めておいて、世間にはそれと悟られずにいようなんて、虫のいい話はなかなかありゃしない。そんな方法があるんだったら、とうに、あっしがやってるさ」

勘吉は頬を歪《ゆが》めて笑った。

「何かいい案はないものかね」

母は腹立たしそうに、みなの顔を見回した。

十月も半ばを過ぎると、寒さも一段と増す。仏間で寝ていた又四郎は、明け方の冷えこみに目を覚ました。店の者はまだ寝ているらしく、空気はしんとしている。

この世に独りぼっちのような寂寥《せきりょうかん》感に襲われ、夜着《よぎ》を顎まで引きあげた。

昨日の長介の言葉は、どういうことだろうか。

もう少し眠ろうと目を閉じた頭に、ぽかんとそんな疑問が湧《わ》いてきた。

お気をつけてくださいまし、若旦那さま。

どういうことだね、と問い返したが、長介は逃げるように去っていった。

婿入りして四年。反感とまではいかないにしろ、よそよそしい態度を取り続ける店の手代たちの中で、長介だけは違っていた。元来無口な男だけに、馴れ馴れしく近づいてくるわけではないが、時折投げかけてくる笑顔や、親切な受け答えで、自分に好意を抱いてくれているとわかった。

そんな長介だけに、根も葉もないことをいったのではないだろう。しかし、何に気をつけろ、というのだろうか。

すぐに浮かんだのは、自分をこの家から追いだしたがっている義母と女房が、何か画策しているのではないかということだった。又四郎の父がいうように、離縁したほうがいいのだろうか。

父は、熊が店の手代の忠八と不義密通をしているという噂を聞きつけて、そんな女房とはさっさと別れたがいいと助言していた。女房の不義が理由だから、白子屋を出るにあたっては、持参金も戻してもらえ、五百両あれば、他にもっといい入り婿の口などすぐに見つかるはずだ、と。

しかし、又四郎は白子屋に踏みとどまっていた。熊の側から離れる決心がつかなかったせいだ。

熊は、又四郎の憧れだった。新材木町界隈《かいわい》を歩いていた時、たまたま見かけた熊に一目惚れして以来、用もないのに白子屋の前を何度行ったり来たりしたことか。運良く、外に出てきた熊に出くわしても、話しかけることもできず、ただ阿呆のようにその姿を見守っていた。やがて、ただ眺めているだけでは飽き足らなくなり、とうとう父に、白子屋の熊と夫婦になりたいと打ち明けた。

又四郎は、地主の四男坊だった。家は長兄が継ぎ、家業の手助けは次兄が当たっている。三男は木綿問屋に婿入りし、父は四男の又四郎もどこかの商家か御家人の家の婿にでもなればいいと考えていたので、すんなり承知した。白子屋の主の庄三郎も内儀の常も、この縁談を喜んだ。

熊が、又四郎を気に入っていないという点を除けば、どこにも問題のない縁談だった。

又四郎は楽観していた。なんといっても男と女。肌を合わせるうちに、熊も自分を亭主として受け入れてくれるだろうと。

しかし、どうやら考えが甘かったようだ。娘も生まれたというのに、熊は相変わらず又四郎に冷たい。手代の忠八と密通を重ねているという、父の聞いてきた噂話も、本当かもしれないとも思う。それでも、又四郎はまだ熊と離縁する踏ん切りがつかない。まだまだ未練が残っている。

あぁ、お熊……。

眠りに引きこまれそうになりながら、心の中で妻に呼びかけていると、かたっ、という小さな音がした。

はっとして廊下に面した障子戸のほうを見ると、ぼうと手燭《てしよく》の明かりがあった。戸がすうと横に滑り、誰かが部屋に入ってきた。手燭の光は小さくて、顔まではわからないが、帯や袖口の様子から女だとわかった。

とっさに、熊だと思い、又四郎は目を閉じて寝ているふりをした。

寝所に忍びこむとは、自分に対する愛情が芽生えたのか。そんな期待が湧きあがったが、すぐに長介の「お気をつけてくださいまし」という言葉が蘇った。

女がそっと又四郎に近づいてきて、枕許にかがみこむ気配があった。

荒い息が聞こえる。

いったい何をするつもりだろう。

着物の袖のこすれる音に、目を開いた。

剃刀《かみそり》の銀色の刃が、顔の前で鈍くきらめいていた。又四郎は大声を上げて飛び起きた。

「何をするっ」

襖の向こうから聞こえてきた又四郎の声に、夜着にくるまっていた妾ははっとした。仏間からは人の揉《も》み合う気配がある。

やった、お菊がやってくれたのだ。

不忍池の茶屋で、又四郎との密通の疑いをお菊にかけ、潔白だというならば、寝込みを襲って、剃刀で又四郎の喉を切りつけてみよ、と唆《そそのか》せばいいといいだしたのは、お久だった。

お菊を使うことなぞ考えてもいなかったので、妾も母も驚いた。しかし、人のいうことは何でも真に受ける娘だけに、うまくいくような気がした。しかも御内儀であるお常に詰問されたら、お菊は動転して、弱い頭なんか簡単に吹っ飛ぶさ、と勘吉が入れ知恵した。

実際、その通りだったらしい。母に、又四郎との密通を問い詰められると、お菊は身の潔白を信じてもらえるなら、何でもする、若旦那さまの喉を剃刀で切ることなんか平気です、と言い切ったという。

お菊が又四郎を殺してくれたら御の字だ。妾と母が、奉行所に、お菊と又四郎は心中しようとしたと申し出ることになった。いくら違うといっても、頭の弱いお菊の抗弁なぞ、誰も聞きはしないだろう。心中の生き残りとして、お菊は死罪になるはずだった。気の毒だが、死人に口なしで、妾たちは安泰だ。

もしお菊が又四郎を殺せなかったとしても、喉許を剃刀で切りつけられたら、かなりの深手を負うはずだ。又四郎が声も出ないでいるうちに、妾たちが騒ぎ立て、心中沙汰《ざた》をでっちあげてしまうつもりだった。

襲うのは今晩だというので、妾は居室で明かりを消したまま、騒ぎが起きるのを待っていたのだが、つい、うとうとしてしまった。早く仏間に行って、心中だ、と叫びたてなくては。そこに母も駆けつけて、騒ぎを大きくする手筈だった。

妾は夜着を撥ねのけて、隣室へと走った。しかし、襖の引き手に指が掛かった時、又四郎の怒鳴り声がした。

「誰か、誰か来てくれえっ、襲われた、お菊に襲われたっ」

お菊に喉を切られたのではないのか。どうして、あんな大きな声が出るのだ。

その場に凍りついている妾の耳に、どやどやと手代や丁稚たちの駆けつけてくる足音が聞こえてきた。

享保十一年（一七二六）十月二十日、町奉行大岡越前守忠相《ただすけ》に、大伝馬町一丁目に住

む地主弥太郎が、恐れながら、と訴えでた。白子屋庄三郎が営む材木問屋に婿入りした息子又四郎が、十七日の未明、同家の下女菊に剃刀で頭部などを切りつけられたというのだった。

早速、菊を取り調べたところ、庄三郎の妻常に唆されたと白状した。

そこで取り調べは常に及び、さらに、又四郎の妻熊が手代の忠八と密通をしているという噂もあったことから、熊も奉行所に呼び出されることになった。拷問にかけると脅されただけで、母娘はあっけなく又四郎を殺すつもりだったことを白状した。

翌享保十二年二月七日、裁許が下った。

主人を襲った下女菊は死罪、下女久は密通の手引きをしたとして、市中引き廻しのうえ死罪、毒薬を渡した按摩横山《よこやま》玄柳は江戸追放、母常は遠島《えんとう》、父庄三郎は監督不行届として江戸払、密通をした手代忠八と熊は、市中引き廻しのうえ浅草にて打ち首獄門が言い渡された。

馬上から見下ろす日本橋は、いつもより狭く思えた。沿道の人々も、南京豆が押しくらまんじゅうしているように小さく見える。

軀を失い、魂となって、この世を眺める時もこんな感じなのだろうか。

後ろ手に縛られ、馬に乗せられた妾はそんなことをぼんやりと考えていた。

妾の横を、罪状を書いた木の捨札《すてふだ》や紙の幟《のぼり》を手にした人たちがぞろぞろと歩いている。背後には、同じように馬に乗せられた忠八とお久が続き、しんがりは奉行所のお役人の乗った馬だった。

今日、二月二十五日の朝、小伝馬町の牢屋敷から、妾たちは引きだされた。江戸橋を渡り、日本橋を通り、半日かけて江戸城の周りを巡るお仕置きを受けるためだった。この市中引き廻しの後、浅草の刑場で首を落とされることになっている。妾と忠八の首は、獄門台に三日間晒されるという。

だからこれは冥途の旅の始まり。妾と忠八の道行きだ。

七日に打ち首獄門が言い渡されてから、妾は女牢の中で泣き暮らした。母も身を震わせ、ひどい、妾が遠島で、どうしておまえが打ち首獄門なんだろう、いっそ母娘で遠島にしてくれたらいいのに、と憤っていた。やはり死罪を言い渡され、牢の隅で、恨めしげにしているお久には気がつかないふりをしている。娘の身代わりに、自分が打ち首獄門になればいいのに、などとは口が裂けてもいいやしないから、内心は命が助かったことにほっとしているのだろう。奉行所が取り調べを始めたと聞くや雲隠れしてしまった勘吉を罵《ののし》り、男なんぞ金輪際信用しないといっている母だが、八丈島でも手近な男を見つけて、なんとか生き延びていくことだろう。

さんざんお奉行さまを非難したり、我が身の不運を嘆いたり、妾を慰めたりしてから、母は最後にため息をついていった。

「まあ、人はみんないつかは死ぬんだから……。忠八と一緒なのが、せめてもの救いだと思わないとね」

今更ながらに気がついた。

そうだ、私と忠八は一緒に死ぬのだ。心中と同じではないか。いえ、心中より、よほどましだ。打ち首になっても、死装束をむしり取られることはない。

真夜中の人目を忍ぶものではなく、天下の大道《だいどう》を衆目に晒されて進む道行きだ。それなりの見事な道行きをしてみせようじゃないか。

そう考えた時、妾の涙は止まった。

妾の選んだのは黄八丈。母の流される先の島で染められた生地であるとは皮肉だが、その派手な色は真昼の道行きに似合っている。お日さまのような黄色を際立たせるために、白無垢の襦袢《じゆばん》と中着を合わせた。生娘のような島田髷には、鼈甲《べつこう》の簪《かんざし》と櫛が淡い黄色を添えている。首に掛けた水晶の数珠が陽光を照り返し、紅をさした妾の顔にもきらめきを投げかけていることだろう。

足許には、妾を見上げる通りすがりの者たちの驚いた顔が並んでいる。こちらを指さし、声高に話す者はいても、野次を飛ばす者はいない。みな、目を見張り、息を呑んでいる。

見るがいい。

妾を見るがいい。

幼い頃から、妾はこうして人々に見られて育ってきた。

お熊ちゃん、可愛いね。

別嬪《べっぴん》さんになるね。

そんな褒め言葉を浴びて大きくなった妾がここにいる。

身を切るような如月《きさらぎ》の風が妾に吹きつけてくる。だけど、ちっとも寒くない。

顎を上げて、背筋を伸ばし、妾は昂然と前を向く。背後の忠八も妾と同じように堂々としていることを望みつつ。だけど、忠八を振り返りはしない。そんなみっともない真似はできはしない。振り返れば、そこに相手がいるかどうか不安だといっているのも同然だ。

振り返らなくても、忠八はそこにいる。前と後ろに分かれていても、妾たちは手に手を取って、冥途の旅に出かけるのだ。

打ち首なぞ怖くはない。きっと、忠八との交わりで果てた時のようなものに違いない。お日さまの目映《まばゆ》い光の中に、妾の軀も中身も消えていくだけ。

此の世のなごり。昼もなごり。死にに行く身をたとふれば日本橋なる人いきれ。一息ごとに消えて行く。夢の夢こそ哀れなれ……。

妾は、天下一の街道の往来を眺め、馬上を仰ぐ人々に向かって、日の光のようににっこりと微笑んだ。

黒い夜明け

「今宵《こよい》、上さまが奥泊まりなさいます。つきましては、そなたを御寝《ぎよしん》のお伽《とぎ》に召されております」

大奥御年寄、松山《まつやま》の言葉を耳にして、畳についた指の先にまで震えが走った。

将軍の寝間に呼ばれた。

喜びでも悲しみでもなく、ただ、雷に打たれたように廣《ひろ》は凍りついた。それから、息をひとつ吐き、喘ぐように「かしこまりました」と返事した。

「五つ刻《どき》（午後八時ごろ）に身支度を調えて、御添寝役のおませと共に、御小座敷に参るように」

松山はそれだけ告げると、下がってよい、という風に手を動かした。

奥女中取締役の詰所となっている千鳥之間では、御年寄二、四人が、御客会釈《おきやくあしらい》や表使《おもてづかい》などの女たちと共にお喋《しやべ》りしていたが、座敷を横切る廣に、ちらちらと好奇の眼差《まなざ》しを送ってきた。

今宵の上さまのお相手は、あの娘でございますよ……まだ小娘ではないの……うまく勤まるものでしょうか。そんな囁《ささや》き声が聞こえてくるような気がして、廣は急ぎ足で千鳥之間から出ていった。

大奥は、奥泊まりする際の将軍の寝所や、正室である御台所《みだいどころ》の部屋のある御殿向《ごてんむき》、執務の行われる広敷向《ひろしきむき》、奥女中たちの住まいのある長局向《ながつぼねむき》の三つに分かれている。廣は、御殿向の真ん中にある千鳥之間から、長局のほうに向かった。夕餉《ゆうげ》の時刻も近く、女中たちが列を成して、広敷向の御膳所から御殿向の奥御膳所に、将軍と御台所の食事を運んでいる。毒味用の分も入れて八人前の膳だ。

今宵、上さまは、この膳を召しあがるのだ。金の蒔絵《まきえ》に彩られた什器《じゅうき》の膳を眺めながら、廣は自分自身もまたその膳の鉢のひとつとなった気がした。

千人余りに及ぶ大奥の奥女中たちの住まいである長局は、細長い二階建ての長屋が、一の側《かわ》から四の側まで並んでいる。御殿向に最も近い一の側には上﨟《じょうろう》御年寄や御年寄といった重役たちが住み、二の側、三の側と下るに従って、より下役の奥女中たちが暮らす棟へと変わっていく。

御殿向からまっすぐ四の側まで貫いている出仕廊下を伝い、二の側の部屋部屋に通じる廊下に入る。鰻の寝床のように並ぶ部屋のひとつが、吉野《よしの》の部屋だ。廣は、大奥での養い親である吉野と同居していた。

引戸を開けて中に入ると、すぐ片側は土間の台所となっている。二口ある竈《かまど》には薪が燃え、吉野が抱える飯炊き女が二人、夕餉の支度に入っていた。竈の反対側には階段があり、廣と、もう一人の同居人のさよ、吉野の使う女中たちの寝起きする二階となっている。廣はすぐに二階には上がらず、台所を突っきって、奥に進んでいった。

台所の次の間では、御犬《おいぬ》と呼ばれる、部屋の雑用に当たる女たちが三人ほど集まって、ぼそぼそと話しながら洗濯物をたたんでいたが、廣に気がつくと、頭を床にこすりつけるようにしてお辞儀した。いつも薄暗がりにいて、顔を向けるたびに慌てて頭《こうべ》を垂れるので、ここで暮らすようになって一月《ひとつき》が過ぎても、誰が誰やらわからないままだ。

吉野は、一番奥の上座敷で、十歳ばかりの娘、みちを叱っていた。自分の跡継ぎにしようと親戚から引き取り、部屋子として躾《しつ》けているところなのだ。

「いいですか、こんな片付けの仕方しかできないなら、御末《おすえ》にしかなれませんよ。御末といったら、水汲みやら駕籠《かご》かきしかやらせてもらえませんよ。わかりましたか」

「あい」

「あい、じゃありません。はい、といいなさい。あい、なんぞ、吉原の禿《かむろ》みたいでみっともない」

「吉原の禿とはなんでございますか」

あどけない声で問い返され、吉野は返事に詰まっている。廣は笑いをかみ殺しつつ、敷居のところに座り、開け放してあった襖《ふすま》越しに、「よろしいでしょうか」と声をかけた。

吉野は、鼻の横に大きな黒子《ほくろ》のある顔をこちらに向けた。

「なんですか」

みちを叱っていた余韻か、声にはまだ厳しさが残っていた。しかし、廣が、将軍の御寝のお伽を命じられたことを告げたとたん、「まあっ」と叫んで、子供のように手を叩いた。

「それは、よござんした。水野《みずの》さまも、さぞかしお喜びになられることでしょう」

水野さまと聞いて、目の離れた兄の顔が、廣の頭にまざまざと浮かんだ。

「御犬、御犬、来やれっ。湯を沸かすんですよ、お風呂の湯ですよ」

下女を呼びたてる吉野の声を聞きながら、廣は今年の二月、運命が大きく変わった日へと引き戻されていた。


その朝、奥女中の阿波《あわ》から、御座の間で長兄が待っていると告げられ、廣は意外に思った。紀州藩江戸詰家老、水野忠央《ただなか》は多忙な人物だ。紀尾井坂の紀州藩邸に出向いていなければ、江戸城で幕府の重鎮と面談したり、他藩の藩邸に赴いて、藩主と会見したりしている。たまに昼間、市谷《いちがや》浄瑠璃坂にあるこの水野邸にいる時も、馬場で馬を駆り、剣術の稽古《けいこ》に汗を流し、師について蘭学や異国の言葉を学び、自己研鑽《けんさん》に余念がない。屋敷の奥まったところで、忠央の正室や側室、その子たちと共に暮らす廣が、兄の顔を見ることなぞ滅多になかった。

それがわざわざ、こんな朝から奥にやってきて、自分を待っているとは、何の用だろう。

うっすらと雪の積もった庭を横手に、廊下を奥女中の後について進みながら、廣は漠然とした不安を感じていた。

廣の父、水野忠啓《ただあき》には、正室の他に沢山の側室や妾がいた。おかげで廣の異母兄弟姉妹は二十人近くにも上る。隠居した父の跡を継いで当主となった忠央も異母兄だ。歳が離れているせいもあり、親しく言葉を交わすことなどなく育ってきた。その忠央が、同じ部屋に起居するひとつ違いの異母姉の陸《りく》と共に、というのではなく、自分一人を名指しで呼びだした。

とっさに思ったのは、役者絵のことだった。老中、水野忠邦《ただくに》の改革で、歌舞伎の役者絵はご禁制になったのだが、まだ密かに売られているという話を聞いて、側仕えの奥女中に頼んで、こっそり手に入れてもらったのだ。憧れの澤村宗十郎《さわむらそうじゅうろう》の姿絵だ。暇さえあれば、その役者絵を眺めて、指でさすったり、胸に押しあてたりしている。そのことが知られたのではないかと内心、びくついていた。

母が生きていたなら……。

六年前、母を流行病《はやりやまい》で亡くして以来、幾度となく頭に浮かんできた言葉が、喉許《のどもと》までこみあげてくる。廣は、隠居した父と共に、紀州新宮《しんぐう》の水野家の城で暮らしていたのだが、母の死後、異母姉の陸が忠央の養女となったのを機に、共に江戸《えど》に下ってきた。慣れない江戸で、陸が寂しがってはかわいそうだという、父の配慮だった。

「お廣さまをお連れいたしました」

控えの間の襖の前で、阿波が声を掛けると、御座の間から「おう」という忠央の返事があった。阿波が襖を開いたので、廣は室に入った。御座の間の毛氈《もうせん》を敷いた上に、忠央が火鉢に寄りかかって座っていた。

他には誰もいなかった。忠央付きの奥女中すら座を外している。背後で襖の閉まる音がして、阿波の足音も遠ざかっていった。

「何をしている、こっちに参れ」

忠央の声には背筋をびくっとさせるような力がこもっている。廣は慌てて毛氈のところまで近づいていった。真向かいに座った廣を、忠央は間合いの開いた大きな目でぎろぎろと眺めた。

「お鈴《すず》のいった通りだ。綺麗になったな」

鈴とは、忠央の正室だ。いつも取り澄ましていて、冷たい印象を与える女だが、奥の出来事は隅々まで熟知している。

廣はどう答えていいかわからず、顔を伏せた。綺麗になった、年頃になった、などといわれるたびに困ってしまう。自分では、鼻筋が通っていればいいのにとか、もう少し目が細ければいいのにとか、あれこれ気にしているからだ。

少なくとも、役者絵のことで叱責されるわけではなさそうだと安堵《あんど》していると、「十六になったそうだな。十六といえば、そろそろ身の振り方を考えてもいい年頃だ」という声に、どきっとした。

娘にとっての身の振り方といえば、嫁ぎ先のことに決まっている。実際、六人いる廣の姉たちの上の五人は、すでに兄の裁量で、水野家に釣り合う家に嫁いでいた。そして歳の順からいえば、次に嫁ぎ先を決めなくてはならないのは、すぐ上の姉である陸のはずだった。なのに、陸を差し置いて、自分が先にどこかに嫁ぐというのか。

疑問が湧《わ》いてきたが、すべてを承知しているような兄に向かって、その問いをぶつけることは躊躇《ためら》われた。

「はい……」と曖昧《あいまい》な声で返事をすると、兄は厳《おごそ》かに告げた。

「おまえには、大奥の奥女中となってもらいたい」

「大奥……」

武家屋敷では、当主の正室や側室や子女の住まう場所を奥と呼んでいるが、大奥といえばただひとつ、江戸城の大奥だ。

忠央は火鉢の上で手をこすり合わせながら頷《うなず》いた。

「そうだ。江戸城にご奉公に上がるのだ。だが問題がひとつある。大奥の奥女中になるのは、一万石以下の旗本の娘に限るという習わしだ。なので、おまえは、二百俵取りの旗本、杉源八郎《すぎげんぱちろう》の養女となって、大奥に上がることになる」

水野家は、徳川御三家紀州家の家老職。新宮に三万五千石の領地をいただき、国許には城もある。小さいながらも城主の娘だ。自分の行く末は、姉たちと同様、どこかの武家の正室か継室《けいしつ》におさまることだろうと信じて疑っていなかった。それが、大奥とはいえ、女中になれというのか……。

当主である兄の意志に逆らうことはできないとわかっていたが、廣は、「私が……二百俵取り風情の家の養女になるのでございますか」と、精一杯の反抗をこめて問い返した。

「異国船が次々と現れて、国の安泰を脅かすようなご時世だ。これまで通りの考え方では、やっていけない。三万五千石の姫君が、二百俵取りの養女となってもいいし、二百俵取りの家の養女が大奥に入り、上さまの側室となってもいいではないか」

えっ、と、廣は目を見張った。

忠央は、顎《あご》を猪首《いくび》にめり込ませるようにして、うっすらと笑った。

「おまえを大奥に送りこむ目的は、上さまのご寵愛を受けることにある。上さまの側室となり、水野家の領地新宮を、藩に取り立てていただけるように働きかけてもらいたい」

　水野家は、徳川家康公《とくがわいえやすこう》の従兄弟を祖に持つ名家だ。藩主として幕府直参《じきさん》になってもおかしくはない家柄なのに、家康公により、紀州徳川家初代となった十男頼宣《よりのぶ》の傅役《もりやく》として、附家老職を命じられて以来、陪臣の地位に甘んじてきた。兄がそのことに不満を抱いているのは、廣もなんとなくわかっていた。

　しかし、将軍の側室になって、水野家の領地を藩に取り立ててもらうように働きかけるなぞ、自分にできることとは思えなかった。

「私には荷の重すぎるお役目ではないでしょうか……」

「やってみるのだ。お家のため、お国のためだ。内憂外患のこの難しい時代、私は直参となって、上さまをお助けしたいのだ。水野忠邦《ただくに》が筆頭老中となって幕政改革に腕を振るっているというのに、同族の私が手をこまねいて見ているわけにはいかないではないか。それに、おまえの産んだ子がお世継ぎとならぬでもない。水野家から将軍を世に送りだすことができれば、これ以上の名誉はない。頼む、お廣、水野家のために、大奥に入ってくれ」

　家長である兄に頼まれて、厭《いや》といえるはずはなかった。

「わかりました」

　承知はしたが、まるで、どこか知らない娘の身の振り方について返答したかのように、実感は湧《わ》いてはこなかった。

廣は、小普請組《こぶしんぐみ》旗本、杉源八郎の養女となって雪江《ゆきえ》と名を改め、かつて大奥に奉公していた老女梅《うめ》から、御中﨟《おちゅうろう》の心得を授けられた。

御中﨟とは、御台所や将軍の身の回りの世話をする奥女中だ。普通、七歳くらいから御小姓として御台所や姫君に仕え、大奥の行儀作法を覚えた娘が、元服後、取りたてられるのだが、そんな手順を飛び越して、廣が御中﨟に志願できたのは、兄忠央の根回しのお陰だった。

忠央は、妹のひとりを、将軍の御小姓頭取、薬師寺元真《やくしじもとざね》の許へ養女に出し、小納戸頭から御用取次となった平岡道弘《ひらおかみちひろ》に嫁がせていた。二人とも将軍側近であるから、大奥にも顔が利く。大奥に三十年以上も仕えた後、引退して、実家に身を寄せていた梅を紹介してくれたのも、平岡だった。

それまで廣は、姉たちは立派な武家に嫁いでよかったと、単純に喜んでいた。しかし、その背後には、将軍に接近するための兄の意図が働いていたことに、初めて気がついた。そして今、自分自身も、兄の出世のための道具として大奥に送りこまれようとしているのだ。どうして、自分なのか。一つ年上の姉でも、紀州にいる一つ年下の妹でもなく、どうして自分なのか、廣にはわからなかった。

しかし、父の命で姉について江戸に下ってきた時と同様、廣はこれもまた逆らうことのできない運命のように受け取っていた。

杉家の養女となって、一月ほど過ぎた春先、廣は、桜を散らした華やかな振袖を着せられ、梅に付き添われて江戸城に上った。忠央が廣に求めたのは、将軍付き御中臈の座だったから、御庭御目見《おにわおめみえ》という手順を踏まないといけないのだという。

濠《ほり》を渡り、平河門をくぐり、迷路のような道をぐるぐると巡った末に大奥に足を踏みいれた廣は、そこで奥女中の吉野を紹介された。四十過ぎの地味な顔立ちの女だった。廣が大奥に奉公するに当たっては、梅が願い親、吉野が養い親となるのだと聞かされた。

廣は、吉野に連れられて、大奥の庭を歩いた。鈍く輝く銅塀に囲まれた中の、池や築山《つきやま》を配した庭の片側に座敷があった。御簾《みす》の奥から将軍が見ているはずだったが、吉野から、まっすぐ前を見て歩くようにと命じられていた廣は、目の隅に座敷を映すだけで、二度ほど庭を巡って帰された。

無事、御庭御目見に適い、桜も散った頃の朝早く、廣は梅に付き添われて、江戸城に戻ってきた。今度は、着物や身の回りの品々を入れた長持が、駕籠の後に続いていた。大奥では、養い親の吉野と同室になるというので、長持はそちらに運ばれたが、廣は梅と一緒に御広敷の座敷に通された。

「大奥に入る際に色々と申し伝えをなさるのは、たいていは御年寄のどなたかなんですけど、なんと今日は上臈御年寄の姉小路《あねがこうじ》さまが直々にお目にかかられるそうでございますよ」

控えの間で、梅がこそこそと廣に告げた。

「はい……」

その名を聞いて、廣が驚くと思っていたらしい梅は、物足りなそうな顔をした。

「姉小路さまは、御台所である楽宮《さざのみや》さまが御輿入れされた時に、京からお側仕えとしてついてこられた御方です。三年前、楽宮さまが亡くなられて以来、大奥で強い力をお持ちになられています。老中の水野さまが、大奥に倹約をお求めになられた時など、あなたさまに妾が必要であるのと同じように、大奥の女には贅沢《ぜいたく》が必要なのです、と一《いっ》蹴《しゅう》されたほどです。姉小路さまのお覚えがめでたければ、なにかと安心でございます」

城主の娘として育てられた廣は、誰かに気に入られることが、自分の今後の役に立つという考え方とは無縁だった。大奥とは、そのような思案をしなくてはならない場所なのかと気が重くなっているうちに、廣たちは座敷に呼ばれた。

そこには、頭の下が膨らんだ形の片外しの髪に、御所車や鼓などの御所風の刺繍《ししゅう》をあしらった豪奢な小袖を着た女が座っていた。三十路を越えているようだが、まだ艶《あで》やかさの漲《みなぎ》る美しさを保っていた。

姉小路は廣に、にこやかな笑みを送りつけてきた。

「水野土佐守忠央の妹御だそうですね。土佐守から、よろしく頼むといわれております」

大奥で覇権を握っていると聞いていたわりには、優しげな口調だった。何といっていいかわからず、ただ両手を畳に突いて、頭を下げていると、横で平伏していた梅が、

「ふつつか者でございますが、よろしくお願い申し上げます」と代わりに返事した。

ああ、このように返答しなくてはならないのだと、廣は顔が赤くなった。

「ただ、大奥のお勤めは、一見、華やかに見えても、その実、厳しいものです。上さま御目見以上の奥女中には、よほどのことがない限り、宿下がりも赦《ゆる》されません。病に罹《かか》っても、大奥内の養生所で養生することになります。一度、大奥に上がれば、三十年以上ご奉公しないと、お召し放ちにはなりません。よくよく覚悟してお仕えいたすように」

三十年……気の遠くなるような年月だ。

呆然としている間に、姉小路は、側の奥女中に、奥女中法度《はっと》を読み上げさせた。

文通は、祖父母、兄弟姉妹、おじおば、姪、子、孫までに限ること。宿下がりの女中は親子であっても宿舎である長局に呼び寄せてはいけない。宿下がりのない者は、祖母、母、娘、姉妹、おば、姪、九歳までの男の子ならば長局に呼び寄せても構わないが、泊める場合は御年寄に断りを入れ、御留守居役に相談のうえ、二晩に限って赦される……。

条項が声に出して告げられるたびに、牢獄にかろうじて光を入れていた窓が、ひとつ、またひとつと閉じられていく気がした。

御法度の次は誓詞だった。

御法度を遵守《じゅんしゅ》して奉公しなくてはならない、悪心を持ったり、陰口を叩いたりしてはならない、好色がましいことはしてはならない、大奥で見聞きしたことは、何ごとであろうと外に洩らしてはいけない等々、奥女中の心得を守るという誓いを書きつけた。最後に、奉公の俸禄を記した御宛行書《おあてがいがき》が下された。御中﨟には、十二石四人扶持《ぶち》、衣装代として年に四十両の他、潤沢な手当がついていた。

廣が御宛行書に目を通し終えるのを確かめると、姉小路はいった。

「そなたの大奥での新たな名は、琴《こと》。お琴として、これより、誠心誠意、上さまにお仕えなさりませ」

雪江という名も他人のようだったが、琴というのはさらに別の女のもののようだった。新たな名が与えられるたびに、廣が薄れていくようで怖くなったが、大人になるとは、そんなものなのかもしれないと思い直した。

「かしこまりました」

廣は運命の前にひれ伏すように、深々と頭を下げた。

「いいですか、髪は櫛巻き。櫛だけですよ。簪《かんざし》は絶対に挿してはいけません」

　将軍の御寝のお伽に召されたと告げて以来、廣の耳許で、吉野は藪蚊《やぶか》のようにぶんぶん騒ぎたてていた。御犬どもがお湯を沸かしている間に、何か食べておきなさい、上さまの御前で、お腹の虫を鳴らしたりしたら、みっともないですからね。軀《からだ》は隅々までよく洗っておかないとだめですよ。着るものは白無垢《むく》。湯文字《ゆもじ》にも、着物にも、染みがついていないか確かめておきなさい……。将軍奥入りの接待を差配する御客会釈であるだけに、養い子に粗相があっては、沽券《こけん》に関わるのだろう。

「わかりました」

　鏡台の前に座った廣は、もう何度目かの同じ言葉を繰り返した。紀州水野家から連れてきた側仕えの女中、宮《みや》が首筋に白粉《おしろい》を伸ばしていたので、顔を伏せていないとならないのは幸いだった。でなければ、白粉の塗りむらでもないかと、隣で目を光らせている吉野に、廣の仏頂面を見咎《みとが》められたところだ。

　階段を上がってすぐにあるその板の間は、廣ともう一人の同居人である御中﨟、さよの身仕舞部屋となっている。すでに日は暮れていて、障子戸の向こうは暗く、行灯《あんどん》の光がぼうと鏡台や長持、衣紋掛《えもんか》けなどを照らしだしていた。

　兄の意図通りに、将軍の閨《ねや》に呼ばれたはいいが、今宵、どのようなことが起きるのだろう。簡単な夕餉を取っていても、湯船に浸かっていても、こうして化粧を施していても、廣の想いはついついそちらに流れていく。

閨で女の身に起きることは、杉家の養女になる前に、水野家に長年仕えてきた久《ひさ》から教えられた。男女が軀を交わらせている枕絵を示しつつ、久は、閨ではこのようなことをいたすのでございますよ、といったものだった。

その絵によれば、どうやら女のあそこに、男のあれを挿しいれるのであるらしい。だが、そんなことができるのか。犬の番《つが》うのを見ると、確かにそうしているようではあるが、上さまのような御方にも、犬と同じようなものがついておられて、そんなことをなされるのだろうかと不思議だった。

将軍は、毎日、昼前に大奥に渡ってくる。その時は、将軍の住まいである中奥との間を繋《つな》ぐ御鈴廊下に、御年寄、御中﨟など御目見以上の奥女中たちが勢揃いし平伏して迎える。香を焚きしめた豪華な小袖を着て、静々と中奥から大奥へと入ってくる将軍はいかにも神々しく、犬や、そこらの男と同じものが股間についているとは信じられない。

しかし、そのことも今宵にははっきりする。いったい自分の身に何が起きるのか。

枕絵と共に久から手渡されたものに、『閨の御慎みの事』という覚書もあった。それには、男女の交わりはいかにも心地よいことであるように仄《ほの》めかされていた。だが、何がどのように心地よいのか、廣にはまったく想像がつかない。

とんとんとん、と階段を上がってくる足音が響き、他の部屋にでも行っていたらしい、同居人のさよの細長い顔が現れた。廣と同じ御中﨟だが、前将軍の正室である広大院《こうだいいん》付きだ。

「あぁ、おさよさん、やっと戻ってこられたんですね。大変ですよ、お琴が今宵の上さまの奥泊まりのお相手に召されたのですよ」

吉野が早速、さよにめでたい話を披露した。

「えっ、大奥に来て、まだ一月ほどしか経ってないのに」

「きっと、上さまは御庭御目見の時から、お琴をお気に召されていたのだと思いますよ」

何年も同居している吉野とさよは、仲がいい。さよは吉野より十歳ほど若いが、妙に気が合うらしい。今も早速、さよは吉野の隣に座りこみ、ぺちゃくちゃとお喋りを始めた。

「だけど、一夜限りとならないように気をつけないとね。先だって御中﨟のおませをお気に召されて、広大院さま付きから、わざわざ上さま付きの御中﨟にして、閨にお召しになられたのに、すぐに飽きられてしまわれたのですから」

「そのおませは今宵の御添寝役だそうですよ」

「さぞかし悔しいことでしょうよ。それにしても、側室にまで取り立てられるのは、なかなかに難しゅうございますね」

「ええ、ええ。ここ十年ほど、新たに上さまの側室になった御中﨟はいませんからね」

二人はすっかり話に夢中になっている。廣は、宮と共に連れてきた側仕えの女中のかえに、新たな白粉を水で溶かせ、今度は自分で刷毛《はけ》を手にして、顔に白粉を塗りはじめた。薄すぎては下品になるので、塗り残しのないように気をつけつつも、兄の望み通りに将軍のご寵愛を受けるにはどうすればいいのだろうと、途方に暮れる想いだ。芝居で花魁《おいらん》が演じているように、取り澄ましていればいいのか。しかし、『閨の御慎みの事』には、何事も慎め、慎め、と書かれている。何をどう慎むのかもよくわからないとはいえ、取り澄ましていてもいけない気もする。

口に紅をさしたところで、階段の上がり口に、部屋子のみちが顔を出して、「御中﨟のおませさまがお見えになりました」と、「お」の連続に舌をもつれさせるようにして告げた。

吉野に追い立てられるようにして、廣は一階に下りていった。

廊下では、廣と同様の白無垢姿のませが待っていた。

「お役目、ご苦労さまでございます」と挨拶《あいさつ》すると、ませは強張《こわば》った笑みで会釈を返し、「それでは参りましょう」と先に立って進みはじめた。

奥女中たちが夕餉を取ったり、湯に入ったりしてくつろいでいる頃合いの長局を、黒髪を櫛で頭に巻きつけただけの白無垢姿で歩くのは、これから将軍の寝間に上がるのだと触れて歩いているも同然だ。女たちの視線が自分に集まるのを感じ、廣は恥ずかしいような、晴れがましいような気持ちになった。

「上さまに召されたのでございますね」

にこやかな声に立ち止まると、出仕廊下の先に姉小路がいた。一の側にある部屋に戻るところのようだった。

ませが素早く横に退いたので、廣は姉小路と対面する形になった。

「さようでございます」

「土佐守もさぞかしお喜びのことでしょう」

姉小路は意味ありげに頷いて、廣の前を通りすぎていった。

出仕廊下を、ませの後について再び歩きだしながら、廣は、姉小路は大奥のどんな動きにも関知しているのではないかと思った。

姉小路には、二年前に亡くなった大御所と密かに通じていたという噂《うわさ》があった。今の将軍と密通したとも聞いている。だからこそ、大奥で大きな権力を振るうことができるのだ、とまことしやかに囁かれていた。

正室は三年前に亡くなったが、将軍の周りには、今も三人の側室がいるし、三十路を越しても、まだまだ艶やかな姉小路もいる。そのような華やかな女の輪の中に、まだ小娘の自分がどうやって割りこめるのだろう。結局は、今宵、閨に呼ばれただけで、もう二度と呼ばれることはないのではないか。

一度、お手つきとなった御中﨟は、嫉妬《しっと》と蔑《さげす》みをこめて、陰で「汚れたお方」と呼ばれるようになる。そして、御添寝役をあてがわれて、新たな御中﨟が将軍の閨に召されるのを見守るしかないという屈辱的な立場に置かれるのだと、先を行くませの後ろ姿を眺めながら思った。

将軍の寝所の入口にある御小座敷の「小」というのは名ばかりで、実際はとても広い。そこには御年寄の松山が待っていて、廣が到着するや、控えの間で髪を解《ほど》かせ、将軍を殺《あや》める武器や、密かに通じるための文など隠し持っていないかどうか確かめた。それがすむと、廣は座敷に通されて、その夜の御添寝役の奥女中たちと一緒になった。

松山とませの他に、剃髪《ていはつ》して僧のような格好をした御伽坊主《おとぎぼうず》の栄水《えいすい》と、糸《いと》がいた。糸は、お手つきではないので、「お清の者」と呼ばれる将軍付き御中﨟だ。

四人はくつろいだ様子で、今度の六月十五日に吹上《ふきあげ》で行われる山王祭の話をしていたが、廣の気持ちは落ち着かず、周りで話されていることなぞ耳に入ってこなかった。

これから上さまの閨のお伽をする。何が起きるのか、どうなるのか。胸がどきどきして、頭がぼうっとなるばかりだ。

大丈夫だ、私はお琴なのだから。

廣は自分に言い聞かせた。

紀州生まれの世事に疎い廣であれば、失態を演じるかもしれないが、私はお琴だ。大奥で名を頂いたお琴ならば、すべてうまくこなすことができるだろう。

「上さまのお成りです」

廊下のほうから声が聞こえた。廣は頭を畳にこすりつけて、衣擦れの音が近づいてくるのを聞いた。

将軍家慶《いえよし》は風采《ふうさい》の上がらない老人だった。小柄で頭だけ大きく、長い顎に飛びでた額。目鼻も口も額と顎の間に、くしゃくしゃと寄せられているように見える。

その宵、初めて廣は将軍の顔をすぐ近くで見たのだった。毎朝の総触れの時には、御鈴廊下に平伏していたし、将軍付きといっても新入りだけに、近くでのお世話はさせてもらえず、いつも少し離れたところで先輩御中﨟の命ずるままに立ち働いていたせいだ。

これが上さまなのか……。

落胆を言葉にするには、将軍はあまりにも畏《おそ》れ多かった。しかし、それはため息のようなものとなって、廣の内に広がっていった。

先代の家斉《いえなり》から将軍の座を譲られた時、家慶はすでに四十五歳になっていた。なのに、家斉は大御所となってからも実権を手放さず、家慶は政《まつりごと》に関しては何を訊かれても「そうせえ」というだけで、「そうせえさま」と呼ばれていたほど無頓着だった。それが二年前の大御所の死去以来、豹変《ひょうへん》した。家斉時代の側近を追い出し、幕府の体制を立て直すために、老中の水野忠邦に思い切った改革を断行させた。次々と打ち出される厳しい法令に不満の声は上がっているが、その変貌《へんぼう》ぶりは周囲を驚かせている。

将軍付き御中﨟になって、そんな話は聞いてはいるが、今宵、御小座敷の御上段に座り、御年寄や御伽坊主や御中﨟たちと共に、山王祭の話に興じる家慶は、ただの五十路《いそじ》を越えた盆栽のような老人としか見えない。落胆のため息は廣の体内にわだかまり、憂《ゆう》鬱《うつ》となって広がっていく。

これではいけない。兄のため、お家のため、上さまのご寵愛を受けるために、大奥に入ったのではないかと、幾度となく自分に言い聞かせているうちに、閨に入る時となった。

寝間にあたる蔦《つた》の間は、御小座敷の奥にあった。控えの間と奥の間があり、廊下に近い控えの間にはすでに蒲団《ふとん》が二組支度されていた。そこには、御年寄とお清の者である御中﨟が寝ることになると聞いていた。今夜の場合は、松山と糸だった。

奥の間には、屏風《びょうぶ》の巡らされた中に、豪奢な蒲団が敷かれていた。細かな模様を縫い取りした掛け蒲団が五枚も堆《うずたか》く重ねられている。その将軍の蒲団の右に一組の蒲団が敷かれていた。

吉野の話では、その蒲団が自分の、衝立《ついたて》で隔てた両端の蒲団は、御添寝役のお手つき御中﨟と、御伽坊主の寝場所だということだった。それにしても、御添寝役の蒲団が、これほど近くに敷かれていることに驚いた。こんな場所で、あの枕絵にあったような男女の営みを行うのだろうかと、廣は空恐ろしいものを感じた。

栄水とませが将軍の着物を脱がせて、小山のような蒲団の中に寝かせると、廣も蒲団に入るようにと促された。廣は白絹の下衣だけとなって横になった。

御年寄の松山と糸が控えの間との間の襖を閉めた。衝立越しに、ませと栄水が蒲団に横になる衣擦れの音が聞こえた。

静かになった蔦の間に、行灯の光が揺れるばかりだ。廣は蒲団の中で目を閉じて、横になっていた。

これから、何が起きるのだろう。

頭の中に渦巻くのは、不安ばかりだ。

そうして、ずいぶんと時が過ぎたように思えた。

「これ……」と、将軍の蒲団のほうから、嗄《しやが》れた声がした。

「はい」

廣は慌てて起き上がると、正座してそちらを向いた。

隣の小山のような蒲団の縁に、将軍の萎《しな》びた顔が覗《のぞ》いている。その顔の横に、枯れ枝のような手が現れて、中に入れというように差し招いた。

這《は》いつくばるようにして、そちらに近づいていくや、手首を摑《つか》まれ、蒲団の中に引きずりこまれた。あっと思う間もなく、背後から将軍が抱きついてきた。

寝衣に焚きしめられた香の匂いが鼻を衝いたが、首筋にかかった息には老人臭が混じっている。かさかさした手が八つ口を抜け腋《わき》の下から入りこんできて、乳房の膨らみに触れた。まだ誰も、廣自身ですらろくに触れたことのない乳房を、その手は撫《な》で、握り、揉《も》みしだいた。もうひとつの手は着物のあわいから腰のほうに潜りこみ、湯文字を抜けて太腿の間に割りこんできた。

あまりのことに、廣は固く足を閉じたが、将軍は太腿の付け根の柔らかな毛の生えた部分に中指を立て、奥の割れ目にずぶりと沈みこませた。

水野家の姫君として育った廣は、用を足す時には、付き従う女中に、尻や秘所の割れ目の奥を拭《ぬぐ》わせていた。その部分に手を遣《や》るのは下々の者であり、まさか将軍の手が入りこむなど、想像だにしたことはなかった。

それに動転したばかりか、将軍の指が割れ目の奥にあるこりこりしたものを押したり、揺すったりし始めるに至っては、顔が真っ赤になり、どうしていいかわからず、泣きたくなった。しかし将軍の為すことだけに、突き放すことも、抗《あらが》うこともできない。為されるままに、乳房を揉みしだかれ、太腿のあわいを弄《もてあそ》ばれるうちに、どういうことか次第に下腹のほうからむずむずとするものが這いあがってきた。怖いようで心地よいようで、自分でもどう捉えていいかわからない。

堪《こら》えきれず呻《うめ》き声が洩れ、廣はぎょっとして手で口を塞いだ。栄水やませが、すぐそばで聞いているのだ。今、将軍の蒲団の中で、自分の秘所が弄ばれていることを知られたりしたら、恥ずかしさに舌を嚙《か》みきって死んでしまいたいほどだ。

いけない、いけない。何も起きていないふりをしなくてはいけない。

必死で堪えているのに、将軍の指先は秘所の奥のこりこりしたものを執拗に押したり、揺すったり、揉んだりしつづけている。首筋には、はっはっという吐息がかかってきて、そのたびに背中から頭の先まで震えが走る。腰から下が溶けてなくなってしまったように、どろどろと熱い。喘《あえ》ぎ声を堪えようと、息を殺すたびに、あろうことか軀の中の高まりが膨らんでいく。それは、どんどんと積み重なり、もう少しで溢《あふ》れそうだ。

不意に、指がすぽりと秘所の中に押しこまれ、閃光《せんこう》のようなものに全身を貫かれた。

「あああっ」

自分でも信じられないほどの鋭い声が喉から迸《ほとばし》り、廣は虚空に沈んでいった。


あの御中﨟は、上さまの蒲団で気を失われたのでございますよ。はしたない声を洩らしたそうな。あらあら、なんてことでしょう。

廣が将軍の御寝のお伽に召された後、そんなひそひそ話が交わされるようになった。

御添寝役で、閨の睦《むつ》みあいのすべてに耳をそばだてていたませか栄水の口から出た話に決まっていた。

事実だっただけに、廣は否定することもできず、ただ恥ずかしさに身を細くしているしかなかった。しかし、だからこそなのか、将軍はそれ以後、たびたび廣を召すようになった。さまざまな行事や精進日のために、奥泊まりできるのは、月の半分もないとはいえ、その三日に一度ほどの奥泊まりの時は他の側室などを差し置いて、廣が呼ばれた。

閨で、将軍は、男を知らなかった廣の軀を揉みしだき、硬さをほぐしていくことに興じているかのようだった。

「どうだ、心地よいか」「ここは、どんな具合かな」「さて、ここはどうじゃ」

廣の軀の細部をくすぐり、つまみ、撫でてはそんなことを訊いてくる。そのたびに顔を赤らめながら、「はい」とか「よろしゅうございます」などと答える自分に、廣は消え入りたい気持ちとなった。

しかし、将軍の手に揉みしだかれるうちに、ほんとうに気持ちがよくなってくるのは、どうしようもなかった。そして、骨が溶けてなくなり、軀が煮すぎた蕎麦のようにくたくたとしてくると、将軍の魔羅《まら》が入ってきた。

そうなれば、廣はもう何が何だかわからなくなる。やがて「うむ、うむ」と唸《うな》りつつ、将軍が精を放つまで、廣は切れ切れの悲鳴を洩らしながら、されるがままになっている。

そして事が終われば、廣はその後の濡れた魔羅を枕紙で拭った。

大の字になって、すでに寝入りかけている将軍に蒲団をかぶせ、枕紙を側に置いてある箱に入れて、左右を見渡す。

御添寝役の二人の奥女中は衝立の向こうで、先ほどの交わりも、自分の後始末する気配も、ずっと聞いていたことだろう。

そう考えると、廣はなんだか自分がからくり人形であるかのような気がしてくる。こちらを押せば、喘ぎ声を洩らし、あちらをくすぐれば悲鳴を上げる。人形がどんな声を上げようとも、誰も気にする者はいない。そのように仕組まれているだけなのだから。

行灯の光に照らされた将軍の閨で、廣は悲しみとも寂しさともつかない気分に包まれる。御伽坊主と御中臈、次の間にも御年寄と御中臈。四人の奥女中たちは、みな寝たふりをしつつ、こちらに耳を澄ましている。こんなに大勢の者がいるというのに、廣は孤独を感じるのだった。

そんな夜を繰り返し、秋になり、月のものが止まった。懐妊の知らせを聞いた兄は有頂天になって、「でかしおり候」という文《ふみ》を寄越した。将軍の胤《たね》だけに、身重となった廣は、お役目を解かれ、安静にしているようにと御年寄から命じられた。

秋も深まった頃、二階の居室の日溜まりで一人、廣が草双紙をめくっていると、吉野がとんとんと階段を上がってきた。今日は、同室のさよともども、昼間の出番の日ではなかったかと不思議に思っていると、御年寄から、居室を一階に移すようにと指示があったのだという。

「二階のどちらに移るのですか」

「上の間ですよ」

そこは縁座敷に面した明るい部屋で、仏間や来客の接待の間として使われている。

「あの部屋を使ってもよろしいのですか」

吉野は仕方ないという顔をした。

「御年寄の命だし、上さまの御子を宿しているおまえを、薄暗い次の間や相の間なぞには置けませんからね」

「私はこの二階でもいいのですが……」

二階の窓からは空も庭木も眺められるので、廣はけっこう気に入っている。

「いえいえ、うっかり階段から転げ落ちたりしたら大変です。お金《きん》の方の後だけに、用心しないと……」

「お金の方とはどなたでございますか」

廣は草双紙を傍らに置いて、怪訝《けげん》な顔を吉野に向けた。

「ああ、おまえが大奥入りしたのは、この春でしたね。お金の方は、その少し前、二月頃でしたか、難産でお亡くなりになったご側室ですよ。御子も死産で、母子もろとも亡くなったのです」

「お気の毒に……」

廣の手は自然に、まだ膨らんでもいない腹に置かれていた。吉野もつられたように廣の腹に目を遣り、声を潜めた。

「お金の方がその前にお産みになった三人の御子も、死産だったり、一歳にもならないうちに亡くなられたりしております。他のご側室の御子も夭逝《ようせい》続きで、元服まで迎えられた方は僅かしかおられません。お美代《みよ》の方が、密かに呪詛《じゅそ》されておられたからだという噂も真《まこと》かと思うほどに……」

廣は眉根を寄せた。その噂は、廣も大奥に入って以来、時折、耳にしていた。

お美代の方は、大御所の側室だった。ご寵愛をいいことに、大御所にねだって、下《しも》総国《うさのくに》にある実父の智泉院を、将軍家のご祈禱取扱所に取りたててもらい、さらには江戸雑司ヶ谷にも感応寺《かんのうじ》という豪華な大寺を建立《こんりゅう》するまでとなった。このふたつの寺に、大奥や大名家の奥女中たちが足繁く参詣に通うようになると、そこで僧侶たちと密通しているという噂が流れはじめた。このため、二年前、後ろ盾となっていた大御所が亡くなると、お上《かみ》の取り調べが入って、寺はお取り潰しになった。当時、まだ紀州にいた廣は、その事件のことはぼんやりと耳にしただけだ。今でも、お美代の方の父と甥の僧侶は女犯《にょぼん》の罪に問われたが獄死し、お美代の方は押込めになったという以上のことは知らなかった。

「どうして大御所の側室であられたお美代の方が、上さまの御子を呪詛するのですか」

この噂を耳にした時から疑問に思っていたことが口をついて出てきた。

「お美代の方は、孫にあたる犬千代《いぬちよ》さまをお世継ぎにしたいと企《たくら》まれたからですよ。犬千代さまは、お美代の方の娘の溶姫《やすひめ》さまが加賀前田家にお輿入れしてお産みになった御子で、大御所のお孫さまにあたりますからね」

家慶の跡継ぎについては、さまざまに取り沙汰されていた。というのも、家慶の世子《せいし》であるはずの家祥《いえさち》は病弱であるばかりか、癪《しやく》持ちであるという話もあり、次代将軍にふさわしくないと囁かれているからだ。

「だから上さまの御子を呪詛されたと……」

「噂ですけどね。というのも、お美代の方は、お亡くなりになった大御所が、十四代将軍は犬千代さまであるとあたかも記したようにお墨付きを偽造して、先々、跡継ぎの問題で揉めた時のためにと、広大院さまにお預けになっていたのです」

二階に他には誰もいなかったせいか、噂好きの吉野は嬉々として話しはじめた。

「しかし、悪いことはできないものです。智泉院と感応寺のお取り調べに当たった寺社奉行の阿部《あべ》さまがそのことを探りだして、広大院さまから偽のお墨付きを受け取り、上さまにお渡しになったのです。それで上さまはお怒りになって、お美代の方を本郷《ほんごう》の前田家の屋敷に押込めとなされました」

「お美代の方は、智泉院と感応寺の件で押込めになられたとばかり思っていました」

吉野は鼻の横にある大きな黒子が隠れるほどに顔をしかめた。

「あの一件で、お美代の方をお咎《とが》めになるなぞ、できない話だったのですよ。なにしろ、大奥の半数以上の奥女中たちが、参詣にかこつけて僧侶たちと密通していたということです。それらの者全員がお咎めを受けることになれば、大奥の面目丸潰れ、果てには上さまのご威光にも傷がつきます。ですから、偽のお墨付きの件にかこつけて、お美代の方だけが処分されたのです」

大奥の半分以上の奥女中が僧侶と交わっていた……。空恐ろしいような気分になって、廣の顔が強張った。

「ずいぶんと位の高い方まで、あの寺に行っていたらしいですよ。御年寄の花崎《はなさき》さま、波江《なみえ》さま、染岡《そめおか》さまはじめ、表使から御伽坊主まで」

剃髪し、僧侶の格好をして、御添寝役に当たる、御伽坊主の初老の女たちの姿が頭に浮かんだ。

「御伽坊主まで密通していたというのですか……」

吉野の顔から一瞬表情が消えた。白い障子窓に目を遣り、それから、ひとつ息を吐いた。

「男の姿をしていても、歳は取っていても、女は女ですよ。御目見以上の奥女中は、殿方と交わることは許されていません。三十年のご奉公の後にお召し放ちとなっても、もう五十近くで、睦言など交わす時は過ぎてしまっています。だけど、女として生まれたからには、一度は、男女の営みというものを味わってみたい。すると、その機会は、お城を出ることのできるお寺の参詣の時に限られてきます。ですから、智泉院や感応寺のようなことが起きるのです。今でも、時々、寛永寺や増上寺の参詣にかこつけて、役者や陰間と密通している奥女中もいるという話です」

「今でもですか。でも、どうやって……」

吉野はふっと笑った。

「蛇《じゃ》の道は蛇《へび》、というでしょう。寛永寺や増上寺の門前町の茶屋には、そのための座敷が用意されていたりするのですよ。智泉院や感応寺をお取り潰しにしても、女の性《さが》まで押し潰すことはできないということでしょう」

奥女中の密通に同情的なところを見ると、吉野も、こっそりと男と交わることがあるのだろうか。そんな疑問が芽生えたが、言葉にはならなかった。

「さあさあ、いつまでもお喋りしていては日が暮れます。早く下に移る支度に取りかからないと」

吉野は気分を変えるように太い声を出すと、階下に向かって手を打ち合わせ、「御犬、御犬、来やれ」と下女を呼びたてた。

年を越し、梅の季節、桜の季節と過ぎるうちに、花の蕾《つぼみ》が膨らむように、廣の下腹は大きくなっていった。幸い、さほど悪阻《つわり》に悩まされることもなく、吉野の部屋の上座敷でただのんびりと過ごしているうちに、臨月も近い五月に入った。

その日、廣は腹の中の子の動きを感じて、暗いうちに目覚めた。吉野もさよも、お袖という夜の当番に当たっていて、部屋にはいない。未明の静寂の中に、雨音だけが響いている。雨はもう五日ばかり降り続いていて、空気も壁も柱も着物も、すべてがしっとりと湿っているようだ。廣は寝起きのぼんやりと沈んだ気分で、天井に踊る行灯の光の影を眺めながら、腹の子のことを想った。

この子の父が将軍であるということが、まだ腑《ふ》に落ちない。将軍は、紀州にいる父よりも年上だ。父とさほど親しく口を利いたことがないのと同じように、廣は将軍ともほとんど話らしい話を交わしたことはなかった。閨に入る前の談笑も、御年寄や御伽坊主や他の御中臈も交えてのことだから、通り一遍の世間話でしかなかったし、閨の中でも御添寝役に聞かれると思うと、声が出ない。将軍から、心地よいかとか、悪いかとか以上のことを話しかけられることもない。

懐妊してから夜のお召しはなくなり、たまに午後、将軍が奥入りした際に、廣は御小座敷に呼びだされて、具合はどうかと訊かれたりするようになった。しかし、その時にも御年寄やら御中﨟やらが侍《はべ》っていて、形式的な会話の域を出るものではない。なにより、朝の総触れの御鈴廊下や、昼の御小座敷で目にする将軍と、寝間の小山のような蒲団の下で廣の軀をまさぐる男とを結びつけるのは難しかった。幾重にも重なった絹の蒲団の下にいるのは、男ですらなくて、何か人とは別のもののようにも思えてしまう。廣の腹の中にいるのは、その何かの子なのだ。

何なのだろう、それは……。

行灯の光の揺れる天井を仰ぎつつ、廣の想いはあらぬ方向に流れていく。まるでその考えが形を成したかのように、天井板を這う黒い流れが見えた。次の間との境の欄間《らんま》から入ってくるもやもやとした煙のような……。

不意に、きな臭さが鼻についた。同時に微かに、人の叫び声のようなものを聞いた。

「火事、火事でございます」といいながら、隣の間に寝ていた女中の宮とかえが部屋に走りこんできた。廣は蒲団を撥《は》ね除《の》け、起き上がると、寝衣の上に小袖を羽織り、二人の女中に抱えられるようにして廊下に逃げだした。

二の側を横に繋ぐ廊下には、すでに煙が立ちこめていて、部屋から転がるように出てきた奥女中や御犬、部屋子たちが逃げ惑っている。たちまち、あたりは女たちの悲鳴や泣き声でいっぱいになった。御犬を追いたてて、部屋から長持を運びだそうとしている老女、泣きじゃくっている幼い部屋子、人の背を突き飛ばして走っていく若い御中﨟。

「火元は一の側ですよ」

「あちらはもう火に包まれていますっ」

そんな声が耳に届く。女たちは三の側や庭に通じる方角に逃げていく。廣も宮とかえと共に人々の流れに加わった。

廊下を突きあたりまで走り、庭に出ると、雨が降りかかってきた。朝まださの闇空を押し返すように、ごおごおと一の側の長局が火炎を上げている。この雨の中で、どうしてこれほど燃え盛ることができるのか不思議なほどだが、盛大な勢いで、火の手は二の側や御殿向、御広敷へと広がりつつあった。

大奥の周囲は、銅塀によって厳重に囲まれている。出入口は、将軍の渡ってくる御鈴廊下と、奥女中たちの通用口である七つ口しかないのに、それらは火に包まれはじめている御殿向と御広敷にあった。急がないと、逃げ場を失って火に焼かれてしまう。女たちは銅塀に沿って一の側へ回りこみ、御鈴口や七つ口の方向に押し寄せはじめた。こうなれば、御年寄も御犬も関係はない。もたつく者を突き飛ばし、我先に逃げようとする。廣はいつか宮たちとはぐれてしまい、人の流れに揉まれつつ、大きく張りだした腹を抱えるようにして、御鈴口に向かっていた。

長雨のために、庭はぬかるんでいる。足許は滑りやすく、ともすれば転びそうだ。

転んではいけない。腹の子を流してはならない。動転した胸の内で、廣はそのことばかり考えていた。

腹の子は、上さまのご寵愛の印。兄や水野家の隆盛の布石となるものだから、落としてはならない。

そこまで思って、はっとした。

布石……石……落としてはならない。

そうなのだ。この腹の子は、子であるよりも先に、兄が上さまに近づくための布石であるのだ。自分の孕《はら》んでいるのは、命ではなくて、ただの石なのかもしれない……。

その考えはあまりにもぞっとするものだったから、いつしか足が止まっていた。

廣は後ろから来た者に突き飛ばされ、脇に退いた。目の前をずぶ濡れになった女たちが悲鳴を上げながら逃げていく。頭上では天を突くほどの火柱が上がっている。明けつつある空に火花混じりの煙がもくもくと立ち上っている。

「こんなところでぼさっとしてちゃ、駄目じゃないのっ」

咎めるような声に顔を向けると、同室のさよが立っていた。御殿向にある広大院の部屋の前だった。広大院付き御中﨟だけに、さよがそこにいても不思議ではなかった。

「あ……あぁ、おさよさん……」

「早く御鈴口のほうに行くんです」と、さよが方角を示しているところに、縁側から奥女中たちに担がれた黒漆塗に金の蒔絵のちりばめられた立派な駕籠が下りてきた。数人の大奥付きの役人たちが駕籠を守るように従っている。火急の事態だけに、男子禁制の掟は無視されたらしい。年老いて、足腰の達者でなくなった広大院のために、乗り物が出されたのだろう。さよも廣も、駕籠を通すために脇に退いた。

庭に駕籠が下ろされた時、「広大院さま、広大院さま」と叫びながら廣と同じくらいの歳の御中﨟が手燭《てしょく》を持って走り寄ってきた。白無垢の寝衣姿なので、部屋で寝ていたのだろう。背後には二人の側仕えの女中が従っている。広大院付き御中﨟で、心配して駆けつけたようだった。

「おてやか」

窓の御簾《みす》が上げられ、広大院の白い頭巾《ずきん》が覗いた。子供くらいの背丈しかないので、窓の下のほうから目だけが覗いていた。

「花町《はなまち》はどこぞえ」

てやは、はっとしたように火に包まれた長局のほうを振り返った。

「おまえは花町の部屋子だったはず。老齢で足腰の弱っている花町を置き去りにするつもりではないでしょうね」

てやの持っていた手燭が一瞬、揺れた。

広大院の身の回りの品々を入れた風呂敷包みを携えて、駕籠に従っていた奥女中たちは、困ったように顔を見合わせた。長局に誰か残っていたとしても、助けられたものではない。

しかし、てやは「かしこまりました」と答えて、長局のほうに走りだした。てやの側仕えの女中二人も慌ててその後を追った。

安堵したような広大院の顔が御簾の背後に隠れ、駕籠は動きだした。六、七人の女たちが重い長柄《ながえ》を肩に載せて、よろよろと進んでいく。さよが、「あなたも早くこちらに」と囁いて、広大院の駕籠の後に従っていった。

火事は雨空を赤く染めて燃えつづけている。頭上からは火の粉混じりの雨が降りそそぐ。ぱぁん、ぱぁん、と木の爆《は》ぜる音が響いている。逃げまどう女たちの悲鳴がそれに混じる。その中に飛びこんでいった若い御中臈と二人の女中の姿が目に灼《や》きついていた。

命じられれば、どんなことであろうと従うしかないのだ。自分が兄の命に従って大奥に入り、布石を宿したように……。

これが大奥なのだ。誰かが誰かの道具となってしまう場所。

「逃げろ、御鈴口のほうに逃げろっ」

大奥付きの役人が叫んでいる。女たちの流れが、御鈴口へと押し寄せている。

逃げる……どこに逃げるというのだろう。逃げても、その先にあるのは、やはり大奥でしかないのではないか。

人に押されつつ、廣の中ではそんな疑問が渦巻いていた。

火事は、翌日も燃えつづけ、大奥ばかりか本丸御殿も焼き尽くした。奥女中たち四十人以上が焼け死に、その中には、御年寄の花町も、助けに行ったてや二人の女中も交じっていた。

火元は、広大院付き上臈御年寄、梅渓《うめたに》の部屋の台所だということになった。夕餉の天ぷらで使った炭を水で消し、壺に入れて炭置きに置いたが、熾《おき》が燃え始めて周囲の炭俵に燃え移ったのだという。しかし、ほんとうは隣の姉小路の部屋の台所から出火したのだという噂も囁かれていた。姉小路はかつて梅渓とよく連れだって感応寺に参詣し、若い僧侶と密通していたのだが、その秘密が洩れるのを恐れて、わざと火を放ち、梅渓を罪に陥れたのだと囁く者もいた。

梅渓はその後、行方をくらました。首を吊って死んだとか、押込めになったとかいわれているが、定かなことはわからない。いずれにしろ、火元の追及も、梅渓の消息も闇に葬られ、早速に大奥も本丸御殿も再建が始まった。

火事の十日ほど後に生まれた廣の子は、女の子だったが、一歳になるかならないかのうちに夭逝した。廣は、そうなるのが定めであった気もした。

自分が身ごもったのは命ではなく、兄の布石、石でしかないのだとしたら、当たり前ではないか。命のあるふりをしていても、石は石。どうして成長できよう。幼いうちに死ぬしかないのだ。

その考えを裏打ちするように、その後、孕んだ子は長生きしても一年余りで、次々と死んでいった。お琴の方と呼ばれる側室となり、自分の部屋をもらえたとはいえ、大きくなった子は一人もおらず、立場は弱い。

廣が大奥入りして十年目に身ごもった四人目の子、長吉郎《ちょうきちろう》を二歳になったところで失った時には、もう悲しむことはなくなっていた。だが、兄の落胆は大きく、おまえはいったい何のために大奥に入ったのだと詰《なじ》るような書面を送りつけてきた。

兄の怒りもわからないではなかった。側室として十年も過ごせば、将軍と少しは親しい言葉を交わすようにもなったが、ご寵愛を盾に、何でも無心できるほどではない。何より、先代の側室、お美代の方の災禍を繰り返してはならないと、老中たちが目を光らせていた。それでも、何度か廣は水野家の新宮所領を藩として取り立ててくれるように、将軍に頼みはした。しかし、家康公の時代に附家老職を命じられた他の家の手前、水野家だけ特別に藩主に取り立てるわけにはいかないと断られてしまった。残る希望は、廣の産んだ子が世継ぎとなることだったが、二人目の男子もまた夭逝してしまったのだから、さぞかし悔しかったことだろう。

廣は二十六になっていた。将軍と閨を共にすることを断らなくてはいけない御褥御免《おしとねごめん》の歳、三十路も近い。これから先、自分の人生は、蠟燭《ろうそく》の火が消えるように静かにしぼんでいくだけだろうと感じていた。

そんな廣の心境とは裏腹に、世の中は激動の時代を迎えつつあった。

江戸湾浦賀沖に黒船が現れたのは、長吉郎を失った年の六月三日だった。

「四隻もやって来て、帆柱も船体も真っ黒なんだそうでございます。それはもう大きくて、千石船の十倍も二十倍もあって、そのうちの二隻は、なんと、灰色の煙をもくもく吐いて、風がなくても走る船なんだそうです」

勢い込んで報告してきたのは、側仕えの女中の宮だ。同輩だったかえは奉公をやめて、蠣殻町《かきがらちょう》の商家に嫁いだが、宮は廣の許に残っていた。

「風がなくても走るのですか」

開け放した障子戸から吹きこむ夏の涼風を感じつつ、おっとりと廣は訊いた。このところ将軍は暑気あたりで床に臥していて、朝の総触れもないために、昼前のこの時間、ゆるりと過ごしていた。

「はい。蒸気船というものだそうでございます。船大将はペロリとかいう男で、天狗のような鼻に、髪の毛は赤くて、手足は鳥のように長いそうでございます。ペロリは国を開けといいに来たということです。いったいどうなるのでしょうか。恐ろしい気がいたします」

宮はいかにも怯《おび》えた風にいったが、心のどこかでこの事態に興奮しているのは、その目の輝きから見て取れた。

兄の忠央もきっとこの黒船来航に興奮していることだろう。長年にわたり興味を抱いてきた異国の船が、江戸の目と鼻の先に現れたのだ。すでに馬を駆って、浦賀まで見物に出かけたかもしれない。

しかし、黒船も、廣にとっては彼方の出来事でしかなかった。この江戸城の奥深くまでは、黒船騒動といえども入ってこられはしない。自分の暮らしとは何も関わりなどないだろう、と考えていた。

だが、廣は間違っていた。

黒船が幕府への親書を渡し、来年にまた戻ってくると言い残して浦賀沖から消えた十日後、家慶が死んだ。まるで黒船が連れ去ったかのようだった。

家慶の子、家祥が、家定《いえさだ》と名を改めて将軍職に就いた。家慶の死と共に、妹の産んだ子が世継ぎになるかもしれないという、忠央の夢は破れた。しかし、それで落胆するような忠央ではなかった。脆弱な体質である家定がいつまで保つかわからないから、紀州徳川家の八歳の藩主慶福《よしとみ》を次期将軍にしようと画策しはじめた。そうなると、もはや廣のことなど顧みもしなくなった。

不要となった道具は、お蔵入りというわけか、と廣は皮肉に思ったものだった。

仕えるべき将軍を失い、落飾《らくしょく》して尼となった大奥の女たちの「蔵」とは、比丘尼《びくに》屋敷とも呼ばれる桜田御用屋敷や、二の丸御殿だ。妙音院《みょうおんいん》という院号を頂いた廣は、本丸から二の丸に移り、家慶の位牌《いはい》を拝み暮らすようになった。

このまま朽ちていくのだと、廣は諦観した。それしか、廣には許されていなかったともいえた。


とーんとんとん、とんとんとんとん。

微かに響く音に気がついたのは、二の丸にある秋月院《しゅうげついん》の部屋で、茶を飲みつつ京菓子を食べていた時だった。

「祭囃子《まつりばやし》でしょうか」

ふと頭に浮かんだ連想が、ぽろりと廣の口をついて出てきた。膝に載せた猫を撫でていた秋月院は苦笑した。

「厭ですよ、妙音院さま。普請の音です。先だっての地震で壊れた御広敷で大工が働いているのでございます」

「あぁ、あの地震の……」

思い違いに、廣は顔を赤らめた。

江戸が地震に襲われたのは、去る十一月四日の朝だった。御殿の奥に住まう女たちが朝餉を取ったり身支度を調えているところに、大きな横揺れが起きた。廣の部屋では、掛け軸が落ち、屏風が倒れて、行灯を壊した程度だったが、古くなっていた御広敷は建具が壊れ、軒の庇《ひさし》も落ち、かなりの被害を受けたのだった。

「あの地震では、南部《なんぶ》さまや鍋島《なべしま》さまのお屋敷も崩れたそうでございますからねぇ」と話す秋月院の横から、落雁のかけらを手にしたまま姉小路が、「江戸はまだましで、駿《する》河《が》から紀州までものすごい揺れだったそうですよ」と話に加わった。

家慶の死後、姉小路は勝光院という院号を得て、かつての奉公先である毛利家の江戸屋敷で暮らしている。

秋月院は、お津《つ》由《ゆ》の方と呼ばれていた家慶の最も若い側室だった。家慶の生母である香琳院《こうりんいん》や、七年前に亡くなった家慶の側室清涼院とは親戚筋に当たり、大奥では古顔の姉小路とも親しくしていた。だから姉小路は大奥から出ても、時々、秋月院の部屋に遊びに来る。今日も姉小路が京菓子を手土産に訪ねてきたから一緒に食べようと、秋月院に誘われたのだった。

年齢の近い津由と廣は、家慶の生前は、牽制《けんせい》しあい、暗黙のうちに火花を散らしあっていたのだが、今では、部屋を訪ねあい、老女のように茶を飲む仲となっていた。

「沼津《ぬまづ》では土地がごっそり陥没したり、三島《みしま》のほうでは泥水が二階家の欄干まで噴き上げたり、町中のあちこちで水が湧いてでたりしたそうです。下田《しもだ》に碇泊中だった露西亜《ロシア》の黒船も大津波で沈み、急遽、戸田《へだ》のほうで代わりの船を建造することになったそうですね」

　亜米利加《アメリカ》の黒船が約束より半年も早く戻ってきたのは、今年の一月のことだった。今度は七隻の大艦隊で、蒸気船が三隻も交じっていた。その軍備のものものしさに押しきられ、幕府が渋々と日米和親条約を結んだところ、九月には、大坂湾に露西亜の黒船が現れて、日露和親条約を迫《せま》った。その条約締結のために下田に碇泊していた船が沈没したのだと姉小路は説明した。

　秋月院が相変わらず猫をくすぐりながら、ため息をついた。

「なんだか今度の地震も、黒船が連れてきたようでございます。物騒なこと続きで、厭な予感がいたします」

「ですから、幕府は元号を変えるおつもりなんですよ」

「嘉永を変えるのでございますか」

「ええ、それも年内に。朝廷のご意向は文長でしたのを、幕府は安政を押し通したようです。私もそちらがいいと、老中の阿部さまにお勧めしました。きっと、今度の亡き上さまの月命日の二十二日を待ってからの改元になるでしょう」

　姉小路の言葉に、廣は、ああ、また一月が過ぎたのかと思った。家慶の死後、月命日の二十二日には仏壇に花を飾り、部屋でささやかな法要を営んでいる。自分が死ぬまでこれが続くのだ。世の中が文長に変わろうとも、安政に変わろうとも、廣の前に待ちうけている余生に変化があるとは思えない。

菓子を食べ終え、お喋りも止まり、秋月院の部屋に疲れたような静けさが訪れた。いつか普請の音も止んでいた。それを祭囃子と聞き間違えたのは、自分の心のどこかに、このまま枯れてしまいたくないという抗いがあるせいではないかと、廣はふと思った。

「あらあら、すっかり長居をしてしまいました。本丸にも立ち寄らねばならないので、これでお暇《いとま》いたしますよ」

姉小路は腰を浮かせた。廣もそれを潮に秋月院の部屋を出た。

「これから、大奥で土佐守とお会いするのですよ」

姉小路は廣と並んで進みながら話しかけてきた。

「兄が大奥に参るのですか」

「もちろん、お入りになるのは御広敷までですけど。本寿院さまの許に、紀州の慶福さまをお連れするのでございますよ」

本寿院は、将軍家定の生母で、以前はお美津《みつ》の方と呼ばれていた側室だった。今は本丸で権勢を誇っていた。

「ああ、さようでございましたか」

「慶福さまはまだ九歳だというのに、ほんに賢くて、先々が楽しみでございます。今から御正室にはどなたがいいかなどと、土佐守と話しているのですよ」

兄と姉小路は、慶福をお世継ぎとするために手を組んでいるのだろうと、廣は想像した。しかし、それは廣にとってはまったく関わりのない世界のことでしかなかった。

「それでは、兄上には、お元気であられたことをお伝えしておきましょう」と会釈すると、姉小路は風のような勢いでお供の女中たちを従え、廊下を遠ざかっていった。

日比谷御門の外にある毛利家江戸屋敷の姉小路の許には、今も幕僚たちがご機嫌伺いに訪れているという。そのせいか、四十代も半ばを過ぎたはずなのに、色香を失ってはいない。それに比べて秋月院も自分も、三十前だというのに、すでに年寄りじみてしまった。

置き去りにされてしまったのだ。時代に、人々に、すべてのものに……。

姉小路の一行も消え、ひっそりとした廊下で、廣の足は止まった。

葉を落とし、寒々とした木々の目立つ庭が目に飛びこんできた。自分の姿を重ねあわさずにはいられない冬枯れの庭園の中で、ただ一か所、鮮やかな色を放つ茂みがあった。満天星《どうだんつつじ》だ。燃えたつような緋色の葉が目に入ってくる。

あのように鮮やかな色を放つ人生もあったものを……。

言葉にならないそんな想いが胸にこみ上げてきた時、少し離れたところにある庭木の陰に佇《たたず》む男に気がついた。黒い股引《ももひき》に半纏《はんてん》、鉢巻を締めた大工だった。色白で尖《とが》った顎。

目許は細く切れている。かつて憧れた歌舞伎役者の澤村宗十郎によく似ている、と思ったとたん、廣の心臓が、どきん、と大きく波打った。

腕組みして、優しげな目つきで、満天星の茂みに見入っている男の姿は、まるで歌舞伎の舞台の一場面であるかのように粋だった。

人の気配に気がついたのか、男の顔がついと巡らされ、廊下に立つ廣へと向けられた。そこに尼形《あまなり》の女を見て驚いたようだったが、男は優しげな顔つきを崩すことなく、照れたようにお辞儀して、軽やかな物腰で御広敷のほうに去っていった。

惚れる、とはこういうことだったのだ、と廣は思った。

満天星の緋色《ひいろ》に、身も心も染まるような、水墨画の世界が、華やかな色彩の世界に変貌するようなもの。以来、廣の心は、その大工によって占められた。

朝、目覚めた時に真っ先に頭に浮かぶのは、大工の顔だったし、亡き将軍の位牌に向かって手を合わせている時すら、心はいつしかあの大工の許に彷徨《さまよ》っている。

どの柄の着物を着ようかと、廣は悩むようになった。落飾してから化粧は控えていたのに、また白粉を施すようになった。口に紅をさすのまではできないとはいえ、長々と鏡を覗きこむようになった。最後に白い頭巾を被るたびに、尼の身であることが悲しくなった。

宮にあの大工の素性を調べるように頼むと、ほどなく伝えてきた。幸次朗《こうじろう》という名の大工の棟梁《とうりよう》だという。歳は三十六、七、妻とは死に別れて独り身だと聞いて嬉しかった。

廣はさしたる用もないのに、御広敷に足を向けるようになった。二、三十人いる工事方役人や職人たちの中でも、幸次朗のいなせな姿は、舞台の立役者のようにすぐに目に留まった。

幸次朗は廣に気がつくと、会釈するようになった。微笑むと、白い歯が覗き、灰色がかった目が細くなり、尖った蒼白の頰が緩む。廣の下腹がきゅっとすぼまり、全身がかっと熱くなった。

言葉を交わすようになるまでに、時はかからなかった。

毎日、ご精が出ますこと。

このところ天気がよくて、ありがたいことでございます。

好天はよろしいのですが、めっきり寒くなりましたことですね。

今朝、家を出る時、霜が降りていました。

家とはどちらなのですか。

麴町《こうじまち》でございます。

他人の目もあるだけに、他愛のない話を二言三言交わすだけだったが、その短い時は、廣にとっては永遠ともいえるほど長く、激しいものだった。

部屋に戻ると、廣は二人の会話を心の中に蘇らせ、何度も何度も楽しんだ。夜、蒲団に横になっても、幸次朗の顔が瞼《まぶた》に浮かび、なかなか寝つけなかった。

今、幸次朗が隣にいれば、どんなにいいだろう。あの力の漲る男らしい軀にしがみつきたい。そしたら、幸次朗の色白で、それでいてがっちりと強い手が、この肌を撫で、肉を揉みしだいてくれるだろうか。あぁ、このように……このように……。

廣の手は乳房をつかみ、足の間へと伸びていく。軀がむずむずしてきて、太腿の奥が悲鳴を上げているかのように熱くなる。廣の指は、奥にある種へと進んでいく。

独り寝の蒲団の中は、肉の悶《もだ》えで熱くなる。

指で自らを慰めてから、廣は途方もない寂しさに襲われる。

自分はもう尼なのだ。男のあの硬いものを受け入れることなぞ、二度と起きるはずはない。上さまの死と共に、女としての生は終わった。幸次朗のあれを、この肉の内に呑みこむことはできない。あきらめるしかない。

そう自分に言い聞かせて眠りにつく。

なのに、翌朝、目覚めると、幸次朗はもう仕事に来ているのだろうか、今日はどんな着物を着て、御広敷を覗こうか、などと考えて、そわそわし始めるのだ。

年の暮れには、御広敷の普請は終わるという話を耳にした。

もうすぐ幸次朗はいなくなる。廣の目の前から永遠に消えてしまう。どうすればいいのだろう……どうすれば……。お城に住まい続ける定めの廣が、男と、それも町人の男と交わることなぞありえない。

どうしようもないのはわかっている。廣の喉から声は出ない。幸次朗が視界からいなくなるのを見守るしかない。

大晦日も近い日、新しい建具が入り、見事な絵の描かれた襖や屏風の巡らされた御広敷が完成した。賑やかな金槌の音や大工たちの気配は消え、二の丸の奥はまた静かになった。


寒々とした朝日に、増上寺の大門の朱色すら色褪せて見えた。一月二十二日の家慶の月命日の日、奥女中や二の丸御殿の奥に仕える役人を従えた廣の駕籠は、下馬札の立つ橋を渡り、山門をくぐり、境内《けいだい》に静々と入っていった。

本堂の前で廣は駕籠から降りると、住職への挨拶は表使に命じ、宮と数名の奥女中だけ連れて、徳川家霊廟のほうに進みだした。二代秀忠公を始め五人の将軍の御霊屋《みたまや》のある増上寺徳川家霊廟は、本殿の左右に分かれて設けられている。まだ朝早くで参詣客は少ないし、畏れ多い将軍家霊廟の並ぶこの付近まで足を延ばす者はまずいない。

掃き清められた参道の両側の木立から小鳥の声が降りそそぐ中、廣は胸を高鳴らせて、家慶の墓へと進んでいく。やがて、木造に色鮮やかな彩色のされた霊廟の門が見えてきた。寺のほうでも今日が月命日だとわかっているので、すでに門は開かれている。だが廣は門の奥ではなく、周囲に目を走らせた。横手の松の老木の下に、すらりとした男の姿が佇んでいた。

幸次朗だ。

喜びのあまり、廣はその場に膝を崩して泣きだしたくなった。

叶った。想いが通じた。

昨年末、幸次朗が御広敷から消える前、立ち話のついでに何気ないふりをして訊いたのだった。

ここの普請が終わってからは、どこぞのお屋敷でまた働くのですか。

いいえ、正月はけっこう暇なのでございます。暮れは大忙しなのですが。

逆さまでございますね。私は日頃は暇ですが、お正月には、あちこちに新年のご挨拶に参るため、色々と忙しいものです。お仕えしていた上さまの月命日の二十二日には、朝早くからお墓参りに行かねばなりませんし……。

そして一呼吸置いて、幸次朗の目をひたと見つめて続けた。

おまえもその日の朝、芝増上寺の上さまの墓前に行くやもしれませんね。

幸次朗は一瞬、ぽかんとした顔をして、ぱっと破顔した。

廣の言葉の裏を、幸次朗はくみ取ったのだ。

幸次朗に軽く会釈すると、廣は何事もなかったようにお供を従えて、霊廟の中に入っていった。後は、宮が取りはからってくれるはずだった。

増上寺の門前町は、土産物屋や茶屋が立ち並び、いつも賑わっている。家慶の月命日で、増上寺の霊廟まで赴く時、廣は門前町にある白川という茶屋で休んでいくことにしていた。たまにお城から出るのだから、お供の者たちの気晴らしにもなるように中食《ちゆうじき》も取る。供の者たちは別室で、廣は気の知れた宮と二人で庭に面した座敷でゆるりと食べてから、午後遅くにお城に戻っていた。

しかし、その日の中食は宮とではなく、幸次朗と差し向かいだった。湯殿のついた続きの部屋には、屏風の引き回された内に蒲団が敷かれている。

もう十年近くも前に吉野が、寛永寺や増上寺の門前町には、密通に使われる茶屋があるといっていたことを思い出し、宮に行きつけの白川に問い合わせさせたのだ。大奥の奥女中たちも使っている茶屋だけに、すんなりと話はついた。

廣と幸次朗は、夫婦のように、座敷で向かい合って、酒を酌み交わし、正月の季節の珍味を美しく盛りつけた数々の膳を味わった。

それは二人きりの祝言でもあった。厳かに、静かに、微笑みを交わしつつ、酒を嗜《たしな》み、箸を口に運んだ。

言葉は要らなかった。自分の気持ちは、ここに誘ったことで伝わったはずだし、ここに来たことで幸次朗の気持ちもわかったと、廣はただ嬉しかった。心が浮きたち、押さえていないとどこかに飛んでいってしまいそうだった。

中食が終わると、廣は幸次朗の手を取って、続きの間に誘った。この成り行きを想像していたのか、驚いたのかわからないが、幸次朗は敷かれた蒲団を見ると、廣に向き直り、抱きしめた。廣にはそこに万感の想いがこもっていると感じられた。

障子窓を閉め、屏風を立てた薄暗い部屋で、着物を脱ぎ蒲団に入ると、お互いの軀がそこにあることが信じられないかのように、肌を撫であい、手足を絡ませ、隅々までまさぐりあった。廣は自分がこれほどにも淫《みだ》らになれるとは思ってもいなかった。

将軍のものなぞこれまで触ったことはなかったのに、幸次朗の魔羅は愛おしく、ふぐりまでも撫でまわさずにはいられなかった。幸次朗の指が、最初はおずおずと、やがては大胆に太腿の奥の種を揺すぶりはじめると、廣はあられもない声を洩らした。ここでは御添寝役を憚《はばか》って、堪える必要はないのだ。悦びの声を上げることが、これほどに心地よいことと初めて知った。廣は声を洩らしつづけ、やがて幸次朗の魔羅に貫かれ、震えの中に果てた。

家慶の月命日の二十二日が来るたびに、廣は増上寺に参詣に行き、帰りに白川で幸次朗と逢瀬《おうせ》を重ねるようになった。

いつもの座敷で中食を取り、隣の寝間へと入り、薄暗がりの中でくたくたになるまで交わる。だが、食事の時も、蒲団の中でも、二人の間に言葉はなかった。

廣は町人である幸次朗にどのような言葉をかけていいかわからなかったし、幸次朗もかつての将軍の側室である廣に何と話していいか途方に暮れていたのだろう。薄闇の中でお互いの軀をまさぐり合う手の動きが、喘ぎ声が、吐息が、言葉の代わりだった。

それでも少しずつ、赤子が話すことを覚えるように、廣と幸次朗の間で言葉が生まれてきた。それは、将軍の側室の言葉でも、大工の言葉でもない。ただの女と男の言葉だった。

柔らか……いいか……いい……だめ……待って……もう少し……。

春を経て、夏ともなると、二人の間に会話が生まれるようになった。

交わりの後、湯殿で汗を流してから、中食を食べた座敷に戻り、庭を眺めつつ、廣はぽつりといった。

「打ち水をした後の涼しさが好きです」

「うちの長屋みたいなところでも、打ち水の後は少しは過ごしやすくなります」

渋みのある顔つきなのに、打ち解けて喋る言葉はもの柔らかで、むしろ子供っぽいところがあった。歌舞伎役者の澤村宗十郎とはまるで違っていたが、軀を重ねるようになると、そんな差などどうでもよくなっていた。

幸次朗は幸次朗。廣の惚れた男だった。

「長屋住まいなのですか」

少しでも幸次朗の暮らしを知りたくなって、廣は訊ねた。

「喧《やかま》しいところでございます。数日前、少し大きな地震があった時なぞ、所帯道具を山積みにした大八車が家の前の水瓶を壊しただの、いや、うちのせいじゃないだのと喧嘩になって、隣同士の亭主二人、とっくみあいをする始末でした。止めに入った手前まで殴られましたよ」

幸次朗は頬を撫でた。よく見ると、そこには青痣《あざ》がまだ残っていた。廣はその痣に指を当てた。幸次朗が微笑んだ。

「賑やかそうなところですこと。それにしても、このところよく揺れますね」

「今度の神無月にも、地の底の大鯰《なまず》が動いて大きな地震が来るといわれていますが、どうでしょうか」

「まぁ、怖い」

幸次朗にしがみつき、口とは裏腹に、廣はその軀の温《ぬく》もりに安心感を抱いた。

九月の月命日は彼岸と重なり、歴代将軍やその生母、側室たちの墓のある増上寺には、代参の奥女中たちの姿が多く見られた。

廣はいつものように白川に立ち寄り、幸次朗と逢った。普段ならば、月命日の墓参りの時ばかりはお城の外の空気を吸って、のびのびした気持ちになるのに、この日は増上寺の境内でまで奥女中たちと出くわしたためなのか、少し気が塞いでいた。そのせいか、交わりの後の蒲団の中で、幸次朗の胸に頭を預け、廣は、「二の丸に戻ることを考えると、憂鬱になります」と洩らした。

「手前には、贅沢な御殿暮らしに思えますが」

幸次朗は、廣の耳を撫でながら応じた。

「退屈な御殿でございます。毎日毎日、同じことの繰り返し。上さまのご位牌を拝むだけです」

「長屋暮らしよりは、ましでしょう」

「幸次朗の側にいられるのならば、貧しくても気にはなりません」

そういいきった時、廣の中で何かが、ぼっと燃え立った。

「私がおまえの許に逃げていけば、引き受けてくれますか」

障子も襖も閉《た》てた部屋の薄暗がりの中に浮かぶ、幸次朗の色白の顔には、どんな表情も浮かんではいなかった。

二の丸から逃げだして捕まれば、お美代の方のように押込めになるだろう。幸次朗はお手討ちとなるかもしれない。命懸けの話だ。

冗談ですよ、といおうとした時、幸次朗は廣を抱きしめて、耳許で囁いた。

「一緒に逃げましょう。上方《かみがた》にでも、蝦夷《えぞ》にでも、この世の果てにでも」

その時の廣は、この世で一番幸福な女だったといっても、過言ではなかった。

兄の忠央が危篤なので、すぐに宿下がりするようにという知らせを受けたのは、それから十日ほども過ぎた十月二日の夜だった。夕餉もすませて、女中たちに寝支度を調えさせていた時分だったが、廣は取るものもとりあえず、駕籠を市谷浄瑠璃坂に向かわせた。

危篤とはどういうことだろう。患っていたなどと聞いてはいなかった。しかし、ここ半年、音沙汰なく暮らしている。何か起きたのか。落馬でもしたのか、暴漢にでも襲われたのではないか。

さまざまな想いを抱きつつ、高提灯《たかちょうちん》に先導された駕籠が水野邸に入ると、すぐさま廣は、お付きの女中たちと離され、御書院に通された。

離れにある御書院には、行灯が灯《とも》されてはいたが、誰もいない。閉ざされた障子の外から、犬たちが、うぉおおん、うぉおおん、と奇妙に声を合わせて吠えているのが聞こえた。行灯の火に揺れる自分の影を眺めつつ、一人座敷に座っていると、不穏な気分が高じてくる。危篤ならば寝所に通されるはずなのに、どういうわけだろう。他の姉や兄たちは集まっているのだろうか。危篤という火急の事態にしては、屋敷内は静かすぎるのではないかと訝《いぶか》るうちに、忠央が現れた。お付きの者もなく、寝衣を着ているわけでもない。顔色も悪くはない。普段通りの兄だった。

「お命が危ないと伺いましたが」

廣は畳に手を突いて挨拶すると、早速に疑問を口にした。

こめかみに白髪の交じり始めた兄の面長の顔に苦い笑みが浮かんだ。

「危ないのは命ではない、わしの立場だ。おまえのせいでな」

「どういうことでございましょう」

「おまえは、亡き上さまの墓参りにかこつけて、男と密会しているそうだな」

廣は頭を棍棒で殴られたような気分になった。それでも精一杯の力を振り絞り、「根も葉もないことでございます」と白《しら》を切った。

忠央の大きな目がきゅっと細くなった。

「根も葉もない、とな。それは面妖なこと。彼岸の日、勝光院が、上さまの墓参に行った時、白川という茶屋から出てくるおまえを見かけたそうだが」

姉小路があの日、増上寺に参詣に行っていたとは知らなかった。考えてみれば、もともと家慶の正室の楽宮について下向してきた奥女中である姉小路が、彼岸の墓参りに増上寺に出向いても不思議ではなかった。

「上さまの月命日のお墓参りの時には、あの茶屋で休んで帰りますので」

「ただの休息ではなかろう。今年に入ってから毎月のように、幸次朗と申す大工と白川の座敷で逢瀬を重ねているということ、勝光院が調べてよこしたぞ」

幸次朗の名まで知られていることに衝撃を受け、廣は黙りこんだ。

「どれほど大変なことをしでかしてしまったのか、わかっているのか。わしの面目は丸潰れだ。おまえはお家の名を汚したのだぞ」

廣はちらりと兄の顔を見た。間合いの離れた目は血走り、もともと色黒の顔は怒りに赤みが差している。ただ事ではすまぬ迫力だ。

幸次朗と結ばれて以来、密通が露見することを予想しなかったわけではなかった。しかし、その恐れは、恋の幸せな気分に押し流され、さほどの現実味を持って迫ってくることはなかった。しかし、今、廣は初めて自分のしでかしたことの大きさを肌で感じた。

「申し訳ないことでございます」

額を畳にすりつけて謝る廣の頭上に、兄は苛立ちのこもった声を投げつけてきた。

「黒船は、この国に開国をもたらした。もう引き返すことはできない。進むしかない。今後は、幕府も世の中もどんどん変わっていかねばならない。国には、新たな将軍が必要だ。紀州家の慶福さまを次期将軍に据え、われら側近で周りを固め、国をまとめていかねばならない。この大事な時に、わしの足を引っ張られては困るのだ」

立ち上がる気配に続いて、刀の抜かれる音がした。

廣はぎょっとして顔を上げた。

忠央が白刃《はくじん》を手にして、目の前に立っていた。まさかこの場で手討ちにされるとは思ってもいなかった。お美代の方とて押込めで済んだはずではなかったか。

「見逃してください、兄上。このまま逃がしてください」

廣は何度も頭を下げて懇願した。喉が掠《かす》れて涙声になった。

「兄上の前から消えて、二度と現れはいたしません。死んだものとしてお考えください」

忠央は思案するように見下ろしている。もしや聞き届けてくれたかもしれないと、廣が希望を繋ぎかけたところに、忠央はゆっくりとかぶりを振った。

「見苦しいぞ、お廣。武家の娘として、立派に果てよ」

お廣……。

もう長いこと違う名で呼ばれてきていた廣は、一瞬誰のことかと思い、それから自分のことだと気がついた。

妙音院ではなくて、廣が殺されるのか。

心の遠いところで、驚き混じりのそんな自分の声が聞こえた。

「許せっ」

滾《たぎ》るような声と共に、刀が廣の頭上に振り上げられた。

廣の瞼の裏に、斬《き》られて飛ぶ自分の首が見えた。

しかし、次の瞬間、襲ってきたのは白刃ではなくて、ごおおっ、という全身が総毛立つような物音だった。同時に畳が飛び跳ねるように揺れ、廣の軀は横に転がった。忠央もまた均衡を崩して、尻餅をついた。

そこにまた大きな揺れが起きた。べきべきべきっという音がして、床柱が折れて、天井が落ちてきた。廣は悲鳴を上げながら庭のほうに転がり出た。

地面はまだ波打つように揺れている。崩れた屋敷のあちこちから悲鳴や怒鳴り声が聞こえている。消し忘れた火でもあったか、ちろちろと台所のほうから赤い炎が上がりはじめていた。「水だ」「火を消せ」と怒鳴りながら家臣たちが右往左往している。

地震だ。大きな地震が起きたのだ。揺れは続いている。

助けて、と叫ぼうとして、兄に手討ちにされそうになった自分を助ける家臣なぞいないことに気がついた。ここから逃げるしかない。廣は無我夢中で表門のほうに走った。門の両側の塀は崩れ、塀の一部を成している表長屋も倒壊していた。家臣たちは下敷きになった仲間を助けようと必死で、廣を見咎める者はいなかった。

往来もまた悲惨な有様だった。浄瑠璃坂に面した町家は崩れたり、歪《ゆが》んだりして、道具箱をひっくり返したようにめちゃくちゃになっていた。深夜近いのに、あちこちで上がる火の手が空を赤く焦がし、逃げ場を求めて走りまわる往来の群衆を照らしだしている。地面は身震いを続けていた。かろうじて均衡を保っていた家々も、余震によって轟音を立てて倒れていく。道は鰻のように波打っている。それに合わせて、町家も飛び跳ねる。

何もかもが揺れている。

何もかもが崩れていく。

黒船が来たせいだ。だから上さまも亡くなった、大地震も来た。こうして何もかもが変わっていく。

兄もいっていたではないか。幕府も世の中もどんどん変わっていかねばならないと。変わりうるのだ、何だって。

上さまの側室だったからといって、まだ三十路前だというのに、位牌を拝んで、一生を過ごすことなぞないのではないか。それに反したからといって、どうして兄に手討ちにされなくてはならないのか。

上さまは亡くなった。そして私はまだ生きている。生きている私は、幸次朗に会いたい。幸次朗と共に暮らしたい。そして石ではない、人の子を産みたい。

廣の中に、想いが堆く積み上がっていき、人々の悲鳴や泣き声、怒声の中を、足はいつしか麴町の方向に向かっていた。

揺れる大地の上に一歩踏みだすごとに、足の裏から力が伝わってくる。

私は廣だ、と思った。

雪江でも、琴でも、妙音院でもない。

廣だ。

瓦解した町家や逃げ惑う人々、火の手などに阻まれつつも、麴町を目指して歩く。これからどうなるのか、何が待ち受けているのか、幸次朗と出会うことができるかどうかもわからない。それでも、行くしかない。廣にはもう帰る場所はないのだから。

どのくらい過ぎただろうか、気がつくと、夜が明けはじめていた。江戸市中を抱きこむ勢いで燃え盛る火事が、もうもうたる煙を噴きあげ、空を覆っている。墨を流したような灰色の煙が渦となり、流れとなり、空いっぱいに広がっている。

どんな夜明けになるのだろう。

不安と期待に震えながら、廣はひたすら歩きつづけていた。

解　説

花房観音

女の身体は厄介だ。

物心ついたときから今にいたるまで、ずっと持てあまし続けている。

男のものは硬くなり、精を吐き、やがてしぼみ、熱は冷める。けれど女の身体の奥の火は、そう簡単には消えない。男と肌を合わせ悦《よろこ》びの声をあげても、自分の指で慰めても、男のように吐き出すものがない女の身体の火はくすぶり続け、また何かの拍子に焔《ほのお》が強くなり、手がつけられない。しまいには、周りに燃え移り、そこらじゅう焼き尽くすから、タチが悪い。

他人が消せない火を、当人が消すすべなど、知らない。どうすれば消せるのか、未だにわからない。いや、ひとつだけその火を消す方法がある。肉体も心も、火と共に消滅させるのだ。つまりは命が尽きるまで、この火を燃やし続けながら生きねばならぬということか。

臍《へそ》の下できゅうきゅうと音を鳴らす、この厄介な、男を欲しいと叫ぶ火を。

地獄の餓鬼のように、喰《く》ろうても喰ろうても満たされず求め続ける底なしの情欲の火を。

子を産めぬ年になっても、男に見向きされなくなっても、火は消えない——。

うんざりする。

「真昼の心中」は、江戸を舞台に、身体の奥に灯る火の熱さに、身も心も燃やされた女たちの物語である。

八百屋お七、油屋おこん、絵島生島事件など、今に伝わる江戸の事件を基にしてはあるが、著者独自の切り口で、従来の物語とは違う視点で描かれている。

「火の華お七」

八百屋の娘・お七は、大火で逃げる際に自分を助けた若衆の身体にふれ、欲情を覚える。あのときの熱さをもう一度味わおうとお七は火付けをする。

——ああ、そう、突っこんで、突っこんで。押して、押して。滾《たぎ》る棹《さお》を、妾の濡《ぬ》れた太腿《ふともも》の奥に。深く、深く、何度も何度も——

「伊勢音頭恋逆刃」

客である町医者に恋した伊勢《いせ》古市遊里・油屋の遊女おこん。だがその男は、油屋の売れっ子・おきしに惚《ほ》れていた。男とおきしの交わりを覗《のぞ》き見たおこんは、男の恋心を砕こうとする。

——ほんとうは違うのに。旦那が違えば、おきし姐《ねえ》さんは、されるがままの女であるはずはない。魔羅をさすったり、金玉をいじくったり、さまざまな手練手管を弄《ろう》しているはずだ——

「絵島彼岸」

大奥という、将軍以外の男との交わりを禁じられた場所で、絵島は差し伸べられた救いの手に歓喜する。しかしその手にふれたがゆえに、悦びと引き換えに罪人となる。

——時々、このまま女として何もなく終わるのではないかと思うと、ぞっとする——

「朱い千石船」

息子ほどの若い男との交情に魅入られた人妻・淑《とし》は、夫亡きあと、男を追い共に暮らしはじめる。しかし、一時は熱く燃える男の情欲は、儚《はかな》いもので、焔が消えうせるのも早かった。冷めた男の心と身体を、女は許さない。

——私は男根を人差し指と親指でつまんで、くいくいと振った。（中略）しかし、この男根は違う。私の指に搦《から》めとられた、かわいい生き物……――


「本寿院の恋」

大名であった夫亡きあと、気にいった男に声をかけ、関係を持ち、「ご淫奔《いんぽん》」と呼ばれた本寿院は、生まれて初めて性の悦びだけではなく、恋心を抱くが、その男には秘密があった。

――女には二通りある、と私は思う。

紅舌の悦びを知る女と、知らぬ女――


「真昼の心中」

子どもの頃から器量よしと評判だった白子屋の娘のお熊は、家のため不本意に婿を取り、美男子の手代と関係を続ける。好きな男と一緒になりたいお熊は、いっそ心中しようかとも思い詰めるが、やはり生きて結ばれようと一策を講じる。

――天井板も障子の桟もすべてが溶けてひとつとなり、お日さまに目が眩《くら》んだ時のように白く滲《にじ》んでいる――


「黒い夜明け」

兄により、将軍の子を産むために大奥に差し出された廣は、将軍亡きあと恋をする。身体の快楽だけではなく、心が繫《つな》がる幸福を知った廣だが、もちろんそれは許される恋ではなかった。

――為されるままに、乳房を揉みしだかれ、太腿のあわいを弄《もてあそ》ばれるうちに、どういうことか次第に下腹のほうからむずむずとするものが這《は》いあがってきた。怖いようで心地よいようで、自分でもどう捉えていいかわからない――

江戸に生きる女たちの口から、身体の奥で燃える火により溢《あふ》れた言葉が漏れる。肉の悦びを知ってしまった女は、幸せだと思いたいけれど、本当のところはどうなのだろう。知らない女は、この熱さを、この苦しみを、一生味わわなくて済むのだ。全身を焼き尽くしそうな焰のせいで、命を落としたり、様々なものを失ったり、他人を傷つけたりもせずに、穏やかに暮らしていける。

この火にふれぬ男や、怖気づいて逃げる男を怨んだり、執着して醜態をさらしたりすることもなく、悦びを手に入れた他の女を羨むこともなく過ごしていける。

人より熱い火を身体に灯す女は、生きにくい。この熱さは、全てのものをなぎ倒し、人の道にそれることもいとわない。

江戸という、女が不自由な時代のお伽話《とぎばなし》だ——とは、思わない。女は、昔も今も変わらない。今でこそ人の道をそれて快楽に身をやつしたからといって殺されることはそうないにしろ、やっぱり、生きにくい。女が己の欲望に従順に生きることは、自由になることのはずなのに。

未だに女は男より性欲が弱いだの、女は夫や恋人以外の男に欲情しないだのと信じている人間はたくさんいて、女の欲望を汚らわしいもののようにとらえる人は少なくない。官能小説やアダルトビデオには、「エロい女」が溢れているけれど、あれは全て男が自分の都合よく作った、男の支配下に欲望がある女であって、本当の女の欲望など知ってしまったら、男はきっと喰われ、焼き尽くされる恐怖で萎えるだろう。

女のほうが男より、欲望が弱いなんてことは、ありえない。

秘めているだけだ、口にしないだけだ。男に引かれるのが嫌で、うぶなふりをしているだけだ。騙《だま》されて近寄ってくる男を喰らうために、無垢《むく》という餌をちらつかせているだけだ。

射精してしまえば果ててしまう男なんかより、ずっと火を燃やし続けることのできる女の欲望のほうが、よっぽど深く熱い。

だから女は命よりも性の快楽を選び、そしてそんな女の生き方を私は美しいと思ってしまう。

何よりも、価値があるのだと。

若さを失いつつあり、人生の終わりが見えてきたからこそ、性に執着してしまう女を他人事とは思えないのは、私だけではないはずだ。

死が近づくにつれ、身体の奥の火は静かに熱を帯びてゆく。

この熱さには、覚えがある。


最後に、この「真昼の心中」は、二〇一四年に五十五歳の若さで病に亡くなった著者の遺作となる。

「性」に執着し、己の情念と心中するかのように破滅へと向かう女たちを描いた本著が最後の本となったことは、著者自身が、熱い情念の火と、人の欲望の光と闇に抱かれたまま小説と共に亡くなった、つまりは心中したかのようにも思えるのだ。

作家の最後の作品は、遺言のように残され、人々に伝わっていく。

文中に「火に魅入られた女」という言葉が登場するが、著者こそが、火に魅入られ、火と共に心中した作家ではないだろうか。


（はなぶさ・かんのん　小説家）

参考文献

『江戸の性の不祥事』永井義男　学研新書
『江戸の色ごと仕置帳』丹野顯　集英社新書
『新装版　定本　江戸城大奥』
永島今四郎・太田贇雄編　新人物往来社
『風雅和歌集全注釈』下巻　岩佐美代子　笠間書院
『曾根崎心中　冥途の飛脚　心中天の網島　現代語訳付き』
近松門左衛門　諏訪春雄訳注　角川ソフィア文庫

本書は、二〇一五年七月、集英社より刊行されました。

初出「小説すばる」
火の華お七　二〇一一年七月号
伊勢音頭恋逆刃　二〇一三年二月号
絵島彼岸　二〇一三年四月号
朱い千石船　二〇一三年六月号
本寿院の恋　二〇一三年八月号
真昼の心中　二〇一三年一〇月号
黒い夜明け　二〇一四年一月号

本作品は、単行本化にあたり著者による加筆修正が行われる予定でしたが、著者逝去のため、著作権継承者の諒解を得て、表記の統一と明らかな間違いと思われる箇所を編集部にて修正いたしました。

集英社文庫　目録（日本文学）

春江一也　ベルリンの秋(上)(下)
春江一也　カリナン
春江一也　ウィーンの冬(上)(下)
春江一也　上海クライシス(上)(下)
坂東眞砂子　桜雨
坂東眞砂子　曼《まん》荼《だ》羅《ら》道《どう》
坂東眞砂子　快楽の封筒
坂東眞砂子　花の埋葬 24の夢想曲
坂東眞砂子　鬼に喰われた女 今昔千年物語
坂東眞砂子　逢はなくもあやし
坂東眞砂子　傀《く》儡《ぐつ》
坂東眞砂子　くちぬい
坂東眞砂子／上野千鶴子　女は後半からがおもしろい
坂東眞砂子　朱鳥《あかみどり》の陵《みささぎ》
坂東眞砂子　眠る魚
坂東眞砂子　真昼の心中
半村良　雨やどり
半村良　かかし長屋
半村良　すべて辛抱(上)(下)
半村良　産霊《むすびの》山《やま》秘《ひ》録《ろく》
半村良　石の血脈
半村良　江戸群盗伝
東憲司　めんたいぴりり
東直子　水銀灯が消えるまで
東野圭吾　分身
東野圭吾　あの頃ぼくらはアホでした
東野圭吾　怪笑小説
東野圭吾　毒笑小説
東野圭吾　白夜行
東野圭吾　おれは非情勤
東野圭吾　幻夜
東野圭吾　黒笑小説
東野圭吾　歪笑小説
東野圭吾　マスカレード・ホテル
東野圭吾　マスカレード・イブ
東山彰良　路傍
東山彰良　ラブコメの法則
樋口一葉　たけくらべ
備瀬哲弘　精神科ER　緊急救命室
備瀬哲弘　うつノート 精神科ERに行かないために
備瀬哲弘　精神科ER　鍵のない診察室
備瀬哲弘　大人の発達障害 アスペルガー症候群、AD/HD、自閉症が楽になる本
備瀬哲弘　精神科医が教える「怒り」を消す技術
備瀬哲弘　もっと人生ラクになるコミュ力UP超入門書
日髙敏隆　世界を、こんなふうに見てごらん
一雫ライオン　小説版　サブイボマスク
一雫ライオン　ダー・天使
日野原重明　私が人生の旅で学んだこと

集英社文庫　目録（日本文学）

集英社文庫

真昼《まひる》の心中《しんじゅう》

2018年7月25日　第1刷　　定価はカバーに表示してあります。

著　者　坂東眞砂子《ばんどうまさこ》

発行者　村田登志江

発行所　株式会社　集英社

東京都千代田区一ツ橋2-5-10　〒101-8050

電話　【編集部】03-3230-6095

【読者係】03-3230-6080

【販売部】03-3230-6393（書店専用）

印　刷　凸版印刷株式会社

製　本　加藤製本株式会社

フォーマットデザイン　アリヤマデザインストア　　マークデザイン　居山浩二

本書の一部あるいは全部を無断で複写複製することは、法律で認められた場合を除き、著作権の侵害となります。また、業者など、読者本人以外による本書のデジタル化は、いかなる場合でも一切認められませんのでご注意下さい。

造本には十分注意しておりますが、乱丁・落丁（本のページ順序の間違いや抜け落ち）の場合はお取り替え致します。ご購入先を明記のうえ集英社読者係宛にお送り下さい。送料は小社で負担致します。但し、古書店で購入されたものについてはお取り替え出来ません。

© Miyoko Bando 2018　Printed in Japan

ISBN978-4-08-745765-0 C0193